SOÑAR EN CUBANO

Soñar en cubano

Cristina García

Novela

Translation by Marisol Palés

UN MUNDO

Ballantine Books • New York

A One World Book
Published by The Random House Publishing Group

Translation by Marisol Palés Castro

Published in the United States by One World Books, an imprint of The Random House Publishing Group, a division of Random House, Inc., New York, and distributed in Canada by Random House of Canada Limited, Toronto. Originally published in English as *Dreaming in Cuban* by Alfred A. Knopf, Inc. in 1992.

This Spanish translation originally published in Spain by Espasa-Calpe, S.A., Madrid, in 1993.

Library of Congress Catalog Card Number: 94-94360

ISBN: 978-0-345-39139-1

Cover design adapted from hardcover by Chip Kidd

Manufactured in the United States of America

www.oneworldbooks.net

First Ballantine Books Spanish Edition: September 1994

25

Para mi abuela,
y para Scott

Estas exfoliaciones casuales son
del trópico de semejanzas...

WALLACE STEVENS

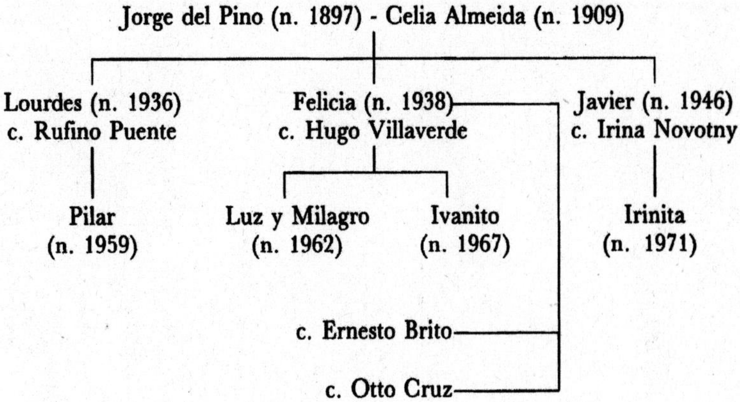
Jorge del Pino (n. 1897) - Celia Almeida (n. 1909)
Lourdes (n. 1936)
c. Rufino Puente
Felicia (n. 1938)
c. Hugo Villaverde
Javier (n. 1946)
c. Irina Novotny
Pilar
(n. 1959)
Luz y Milagro
(n. 1962)
Ivanito
(n. 1967)
Irinita
(n. 1971)
c. Ernesto Brito
c. Otto Cruz

ÍNDICE

SEDUCCIONES COTIDIANAS

INVIERNO IMAGINADO

LOS LENGUAJES PERDIDOS

SEDUCCIONES COTIDIANAS
(1972)

EL AZUL DEL MAR

Equipada con unos binoculares, y vistiendo su mejor bata de casa y unos pendientes de perlas, Celia del Pino se sienta en su columpio de mimbre a custodiar la costa norte de Cuba. Examina con detenimiento los cielos nocturnos en busca de enemigos, y luego el océano, ahora turbulento tras nueve días de aquellas incesantes e inoportunas lluvias de abril. Ni rastro de gusanos traidores. Celia se siente orgullosa. El comité de barrio había elegido su pequeña casa de ladrillo y hormigón al borde de la playa como principal puesto de vigilancia de Santa Teresa del Mar. Desde su porche, Celia podría detectar una nueva invasión de la bahía de Cochinos antes de que ésta ocurriese. Sería festejada en palacio, deleitada con una serenata musical a cargo de una orquesta de metales y seducida por El Líder en un sofá de terciopelo rojo.

Celia deja los binoculares descansando sobre sus rodillas y se frota los ojos con dedos rígidos. Su barbilla tiembla. Los ojos le escuecen por el aroma azucarado de las gardenias y por la sal del mar. Los pescadores regresarán, en una o dos horas, con las redes vacías. Se rumoreaba que los yanquis habían rociado con veneno nuclear los alrededores de la isla para provocar el hambre entre la gente e inducirles así a la contrarrevolución. Sus bombas de gérmenes acabarían con las cosechas de caña de azúcar, contaminarían los ríos y dejarían ciegos a los caballos y a los cerdos. Celia estudia las palmeras que rodean la playa. ¿Podrían estar siendo utilizadas como señal intermitente por algún enemigo invisible?

Un locutor de radio vocifera los últimos rumores sobre un supuesto ataque y retransmite la grabación de un mensaje especial de El Líder: «Hace ya once años, compañeros, que ustedes defendieron nuestra nación de los agresores norteamericanos. Ahora, una vez más, todos y cada uno de ustedes deben proteger nuestro futuro. Sin su apoyo, compañeros, sin sus sacrificios, no habrá revolución.»

Celia rebusca dentro de su bolso y saca una barra de labios para enrojecer los suyos un poco más, y luego oscurece el lunar de su mejilla izquierda con un lápiz negro de ojos. Su pelo, ceniciento y pegajoso, está recogido en un moño a la altura del cuello. En el pasado, había aprendido a tocar el piano y todavía, inconscientemente, ejercitaba sus manos como si estuviese ejecutando dos notas entre una octava. Calza unos elegantes zapatos de salón con su radiante bata de casa.

Su nieto aparece en el portal con la camisa del pijama escurrida sobre los hombros y los ojos cerrándosele de sueño. Celia toma de la mano a Ivanito y los dos pasan junto al sofá cubierto por una mantilla desteñida, pasan junto al piano de madera de nogal emblanquecida por el agua, pasan junto a la mesa del comedor picoteada por viejas historias. Sólo quedaban siete sillas del juego original. Su marido había roto una de ellas sobre la espalda de Hugo Villaverde, su antiguo yerno, y no hubo forma de reconstruirla de entre tal cantidad de astillas. Acuesta a su nieto bajo la manta raída que cubre su cama, y besa sus ojos ya dormidos.

Celia regresa nuevamente a su puesto y ajusta los binoculares. Los costados laterales de sus pechos ejercen una dolorosa presión sobre sus brazos. En la distancia se divisan tres botes —la *Niña*, la *Pinta* y la *Santa María*—, como en aquella canción que ella había aprendido hacía tanto tiempo. Siguiendo las instrucciones que había recibido, Celia dibuja primero un arco de norte a sur con sus binoculares, y luego se detiene sobre el horizonte.

En el punto más lejano del cielo, justo donde nace el amanecer, irrumpe un destello de luz denso, como una estrella fugaz. Su estela luminosa parece difuminarse a medida que se aproxima, mientras que una forma que nace de su centro comienza a definirse contra la inmensidad del espacio sideral. Su marido emerge de esa luz, más alto que las palmeras. Se dirige hacia ella deslizándose sobre las aguas, vestido con su traje blanco de verano y su sombrero panamá. No tiene prisa. Celia casi espera verle sacar las rosadas rosas de té que él solía traerle, escondidas tras la espalda, cada vez que regresaba de alguno de sus viajes por lejanas provincias. O recibir, aún no sabe por qué, un gigantesco batidor de huevos envuelto en papel de estraza. Pero esta vez viene con las manos vacías.

Se detiene a la orilla del océano, sonríe casi con timidez, como si temiera importunarla, y tiende hacia ella una mano inmensa, descomunal. En la noche, sus ojos azules parecen rayos láser. Los rayos de su mirada irrumpen sobre las uñas de sus dedos, transformándolas en cinco escudos relampagueantes. Con ellos examina la playa, arrojando luz sobre las caracolas y las gaviotas adormecidas, y luego la enfocan a ella. El porche se torna azul, ultravioleta. También las manos de ella se vuelven azules. Celia se gira indirectamente hacia la luz, y su vista se empaña, distorsionando la imagen de las palmeras a la orilla del mar.

Su marido abre la boca y articula con silenciosa precisión, pero ella no puede leer nada en aquellos inmensos labios. Su mandíbula se agita y se expande con cada nueva palabra muda, más rápido cada vez, hasta que Celia alcanza a sentir sobre la cara la cálida brisa de su aliento. Entonces desaparece.

Celia corre hacia la playa sobre sus elegantes zapatos de salón. En el aire se respira un aroma a tabaco. «Jorge, no he podido escucharte. No he podido escucharte.» Con pasos muy regulares y con los brazos cruzados sobre el pecho, recorre la orilla del mar. Sus zapatos dejan impresos sobre la arena mojada unos delicados signos de exclamación.

Celia palpa con los dedos el papel cebolla que tenía en el bolsillo, y lee nuevamente las palabras, una a una, como si estuviese ciega. La carta de Jorge había llegado aquella misma mañana, como si el presentimiento de su propia muerte se hubiese extendido incluso al irregular servicio postal que mediaba entre Estados Unidos y Cuba. Celia se impresiona con aquellas palabras, con el inquietante ardor de esa última carta. Parecía haber sido escrita por un Jorge más joven, más apasionado, por un hombre que ella nunca llegó a conocer del todo. Pero el tipo de letra, una adornada caligrafía aprendida en otro siglo, revelaba decadencia. Cuando Jorge escribió esa última carta sabía de antemano que habría muerto antes de que ella la recibiera.

A Celia le parecía que había pasado ya demasiado tiempo desde aquel día en que Jorge había abordado el vuelo para Nueva York, enfermo y confinado a una vieja silla de ruedas. «¡Carniceros y veterinarios! —gritaba a los que le empujaban hacia la tablazón de cubierta—. ¡Esto es ahora Cuba!» *Su* Jorge no se parecía en nada a aquel gigantesco hombre surgido del mar, a aquel señor de palabras silenciosas que ella no lograba comprender.

Celia está angustiada por su marido, no por su muerte —al menos no todavía—, sino por sus confusas lealtades.

Durante muchos años antes de la revolución, Jorge pasaba de viaje cinco semanas de cada seis, vendiendo aspiradoras eléctricas y ventiladores portátiles para una empresa americana. Quería convertirse en un cubano modelo para probarle a su jefe gringo que ambos habían sido cortados por la misma tijera. Vestía siempre con traje, hasta en los días más calurosos del año, consiguiendo que en los pueblos más apartados llegasen incluso a tomarle por loco. Se ajustaba frente a un espejo su sombrero de pajilla y banda negra, intentando dar así con el discreto ángulo de la elegancia.

Celia no puede decidir qué es peor: la muerte o la separación. La separación le resulta familiar, bastante familiar, pero duda que pueda resignarse a que ésta sea permanente. ¿Quién hubiese podido predecir su vida? ¿Qué pacto misterioso le había conducido a esas horas hacia esta playa, hacia esta soledad?

Piensa en lo caprichosa que podía llegar a resultar la vida, y recuerda lo que le había sucedido a El Líder, que habiendo sido un lanzador estrella en su juventud, perdió por un pelo la oportunidad de hacer carrera en el béisbol en Estados Unidos. Su terrible curva había atraído la atención de los informadores de las Grandes Ligas, e incluso un equipo del calibre de Los Senadores de Washington mostró interés en ficharlo, aunque al final cambiaran de parecer. El Líder regresó a casa, frustrado, dejó descansar su brazo de lanzamiento, y se fue a las montañas a iniciar la revolución.

Precisamente a la caprichosa condición de la vida atribuye Celia que su marido haya de ser enterrado en una tierra extraña e inflexible. Precisamente por ella sus hijos y sus nietos están condenados a ser nómadas.

Pilar, su primera nieta, le escribe desde Brooklyn en un español que ya no le pertenece. Utiliza el mismo léxico limitado y rimbombante de los turistas de siglos anteriores, impacientes por arrojar los dados sobre el fieltro verde o sobre el asfalto. Celia teme que los ojos de Pilar, habituados a la luz indiferente que arroja el sol del norte, ya no puedan acostumbrarse a la densa luz de este trópico donde tan sólo una hora de luz mañanera puede bastar para iluminar los días de todo un mes en el norte. Imagina a su nieta descolorida, desvanecida de palidez, desnutrida y padeciendo frío, sin haber comido habichuelas rojas ni vegetales frescos.

Celia sabe que Pilar viste con un mono como si fuese una campesina, y que pinta lienzos con espirales rojas y cosas enmarañadas que no significan nada. Sabe además que Pilar guarda un diario en el forro de su abrigo de invierno, escondiéndolo de los ojos vigilantes de su madre. En él Pilar anota todo. Y esto agrada a Celia. Cierra los ojos y habla a su nieta. Imagina sus palabras como pequeños destellos de luz que perforan la oscuridad de la noche.

Comienza a llover nuevamente, esta vez un poco más suave. Las palmeras, en su aleteo continuo, registran cada una de las gotas que caen. La subida de la marea alcanza ya los tobillos de Celia. El agua está templada, extrañamente templada para ser primavera. Cubre ya sus pies y Celia se quita los tacones. La piel de sus zapatos, ajada y agrietada por el agua salada, parece tan rugosa y marchita al tacto como la suya propia. Avanza hacia el océano. Su bata tira de ella hacia abajo como si tuviese un gran peso en el dobladillo. Sus manos, sujetando todavía los zapatos, flotan sobre la superficie del mar como si quisieran conducirla a otra parte.

Recuerda entonces algo que le había dicho una santera cuarenta años atrás, cuando ella había decidido morirse: «Señorita Celia, veo en la palma de su mano un paisaje muy húmedo.» Y ha sido cierto. Había vivido todos estos años al lado del mar hasta el punto de haber podido captar en él todas sus definiciones del color azul.

Celia vuelve la cabeza hacia la orilla. La luz que da sobre el porche es de una brillantez intolerable. El columpio de mimbre cuelga de dos gruesas cadenas. Las rayas del cojín se han ido velando con el tiempo y parece como si todo él tuviese un mismo tono grisáceo. A Celia le parece que, anteriormente, otra mujer había estado durante muchos años sentada sobre aquel mismo cojín curtido, empapándose despacio con el ir y venir de las olas. Recuerda la angustiosa transición hacia la primavera, las uvas playeras y las lluvias, y su piel como una cicatriz.

Ella y Jorge se habían mudado a aquella casa durante la primavera de 1937. Su marido le había comprado un piano de cola de madera de nogal, y se lo había colocado delante de una ventana arqueada que miraba al mar. Sobre él puso sus libros de música, un fajo con las piezas más vigorosas de Rachmaninov, Chaikovski, y una selección de Chopin. «Manténgala alejada de Debussy», escuchó que le decía el médico a su marido intentando alertarlo. Ambos pensaban que el inquietante estilo del francés podía conducirla a la locura, pero Celia mantenía oculta la partitura de *La Soirée à Grenade* y la tocaba sin cesar cuando Jorge salía de viaje.

Celia escucha ahora esa música como si viniera a ella abriéndose camino por debajo de las olas. El agua cubre su garganta. Celia arquea la columna hasta lograr flotar sobre su espalda, e intenta escuchar los acordes de la Alhambra a medianoche. Ella, con un mantón de flores y el pelo recogido con unas altas peinetas, espera a su amante cerca de la fuente, a su amante español, al amante que había tenido antes de Jorge. Ambos se retiran hasta la orilla musgosa del río y hacen el amor bajo la sombra de unos álamos vigilantes y espías. En el aire se respira el aroma de los jazmines y de los mirtos y de los naranjos.

Una brisa fresca despierta a Celia de su sueño. Endereza las piernas pero no alcanza a tocar la arena del fondo. Siente los brazos pesados, flácidos, como un trozo de madera porosa después de una tormenta. Ha perdido sus zapatos. Una ola repentina la cubre por completo, y por un instante Celia se siente tentada a relajarse, a abandonarse y dejarse llevar. En lugar de hacerlo, comienza a nadar torpemente hacia la orilla, medio hundida, como si fuese un barco con sobrepeso. Celia concentra su atención en las palmeras, en el orgullo con que agitan en el cielo su tocado de hojas. Imagina sus secretos mensajes saltando de árbol en árbol, como si estuviesen pasándose una corriente eléctrica. Piensa que esa noche sólo ella y nadie más vigila la costa.

Celia despega la carta de Jorge del bolsillo de su bata y la mantiene sujeta en el aire para secarla. Regresa al porche a esperar a los pescadores, a esperar el amanecer.

Felicia del Pino

Felicia del Pino, con la cabeza perforada anárquicamente por diminutos rulos de color rosado, toca con insistencia la bocina de su *De Soto* de 1952 mientras avanza hacia la casita de la playa. Son las siete y cuarenta y tres minutos de la mañana, y el recorrido de 27 kilómetros que hay entre La Habana y Santa Teresa del Mar le ha tomado treinta y cuatro minutos. Felicia llama a gritos a su madre y, saltando hacia los asientos posteriores del coche, logra abrir, ayudándose con hombros y brazos, la única puerta que funciona. Pasa volando por entre las filas de las delgaduchas aves del paraíso, pasa junto al papayo cargado de frutos a punto de madurar, y pierde una de sus sandalias al intentar subir, con torpe elegancia, los tres escalones que hay frente a la casa.

—Ya lo sabía —comenta Celia desde el porche, balanceándose suavemente en su columpio de mimbre.

Felicia se desploma sobre el regazo de su madre, haciendo que el rítmico vaivén del columpio se transforme en un alocado tambaleo, y lanza un profundo gemido a los cielos.

—Estuvo aquí anoche —sigue Celia, firmemente agarrada a los brazos de mimbre del columpio como si temiera que sus oscilaciones la hiciesen perder el equilibrio.

—¿Quién? —pregunta Felicia.

—Tu padre. Vino a despedirse.

Felicia cesa abruptamente su lamento y se pone de pie. Sus ajustados *shorts* amarillo claro se deslizan hasta donde comienza la curvatura carnosa de las nalgas.

—¿Quieres decir que él estuvo en el vecindario y no se detuvo a hacer una visita? —Felicia se pasea de un lado a otro, golpeando con el puño la palma de su mano.

—No fue una visita social, Felicia.

—¡Pero él ha estado en Nueva York durante cuatro años! Lo menos que podía hacer era despedirse de mí y de los niños.

—¿Qué ha dicho tu hermana? —pregunta Celia, sin prestar atención al estallido de rabia de su hija.

—Las monjas la han llamado a la pastelería esta mañana. Le dijeron que Papi había ascendido a los cielos rodeado de lenguas de fuego. Lourdes se quedó muy afectada. Estaba absolutamente convencida de que se trataba de una resurrección.

Ivanito se abraza a los muslos rollizos de su madre. Felicia, suavizando el gesto, mira a su hijo.

—Tu abuelo ha muerto hoy, Ivanito. Sé que no te acuerdas de él, pero te quería mucho.

—¿Qué le ha pasado a Abuela? —pregunta Ivanito.

Felicia se vuelve hacia su madre como si la estuviese viendo por primera vez. Las algas marinas se adhieren a su cabeza como plantas mortíferas. Está descalza, y su piel, incrustada de arena, aparece teñida de un azul tenue. Sus pies están helados y duros como el mármol.

—He ido a nadar un rato —dice Celia, irritada.

—¿Con la ropa puesta? —Felicia tira con fuerza de las mangas de su madre, todavía húmedas.

—Sí, Felicia, con la ropa puesta —el tono cortante de Celia daba por finalizada la conversación—. Ahora escúchame. Quiero que envíes un telegrama a tu hermano.

Celia no hablaba con su hijo desde que los tanques soviéticos habían tomado por asalto la ciudad de Praga hacía ya cuatro años. Ella lloró cuando escuchó su voz y el sonido del hundimiento de la ciudad detrás de él. ¿Qué estaba haciendo tan lejos de aquellos cálidos mares donde nadan los tiernos manatíes? Javier escribe que ahora tiene una mujer checa y un bebé, una niña. Celia se pregunta cómo hará para comunicarse con su nieta y cómo le enseñará a cazar grillos y a esquivar la boca picotuda de las tortugas.

—¿Qué debo decirle? —pregunta Felicia a su madre.

—Dile que su padre ha muerto.

* * *

Felicia sube al asiento delantero de su coche, cruza los brazos sobre el volante, y fija la vista en el parabrisas. El calor que brota del capó verde le hace recordar aquel día antes del huracán, antes de que el océano dejara la playa limpia de casas y convertida en un cementerio de trocitos de madera.

Fue el año 1944. Felicia tenía sólo seis años, y su hermano no había nacido todavía, pero ella recuerda ese día con exactitud. La retirada lánguida del mar hacia el horizonte y el terrible silencio de su ausencia. La huida de los cangrejos hembras tras sus crías. Un delfín desamparado fue devuelto al mar por los hermanos Muñoz, y las caracolas majestuosas, miles de ellas, con complicadas conchas color malva, formaban una alfombra muerta sobre la arena mojada. Felicia apartó unas cuantas, pero sólo eligió una, una caracola de madreperla, que más adelante convirtió en un abanico español de aspecto barroco con el que provocaría a sus pretendientes.

Su madre había envuelto apresuradamente en papel de periódico las copas de borde dorado y las había metido en una maleta de piel rasguñada, al tiempo que escuchaba las advertencias de la radio. «Te he dicho que no traigas caracolas a esta casa —le dijo a Felicia en tono de reprimenda cuando subió con su botín—. Traen mala suerte.»

Cuando se desató el maremoto, el padre de Felicia estaba en la provincia de Oriente en un viaje de negocios. Siempre estaba en viaje de negocios. Esta vez, había prometido a su mujer que le traería una sirvienta jamaicana de la costa este de la isla para que así pudiese pasarse el día descansando en el porche, según le había ordenado el médico, y sosegarse mirando los diseños que dibujaba el mar. El padre de Felicia no regresó con la sirvienta, y en cambio trajo una pelota de béisbol autografiada para su hermana Lourdes, que saltó de alegría. Felicia no pudo reconocer la firma.

El mar derrumbó más de setenta casas de madera que se extendían a lo largo de la costa. La casa de los Del Pino sobrevivió porque estaba construida de cemento y ladrillo. Cuando regresaron, parecía una caverna submarina blanqueada por el océano. Las paredes estaban impregnadas de algas disecadas y la arena formaba en el suelo una extraña topografía. Felicia se rió cuando recordó cómo su madre le había prohibido que trajera caracolas a casa. Después del maremoto, la casa estaba llena de ellas.

—¡Niña, te vas a freír ahí dentro! —dice Herminia Delgado, mientras golpea severamente en la ventanilla del coche de Felicia. Carga una canasta con un pollo sin desplumar, cuatro limones y un diente de ajo a punto de quebrarse—. Voy a hacer un fricasé de pollo más tarde. ¿Por qué no te vienes? ¿O es que sigues ocupada en esas perversas fantasías tuyas?

Felicia, con la cara y los antebrazos llenos de ronchas por el calor, vuelve la vista hacia su mejor amiga.

—Mi padre murió anoche y yo tengo que estar en el trabajo dentro de una hora. Me van a transferir otra vez a la carnicería si vuelvo a llegar tarde. Están buscando una excusa desde que le quemé las puntas del pelo a Graciela Moreira. Ellos me la echaron encima. Nadie quiere arreglar su pelo porque es tan fino que se parte como si fuera papel higiénico. Le dije un millón de veces que no se podía hacer una permanente, pero ¿me hizo caso?

—¿Ha llamado Lourdes?

—Las monjas le dijeron que había sido como la Santa Ascensión, exceptuando que Papi estaba vestido de fiesta. Luego apareció en la casa de mi madre y casi la mata de un susto. Yo creo que ella se metió en el mar detrás de él —Felicia volvió la cabeza—. Ni siquiera se despidió.

La última vez que Felicia vio a su padre, éste acababa de romper una silla en la espalda de Hugo, su ex marido. «¡Si te vas con ese hijo de puta, no vuelvas nunca más!», vociferó su padre mientras ellos dos huían.

—Posiblemente su espíritu esté todavía flotando por ahí,

libremente. Debes hacer las paces con él antes de que se vaya para siempre. Voy a llamar a La Madrina. Convocaremos esta noche una sesión de emergencia.

—No sé, Herminia —Felicia confiaba en los poderes benévolos de los dioses, pero no podía soportar lo de la sangre.

—Escúchame, niña, siempre hay una nueva oportunidad para el muerto. Debes limpiar tu alma o de lo contrario su recuerdo te perseguirá el resto de tus días. Podría llegar incluso a perjudicar a tus hijos. Sólo una pequeña ofrenda a Santa Bárbara —le intenta persuadir Herminia—. Estáte allí a las diez, que yo me encargo del resto.

—Bueno, está bien. Pero, por favor, dile que nada de cabras esta vez.

Esa noche Felicia condujo su coche a lo largo de una carretera de campo que queda a pocos kilómetros de Santa Teresa del Mar. Los faros del coche no funcionaban desde 1967, pero ella saca una linterna por la ventana e ilumina la mugrienta entrada de tierra; alumbra dos guineas y un mono enano en una jaula de bambú. El rayo de luz se mueve por el patio hasta chocar con una ceiba gigantesca, del ancho de seis árboles de menor tamaño. En su tronco, de la mitad hacia arriba, hay atados varios pañuelos rojos, idénticos. La cabeza de un gallo recién degollado cuelga de uno de los nudos. El pico abierto transmite al ave una expresión de indignada sorpresa.

Herminia sale a su encuentro desde una de las puertas laterales de la desvencijada casa. Viste una camisa color crema amarillento y un collar que da brillo a la luna ausente. Sus gruesos brazos negros se confunden con la oscuridad.

—¡Date prisa! ¡La Madrina ya está lista! —urge Herminia.

Felicia se desliza hacia el asiento trasero de su coche y abre la puerta encajada de un raspante empellón. Los helechos y las plumas de pollo rozan sus tobillos mientras ella, de puntillas y con unas sandalias descubiertas en el talón, avanza hacia su amiga.

—¡Por Dios, hace más de una hora que te estamos esperando! ¿Por qué has tardado tanto? —dice Herminia agarrándola del brazo y tirando de ella hacia la puerta—. Entremos antes de que hagas enfadar a los dioses.

Conduce a Felicia hacia un pasillo sin ventilación iluminado por unos velones rojos, que se sostienen sobre mesas de madera cubiertas de cera coagulada. Al final del pasillo, una larga hilera de caracolas, separadas entre sí por cuentecillas irregulares de ónix pulido, cuelga del marco de una puerta.

—Bienvenida, hija —le recibe servicialmente La Madrina con una voz enronquecida por su vocación hacia los desafortunados—. Te estábamos esperando.

Felicia, con las palmas de sus manos vueltas hacia arriba, dibuja un arco a su alrededor. Bajo el turbante, su cara es una almendra resplandeciente de sudor. Un blusón de encajes deja al descubierto sus hombros, revelando dos lunares, negros y grandes como escarabajos, en la base de la garganta. Varias capas de faldas de gasa, delicadas como membranas, cepillan sus pies, descalzos sobre el frío suelo de cemento. El techo de la habitación verde mar oscila con las llamas y el incienso de cientos de velas.

Una estatua de ébano de Santa Bárbara, la Diosa Negra, preside la pared del fondo. Frente a sus pies descansa una ofrenda de manzanas y plátanos. Unas fragantes oblaciones coronan los altares de los demás santos y dioses:

maíz tostado, centavos y un cigarro aromático para San Lázaro, protector de los paralíticos; coco y cola amarga para Obatalá, el Rey de Todo lo Blanco; ñame cocido, vino de palmas y un saquito de sal para Ogún, patrón de los metales.

A la entrada de la habitación está Elleguá, Rey de los Caminos, rodeado de nueve cuencos rústicos de varios tamaños que contienen huevos de arcilla. Los huevos, decorados con ojos y bocas de caurí, están sumergidos en un elixir de hierbas y agua bendita. Cuatro mulatas vestidas con faldas de guinga y delantales rezan arrodilladas frente a los altares. Un hombre, un genuino yoruba negro azulado tocado con un fez de algodón almidonado, permanece de pie, mudo, en el centro de la habitación.

—Herminia nos ha comentado lo de tu distopia. —La Madrina es aficionada a las palabras melodiosas aunque no siempre sabe lo que éstas significan. Pone su mano repleta de sortijas de marfil y piedras de bezoar sobre el hombro de Felicia y la conduce hacia el santero—. Ha viajado muchas horas desde el sur, desde los mangles, para estar con nosotros y limpiar tus infortunios. Traerá la paz para ti y para tu padre, una paz que tú nunca habías conocido mientras él estuvo habitando en esta tierra.

—Elleguá quiere una cabra —dice el santero sin mover casi los labios.

—¡Oh no, otra cabra no! —grita Felicia y se vuelve hacia su amiga con mirada acusadora—. ¡Me lo habías prometido!

—No tienes alternativa —implora Herminia—. No puedes dictar reglas a los dioses, Felicia. Elleguá necesita sangre fresca para poder hacer bien su trabajo.

—Abriremos el futuro ante ti, hija, ya verás —le asegura La Madrina—. Tenemos un contacto amistoso con las complejas superficies del globo terráqueo.

La Madrina reúne a los creyentes alrededor de Felicia. La envuelven en guirnaldas de cuentas y, suavemente, golpean su cara y sus párpados con ramas de romero. El santero regresa con una cabra, que tiene el morro y las orejas atados con una cuerda. Felicia se llena la boca de coco rallado y lo escupe sobre la cabeza de la cabra, besando luego sus orejas, mientras el bicho se lamenta silenciosamente. Felicia frota sus pechos contra el hocico del animal. «*Kosí ikú, kosí arun, kosí araye*», cantan las mujeres.

El santero conduce a la cabra sobre las ofrendas y la degolla de inmediato con un cuchillo de carnicero, dirigiendo la sangre hacia los huevos de arcilla. El animal se estremece, y luego se queda quieto. El santero espolvorea una caja de sal sobre la cabeza de la cabra, y luego derrama miel sobre las ofrendas.

Felicia, aturdida por el dulce aroma de la sangre, y de las velas, y de las mujeres, se desmaya en el suelo de la habitación de los santos de La Madrina, en la que todavía se siente caliente el sacrificio.

HACIA EL SUR

Los continentes hacen un gran esfuerzo para no perderse, para mantenerse flotando, indiferentes, pesados, sobre los mares. Varias explosiones desgarran y hieren profundamente la tierra, haciendo que arroje robles y minas de carbón, farolas de calle y escorpiones. Los hombres pierden el poder de la palabra. Los relojes se detienen. Lourdes Puente se despierta.

Son las cuatro en punto de la mañana. Se vuelve hacia su marido que duerme a su lado y mira su pelo rojizo salpicado de canas, sus ojos miopes que desaparecen tras unos párpados cansados, sensuales. Ha dejado exhausto una vez más al pobre Rufino.

Lourdes se pone un uniforme de la talla 62 con unos amplios bolsillos a la altura de la cadera, y unos zapatos planos de suela de goma. Tiene seis vestidos idénticos a éste en su armario, y dos pares más de zapatos. Lourdes está satisfecha con la autoridad implícita de su uniforme, con la severidad de su cara desprovista por completo de maquillaje y con su nariz ruda y redondeada. Los músculos de su ojo derecho son débiles desde que era una niña, y de vez en cuando el ojo se le desliza hacia un lado, dándole un cierto aire ciclópeo. Esto no afecta su visión, perfecta, sólo se la tuerce un poco. Lourdes está convencida que esta desviación le permite ver cosas que otros no pueden.

Lourdes se hace una pequeña trenza que luego enrosca y sujeta con pinzas y una redecilla, y deja una nota a su hija sobre la mesa de la cocina. Quiere que Pilar vaya a la pastelería cuando salga de la escuela. Lourdes echó ayer al paquistaní y hoy se quedará sola detrás del mostrador si no consigue ayuda. «¡¡Esta vez no hay excusa!!», garabatea en una escritura marcadamente inclinada.

Las farolas de la calle esparcen una luz distorsionada. Aún no ha amanecido y los ruidos habituales no sobresaltan a Lourdes. Una ardilla rasguñando un roble. El motor de un coche ahogándose al final de la calle. Entre los *brownstones* [1] y los almacenes, el East River se hace visible, lento y metálico como el cielo.

Lourdes disfruta caminando en la oscuridad sin ser vista. Imagina sus huellas hundiéndose, invisibles, en las calles y aceras, traspasando la condensada arqueología de la ciudad, llegando a las superficies subterráneas de abundante barro aluvial. Sospecha que la tierra esparce su piel en capas, malgastadas de vegetación.

A Lourdes le agrada el refugio mañanero de la pastelería. Se anima cuando llega el pedido de pan de hogaza reciente, cuando siente la textura del grano y del azúcar pulverizada, los reconfortantes aromas de vainilla y almendra.

---

[1] El *brownstone* es un tipo de edificio característico de las zonas urbanas de EE. UU., y, particularmente, de la ciudad de Nueva York. Su nombre proviene de una variedad de piedra caliza de color rojizo utilizada en su construcción. *(N. de la T.)*

Lourdes había comprado la pastelería cinco años atrás a un judío franco-austriaco que había emigrado a Brooklyn después de la guerra. Antes, Lourdes había trabajado como oficinista en una clínica cercana, clasificando los registros de los pacientes que habían muerto. Ahora quiere trabajar con panes. ¿Qué tristeza podría traerle eso?

Las tartas congeladas vienen en débiles cajas de cartón prensado rodeadas de hielo seco. Hay tartas de Grand Marnier y napolitanas glaseadas y rellenas de crema *chantilly*. Lourdes desembala tres tortas Sacher y una Saint Honoré tachonada de profiteroles, unas barras Linzer rellenas de mermelada de frambuesa, unos *éclairs* y unas galletas de mazapán color rosa neón. En verano habrá pastel de melocotón y tartas de arándanos. En otoño, tartas de calabaza y bizcochitos escarchados decorados con figuritas de pavo ensartadas en palillos de dientes.

Lourdes dispone las bandejas de exposición en filas, sobre unos pequeños tapetes de papel, y organiza los *croissants* y las caracolas. Sitúa estratégicamente los pasteles que sobraron del día anterior al final de cada fila, donde podrá alcanzarlos más fácilmente. Limpia el platillo de las pasas y el de la miel, y se echa a la boca de un tirón varias sobras azucaradas.

Lourdes deja para el final los pegajosos panecillos de nueces. Vacía una de las bandejas que había recibido esa mañana, apartando dos de ellos para comérselos más tarde. Cuando pone a colar la primera taza de café, recibe una llamada de la hermana Federica, una de las monjas del Hospital de la Caridad.

—Tu padre es un santo —murmura furiosamente. La

diminuta monja dominicana está obsesionada con los santos, hasta el punto de haber llegado a descubrir la santidad de algunos mucho antes de que el Vaticano hubiese contemplado su canonización—. La madre superiora nunca me creerá. Esto es un nido de locos decrépitos. Pero quiero que tú sepas la verdad.

—¿Qué ha pasado? —pregunta Lourdes separando los pegajosos panecillos de nueces y comiéndoselos uno tras otro.

—Lo he visto con mis propios ojos. ¡Ojalá que su alma encuentre un santuario!

—¡Dios mío! —Lourdes se persigna rápidamente.

—Yo estaba haciendo mi primera ronda de la mañana cuando vi que salía del cuarto de tu padre una luz azul. Pensé que había dejado la televisión puesta —la hermana Federica hace una larga pausa y luego, con un aire más digno, resume la divina visión—: Cuando entré, estaba completamente vestido, erguido y con aspecto saludable, excepto que la cabeza y las manos le brillaban como si tuviesen una luz que les saliera de dentro. Era la aureola de la santidad, estoy segura. Tú sabes que soy una experta en cuestión de enigmas religiosos.

—¿Y entonces?

—Entonces me dijo: «Hermana Federica, quiero agradecerle todas las atenciones que ha tenido conmigo estos últimos días. Pero ahora me espera un nuevo espacio.» Así, tal como te lo cuento. Bueno, caí de rodillas y comencé a rezar un rosario a la Inmaculada. Mis manos aún están temblando. Él se puso su sombrero, atravesó la ventana y se dirigió hacia el sur, dejando un rastro de fósforo a lo largo de todo el East River.

—¿Dijo hacia dónde iba?

—No.

—Dios la bendiga, hermana. Pondré una vela por él.

Lourdes intenta durante casi una hora comunicarse por teléfono con su madre en Santa Teresa del Mar, pero la operadora le dice que las lluvias han estropeado todas las líneas telefónicas de la costa noroeste de Cuba. Afuera, los clientes golpean la puerta de cristal con llaves y monedas. Finalmente marca el número de su hermana Felicia en La Habana.

Durante el resto de la mañana Lourdes atiende aturulladamente a sus clientes, mezclando los pedidos y dando las vueltas equivocadas. Su peor descuido es decorar una tarta de bautizo con unas letras gruesas de color rojo que ponen «Mi más sentido pésame». Al mediodía Lourdes llama por teléfono a su marido, pero no hay nadie en casa. Los clientes continúan llegando. ¿Dónde está Pilar? Lourdes promete castigar a su hija. No habrá más pinturas durante un mes. Así aprenderá, piensa. Luego vuelve a llamar a Rufino. Sigue sin contestar.

La afluencia de clientes decrece durante la tarde y, por primera vez desde que la hermana Federica había llamado, Lourdes puede sentarse por fin con una taza de café aguado y un panecillo pegajoso a poner un poco de orden en su cabeza. Recuerda cómo había aumentado dramáticamente su apetito de sexo y de dulces desde que su padre había llegado a Nueva York. Cuanto más llevaba a su padre al hospital para que recibiera los tratamientos de cobalto, más panecillos de nueces se comía, y más gustaba de Rufino.

La carne se amontonó rápidamente en sus caderas y en sus nalgas, silenciando los ángulos de sus huesos. Se le acumuló en los muslos, que parecían derretirse sobre sus rodillas. Colgaba como hamacas de sus brazos. Lourdes soñaba continuamente con panes de centeno en grano y de centeno negro, con panes de harina integral y con *challah* en cestas de pajilla. Panes que se multiplicaban milagrosamente, que pendían abundantes de los árboles, que colmaban los cielos hasta perfumarlos de levadura.

Lourdes había aumentado 54 kilos.

Cuando era una niña flacucha, la gente le compraba cosas en la playa o en la calle principal del pueblo, pensando que estaba desnutrida y era huérfana de madre. Ya adolescente, Lourdes podía beberse tres o cuatro batidos con la comida. Aún el día antes de su boda, la costurera que le hizo el traje le había rogado que comiera para que pudiese llenarlo.

El sobrepeso no había alterado su rítmico modo de andar, pero ya los ojos de los hombres no se iban detrás de sus curvas. No era un problema de autocontrol. Ella no luchaba contra sus deseos, sino que más bien se sometía a ellos como un sonámbulo a sus sueños. Si su marido se había metido en el taller, Lourdes daba la voz de alarma tocando con insistencia una campana de barco que él había habilitado para esos momentos, se soltaba el pelo y tiraba de su muñeca hasta llevarlo a la habitación.

La agilidad de Lourdes sorprendía a Rufino. Cuanto más pesada se ponía, mayor era la flexibilidad de su cuerpo. Sus piernas daban vueltas y rotaban como las de una acróbata, su cuello giraba como si tuviese un doble soporte. Y su boca. La boca y la lengua de Lourdes eran como las bocas y lenguas de doce mujeres expertas.

A Rufino el cuerpo le dolía de tanto esfuerzo. Tenía las articulaciones tan entumecidas como las de un artrítico.

Había pedido a su mujer unas cuantas noches de paz, pero el repiqueteo de Lourdes se volvió más urgente, sus brillantes ojos negros más insistentes. Lourdes intentaba obtener de Rufino algo que él no podía ofrecerle, y no sabía qué podía ser.

Lourdes cierra la tienda temprano y se va andando hasta el Hospital de las Hermanas de la Caridad, que está a catorce manzanas de distancia. La hermana Federica la escolta a su paso por el sucio vestíbulo. Lourdes levanta las manos deformadas de su padre muerto, sus muñecas delgadas, llenas de manchas. Se fija en sus dedos, torcidos a partir de la primera articulación, agarrotados como ramas dispuestas al azar. Su estómago está depilado y surcado de puntos, y su piel es tan transparente que hasta las venas más delicadas se vuelven visibles. Parece perdido en la inmensa cama.

Su padre había sido un hombre exigente, impecable, bien afeitado, con el filo del pantalón perfectamente planchado. Se enorgullecía de no haber andado nunca descalzo, ni siquiera en su propia casa, y deambulaba por ahí con unas lustrosas pantuflas de cuero para protegerse de los microbios. La sola mención de la palabra prendía llamas de fuego en sus ojos. «¡Ellos son el enemigo! —solía vociferar—. ¡Culpables de la mugre tropical!»

Derrotar a los microbios requería para su padre una incesante vigilancia. Significaba mantener la nevera tan fría que a Lourdes le doliesen los dientes cuando se bebía una Coca-Cola, o que los trocitos de carne de cerdo que sobraban del día anterior apareciesen quemados por el hielo. «La comida se estropea rápidamente en nuestro clima», insistía, llevando el termostato de la nevera al punto de congelación. Significaba escuchar sus quejas expresadas en voz alta sobre las emboscadas culinarias de su madre: pollos de huesos sangrientos, vegetales que no estaban cocidos del todo, frutas sin pelar servidas con crema de queso a temperatura ambiente.

La forma en que su padre lavaba sus manos manicuradas constituía un pequeño milagro. Se le veía solemne, según Lourdes, como si fuese un médico que se preparaba para una operación. Él les había enseñado a ella y a Felicia y a su hermano más pequeño, Javier, cómo limpiarse por debajo de las uñas con un cepillito, cómo dejar correr el agua caliente sobre las manos durante un lento conteo de treinta segundos, cómo secarse entre los dedos con toallas hervidas en lejía para que los gérmenes no pudiesen crecer entre las fisuras húmedas.

En el hospital, su padre se desesperaba ante la incompetencia y el fracaso de los procedimientos, ante las manos rudas y profesionales que le pinchaban. En una ocasión, una enfermera le puso un supositorio para aflojarle los intestinos y nunca regresó; los dedos se le acalambraron de tanto apretar angustiado el timbre, hasta que no pudo aguantar más y se ensució en el pijama. Para aquel entonces, Lourdes ya sabía que su padre iba a morir. Entregó a las monjas sus últimos ahorros y pidió una habitación privada con televisión y la mejor enfermera del hospital.

Las últimas semanas de su padre fueron felices bajo el cuidado de la hermana Federica, cuya devoción hacia una desconcertante colección de santos no reducía su afición a la limpieza. La hermana Federica adoraba a su padre y le proporcionó los más suaves afeitados de todos los que tuvo. Dos veces al día enjabonaba su cara con un cepillo de cerdas duras y, con una navaja recta, rasuraba con pericia el hoyuelo de la barbilla y el exiguo espacio existente entre la nariz y el labio superior. Luego cortaba con unas tijeras los pelillos despeinados que le salían de la nariz y rociaba su cuello con polvos de talco. Lourdes sabía que a su padre la diminuta monja de cara maliciosa y bigote pálido le recordaba al barbero de La Habana, el olor de sus tónicos y pomadas, el cuero rojo cuarteado y el apoyo de acero de sus sillas esmaltadas.

Su padre murió con un afeitado impecable. Eso, al menos, tuvo que haberle hecho feliz.

Son ya las nueve de la noche y Pilar sin venir. Lourdes llama al cuartel de la policía y pone a descongelar el kilo de panecillos de nueces que tenía escondidos. A las diez, llama a los bomberos y pone a calentar el horno. A medianoche ha alertado ya tres hospitales y seis estaciones de radio y ha dado buena cuenta del último de los panecillos pegajosos.

Rufino no puede consolarla. Su padre ha muerto. Su hija ha desaparecido. «¿Y dónde has estado tú durante la tarde?», vocifera repentinamente Lourdes a su marido sin esperar respuesta alguna. En vez de eso, desgarra una bolsa de compra llena de fotos buscando una instantánea de su hija, pero lo único que encuentra es una foto escolar tamaño cartera que le habían hecho a Pilar cuando estaba en tercer grado. Se la ve con su pelo liso y negro partido a un lado por una raya nítida. Viste un mono a cuadros de colores castaños, una camisa blanca de cuello Peter Pan y un lazo con cierre a presión haciendo juego. Esa niña no se parecía en nada a su hija.

Lourdes ya no puede visualizar a Pilar, sólo algunas partes dispersas de ella. Un ojo color ambarino, una muñeca delicada con un brazalete de plata y turquesas, unas cejas arqueadas y gruesas como si estuviesen invitando a algún peligro. Lourdes imaginaba estas piezas rotas y magulladas en los lugares más atroces, dispersas por muelles o en callejones, o arrastradas por la corriente del río hacia el mar.

Registra la habitación de su hija buscando el cartel de Jimmy Hendrix que ella le había hecho quitar y lo vuelve a clavar en la pared. Luego coge en sus brazos el mono asqueroso de Pilar y sus camisetas de franela salpicadas de pintura, se acuesta en la cama de su hija y se cubre con ellas. Inhala el olor del aguarrás, el olor del desafío que es Pilar.

Su hija había nacido once días después de que El Líder recorriera triunfante el camino hacia La Habana. Pilar se deslizó fuera de ella como un renacuajo, oscuro, sin pelo, y buscando deseosa la luz.

Lourdes tuvo dificultad en encontrar una niñera para Pilar. Pocas duraron más de una semana o dos. Una se rompió una pierna al resbalar sobre una barra de jabón que Pilar había tirado a la bañera cuando la tata la estaba bañando. Otra mujer, una mulata bastante mayor, se quejó de que se le estaba cayendo el pelo bajo las miradas amenazantes que le dirigía la cría. Lourdes la echó de la casa el día que encontró a Pilar metida en una palangana, untada con sangre de pollo y cubierta de hojas de laurel.

—La niña está endiablada —explicó atemorizada la tata—. Estaba tratando de limpiar su espíritu.

Al atardecer, Lourdes cruza el puente de Brooklyn. El sol

está bajando en el cielo y ella examina el río de plata en busca de alguna clave. Se escucha el sonido triste de un remolcador arrastrando su carga de barriles y aceites. En el aire se respira un olor a alquitrán y a invierno pegajoso. La rejilla de cables de acero divide los rascacielos en cientos de fragmentos fácilmente manejables. Hacia el norte se superponen más puentes, como las cartas de un jugador de póquer. Hacia el este se extienden la llanura de Brooklyn y la autovía a Queens.

Lourdes se vuelve hacia el sur. Todo, según parece, se mueve hacia el sur. El humo de las chimeneas inclinadas de Nueva Jersey. Una formación invertida de gorriones. Los barcos picados de viruela en dirección a Panamá. El propio río aletargado.

Lourdes piensa en su padre, también de camino hacia el sur, de regreso a casa, a su playa minada de tristes recuerdos. Intenta recuperar la imagen de su primer invierno en Cuba. Era el año 1936 y su madre estaba internada en un asilo. Lourdes y su padre atravesaban la isla en su automóvil, negro e inmenso, como una iglesia un domingo por la noche. Desde la ventana del coche Lourdes veía el paisaje herido de la isla, las hélices de sus palmeras. Unos hombres gruesos apretaban sus rostros serpenteados de venas moradas contra sus mejillas de niña. Le ofrecían naranjas ulceradas y piruletas desabridas. La cadencia lastimera de su madre les seguía a todas partes.

Pilar Puente

Estoy en los probadores de Abraham & Straus mirándome unas ligas estilo francés y un sujetador de los que las levantan para arriba, cuando me parece escuchar su voz.

Saco la cabeza y les veo. Mi padre parece un niño, riendo alegre y susurrando cosas en el oído de esa mujer. La mujer es enorme, y rubia, y pomposa, como una deteriorada reina de belleza de los años cincuenta. Una nube de pelo decolorado rodea su cabeza y tiene unas pantorrillas tan musculosas que parece que ha estado andando sobre esos tacones desde que nació. «¡Mierda! —pienso para mí—. ¡Mierda! ¡No me lo puedo creer!» Me visto y les sigo, escondiéndome detrás de los estantes de sombreros y de jerseys en oferta. En el mostrador de caramelos, mi padre sostiene una chocolatina *crunch* sobre la lengua de ella, que se relame incesantemente, desagradable. Ella es más alta que él, le saca la cabeza, con lo cual la faena no se le hace nada fácil a mi padre. Me revuelven el estómago. Bajan la calle Fulton abrazados, mirando los escaparates de las tiendas. Es un tramo maltrecho de tiendas anticuadas con mercancías que habían estado ahí desde el tiempo de bahía de Cochinos. Sé que mi padre piensa que en este barrio no cabe la posibilidad de encontrarse con ninguna persona conocida. La reina de belleza se recuesta sobre él frente a una tienda de equipos de música, donde, increíblemente, suena como una explosión *Detente, en nombre del amor*. Veo cómo su lengua prensil se introduce en la boca de mi padre. Luego, él sujeta entre sus manos esa cara cerosa e inflamada, como si fuera un pequeño sol.

Eso es. Ya lo entiendo. Regresaré a Cuba. Estoy harta de todo. Saco todo mi dinero del banco, 120 dólares, el dinero que he ahorrado esclavizada en la pastelería de mi madre, y compro un billete de autocar para irme a Miami. Calculo que una vez allí, podría gestionar mi viaje a Cuba, alquilando un bote, o consiguiendo un pescador que me lleve.

Imagino la sorpresa de Abuela Celia cuando me escurriera a hurtadillas por detrás de ella. Estaría sentada en su columpio de mimbre mirando al mar, y olería a sal y a agua de violetas. Habría gaviotas y cangrejos en la orilla del mar. Acariciaría mis mejillas con sus manos frías, y cantaría silenciosamente en mis oídos.

Cuando salí de Cuba tenía sólo dos años, pero recuerdo todo lo que pasó desde que era una cría, cada una de las conversaciones, palabra por palabra. Estaba sentada en la falda de mi abuela jugando con sus pendientes de perlas, cuando mi madre le dijo que nos iríamos de la isla. Abuela Celia la acusó de haber traicionado la revolución. Mamá trató de separarme de la abuela, pero yo me agarré a ella y grité a todo pulmón. Mi abuelo vino corriendo y dijo: «Celia, deja que la niña se vaya. Debe estar con Lourdes.» Esa fue la última vez que la vi.

Mi madre dice que Abuela Celia ha tenido un montón de oportunidades de salir de Cuba, pero que es terca y que El Líder le ha sorbido el seso. Mamá dice «comunistas» de la misma manera que alguna gente dice «cáncer», lenta y rabiosamente. Lee los periódicos página por página intentando detectar las conspiraciones de la izquierda, hinca su dedo sobre la posible evidencia, y dice «¿Ves lo que te digo?». El año pasado, cuando El Líder encarceló a un famoso poeta cubano, ella, tratando de salvarle, se burló con desprecio de «esos izquierdosos intelectuales hipócritas»: «Crearon esas prisiones para que ellos se pudrieran en ellas —gritaba, sin que sus palabras tuvieran demasiado sentido—. ¡¡Son subversivos peligrosos, rojos hasta el tuétano!!»

Blanco o negro, así es la visión de Mamá. Es su forma de sobrevivir.

Mi madre lee mi diario, lo busca bajo el colchón o en el forro de mi abrigo de invierno. Dice que su responsabilidad es estar al tanto de mis pensamientos íntimos, y que yo lo entenderé cuando tenga mis propios hijos. Es así como sabe lo mío en la bañera. Me gusta acostarme boca abajo y dejar que el chorro de la ducha corra sobre mi espalda. Cuando muevo mis caderas intentando conseguir la posición exacta, siento placer. Como pequeñas explosiones en una cuerda de resorte. Ahora, siempre que estoy en el cuarto de baño, mi madre toca a la puerta, como si el presidente Nixon estuviese aquí y necesitara usar el retrete. Y mientras tanto yo la escucho dando saltos encima de mi padre, noche tras noche, hasta que él le suplica que por favor le deje en paz. Su cara nunca te podría hacer sospechar algo así.

Cuando mi madre descubrió por primera vez lo de la bañera, me abofeteó la cara y me arrancó los pelos mechón a mechón. Me llamó «desgraciada», y enterró sus nudillos en mis sienes. Y luego me obligó a trabajar en su pastelería todos los días a la salida de la escuela por 25 centavos la hora. Me deja notas repugnantes sobre la mesa de la cocina recordándome que debo presentarme a trabajar, o cosas por el estilo. Cree que trabajar con ella me enseñará a ser una persona responsable y que me quitará de la mente esos sucios pensamientos. Como si yo fuese a purificarme despachando donuts. Maravillas no hará por mí, como tampoco las está haciendo por ella. Todos esos panecillos de nueces la han llevado a la desbordante inmensidad de una carroza de Macy's en el desfile del día de Acción de Gracias. Estoy segura de que algún efecto están teniendo en su mente.

El viaje en autobús no es tan terrible. Después de pasar Nueva Jersey, es todo recto por la I-95. Junto a mí se ha sentado una chica flaca que ha subido en Richmond. Su nombre es Minnie French, y para ser tan joven tiene un aire extrañamente avejentado. Probablemente sea por su nombre o por las tres bolsas de comida que ha puesto debajo del asiento. Pollo frito, ensalada de patatas, *sandwiches* de jamón, bizcochitos de chocolate, y, además, un bote de melocotones en almíbar. Minnie picotea un poco de cada cosa, masticándolas rápidamente como si fuese una ardilla. Me ofrece un muslo de pollo, pero yo no tengo nada de hambre. Me cuenta que nació en Toledo, Ohio, que fue la última de trece hijos, y que su madre murió cuando la tuvo a ella. La familia se dividió y a ella la crió una abuela que citaba la Biblia versículo a versículo y que tenía un *Cadillac* decrépito con un radioemisor para aficionados. Según cuenta Minnie, cuando su abuela iba de visita a Chicago a ver a sus parientes, se pasaba todo el camino hablando por el aparato con los demás conductores que habían logrado sobrevivir a los peligros de la carretera.

Le cuento que antes, cuando vivía en Cuba, las niñeras solían pensar que yo estaba poseída. Cuando mi madre no estaba mirando, me cubrían de sangre y de hierbas, y me golpeaban la frente con cuentecillas de colores. Me llamaban «brujita». Yo las miraba fijamente para ver si desaparecían. Recuerdo que pensaba: «Vale, muy bien, comenzaré por su pelo y haré que se le caiga uno a uno.» Siempre salían con pañuelos en la cabeza para cubrirse las calvas.

En realidad no me apetece en absoluto hablar de mi padre, pero termino contándole a Minnie cómo Papá me llevaba a caballo por toda la hacienda atándome a su silla con un cinturón de cuero que él mismo había diseñado para mí. La familia de Papá era propietaria de varios casinos en Cuba, y poseían una de las haciendas más grandes de toda la isla. Había reses y vacas lecheras, caballos, cerdos, cabras y ovejas. Papá los alimentaba con melaza para que engordaran, y daba maíz y sorgo a los pollos para que pusieran huevos bermejos, ricos en vitaminas. Una vez me llevó con él a hacer una inspección que duraba toda la noche. Acampamos bajo un zapote y escuchamos a las lechuzas enanas con sus voces de mujer anciana. Mi padre sabía que yo entendía más de lo que podía decir. Me contaba historias sobre Cuba antes de que llegara Colón. Decía que los españoles habían limpiado más indios con las viruelas que con los fusiles.

«¿Por qué no leemos esto en los libros de historia? —le pregunto a Minnie—. Siempre son las malditas guerras, una detrás de otra. Sabemos de Carlomagno y Napoleón sólo porque ellos *lucharon* por su paso a la posteridad.» Minnie lo único que hace es sacudir un poco la cabeza y mirar por la ventana. Está comenzando a quedarse dormida. La cabeza le cuelga entre los hombros y tiene la boca medio abierta.

Si por mí fuera, los libros contarían otras cosas. Como lo de aquella tormenta de granizo en el Congo, que las mujeres tomaron como señal de que eran ellas las que debían gobernar. O las vivencias de una prostituta en Bombay. ¿Por qué yo no sé nada de todo eso? ¿Quién elige lo que debemos saber, o lo que es importante? Sé que tengo que decidir estas cosas por mí misma. La mayor parte de las cosas importantes que he aprendido las he aprendido por mí misma, o por mi abuela.

Abuela Celia y yo nos escribimos de vez en cuando, pero la mayoría de las veces la escucho hablarme por las noches, justo antes de dormirme. Me cuenta historias de su vida y me dice cómo se ve el mar en ese momento. Parece saber todo lo que me ha pasado y me aconseja no hacerle demasiado caso a mi madre. Abuela Celia me dice que quiere verme otra vez. Me dice que me quiere.

Fue mi abuela quien me animó a seguir clases de pintura con Mitzi Kellner. Ella es una señora que vive más abajo, en mi misma calle, y le gustaba irse de marcha con los *beatniks* por el Greenwich Village. Su casa hedía a aguarrás y a los orines de todos sus gatos. Todavía da una clase de arte los viernes por la tarde para los niños del barrio. Empezamos dibujando el contorno de nuestras manos con los ojos cerrados, y más adelante seguimos con hojas de lechuga, calabazas, cualquier cosa arrugada. Mitzi nos decía que no nos preocupáramos por copiar exactamente los objetos, que lo que contaba era la fuerza de nuestros trazos.

Mis pinturas se han vuelto cada vez más y más abstractas, con remolinos de coágulos rojos, violentas. Mi madre las considera morbosas. El año pasado no quiso que aceptara una beca que me habían ofrecido para una escuela de arte en Manhattan. Dijo que los artistas eran malos elementos, una pandilla de libertinos que se pinchaban con heroína. «No lo puedo permitir, Rufino —gritaba con su habitual dramatismo—. ¡Primero tendrá que pasar sobre mi cadáver!» Y no es que ese pensamiento no se me hubiera pasado ya por la mente. Pero Papá, con su acostumbrada discreción, logró finalmente convencerla.

Después de comenzar en la escuela de arte el otoño pasado, Papá me preparó un estudio en la parte de atrás del almacén donde vivimos. Había comprado el almacén al ayuntamiento por 100 dólares cuando yo estaba en tercer grado. Dentro había una ingente cantidad de trastos y de chatarra, hasta que Mamá le obligó a vaciarlo. De allí salieron el torniquete de un viejo metro y un teléfono antiguo, la caja de una radio *Bluebird,* e incluso el morro de una locomotora. Donde mi madre veía sólo chatarra, Papá descubría las elegantes líneas de la era de la máquina.

Papá me contaba que el lugar había sido construido en los años veinte, como residencia temporal para los maestros de la escuela pública que venían de fuera de la ciudad. Luego, durante la segunda guerra mundial, fue convertido en un dormitorio para soldados y, más adelante, la autoridad de Transportes lo utilizó como almacén.

El almacén estaba dividido en dos partes por una pared de ladrillos. Mamá quería tener una verdadera casa, así que en la parte delantera Papá construyó un par de dormitorios y una cocina con doble fregadero. Mamá compró un sofá para dos y tapetes de encaje, y colgó una acuarela con un paisaje cursilón que se había traído de Cuba. En las ventanas instaló unas jardineras con geranios.

A mi padre le encanta examinar detenidamente las basuras de la calle y los montones de chatarra industrial, buscando tesoros. Lo que encuentra se lo deja a mi madre en la cocina, cual gato orgulloso que exhibe el botín de su caza. La mayoría de las veces ella no lo aprecia. A mi padre también le gusta criar cosas. Lo lleva en la sangre, desde el tiempo de la hacienda. El verano pasado le dejó a mi madre sobre la mesa de la cocina un tarro con una abeja solitaria.

—¿Qué significa esto? —preguntó Mamá con desconfianza.

—Apicultura, Lourdes. Tengo un enjambre ahí atrás. Vamos a producir nuestra propia miel, y quizá podamos abastecer a todo Brooklyn.

Las abejas duraron exactamente una semana. Mi madre envolvió los panales en toallas de playa y las soltó a todas una tarde que nos habíamos ido al cine mi padre y yo. Le picaron en los brazos y en la cara tanto y tanto que casi no podía ni abrir los ojos. Ahora nunca pisa la parte de atrás del almacén, lo cual es mucho mejor para nosotros.

Papá tiene su taller al lado del mío y se entretiene ahí con sus proyectos. Su última idea es una máquina de escribir controlada por voz y que, según él, va a acabar con las secretarias.

Para comunicarse con nosotros Mamá hace sonar una campana gigante que mi padre encontró en un astillero abandonado, en el edificio de al lado. Cuando se enfada, tira de esa maldita cosa como si fuese el jorobado de Nôtre Dame.

Nuestra casa está dentro de una manzana de cemento, cerca del East River. Por las noches, sobre todo en las de verano, cuando el sonido se extiende más lejos, escucho las sirenas graves de los barcos que salen del puerto de Nueva York. Navegan en dirección sur y pasan los rascacielos de Wall Street, rebasan Ellis Island y la Estatua de la Libertad, dejan atrás Bayonne, Nueva Jersey y el Canal de Bay Ridge, y se cuelan bajo el Puente Verrazano. Luego tuercen a la izquierda en Coney Island y enfilan hacia el Atlántico. Cuando escucho esas sirenas quisiera irme con ellos.

Cuando Minnie se despierta me dice que sabe que no debería contarme una cosa, que soy demasiado joven para oírla, pero yo le juro que tengo ya trece años y eso parece tranquilizarla. Ella tiene diecisiete y medio. Va a Florida para ver un médico que conoce su novio y abortar. No tiene niños y tampoco quiere ninguno, me dice. Su voz suena apagada y tranquila, y yo le cojo la mano hasta que se vuelve a dormir.

Pienso en los isleños de Nueva Guinea, que no relacionaban el sexo con la preñez. Creían que los niños flotaban sobre troncos en el cielo hasta que los espíritus de las mujeres embarazadas los reclamaban. No estoy cansada y me quedo despierta leyendo los letreros luminosos que hay a lo largo de la carretera. Letras borrosas o desaparecidas contribuyen a crear extraños mensajes. Aparece un cartel que anuncia una estación de invierno. Ha perdido la preposición y parte de la «v» se ha borrado, y el reflejo de las luces y las sombras de las otras letras informan:

Estación ... In*f*ierno
Abierta todo el año.

Aunque juro que mi favorito es uno que vi en Carolina del Norte donde se anuncia el producto Pollas..., acompañado de un martini eléctrico sin la aceituna.

No obstante, por mucho que lo intente, continúo viendo la cara hinchada de esa reina de belleza envejecida haciendo rebotar sus ubres contra las manos extendidas de mi padre. Sospecho que mis padres ya no están tanto el uno con el otro, excepto cuando mi madre le reclama tocando a rebato la campana. Antes Papá la ayudaba en la pastelería, pero Mamá perdió la paciencia con él. Tan manitas como él es para algunas cosas, no ha podido, sin embargo, pillarle el punto al negocio de los pasteles, o al menos no de la manera que mi madre lo lleva.

Últimamente Mamá está siempre encima de sus empleados, casi tanto como sobre los malditos panecillos de nueces que se zampa. Nadie dura más de un día o dos. Contrata a los que están sin un sólo centavo, inmigrantes rusos y paquistaníes, gente que no habla ni papa de inglés, pensando que le van a salir más baratos. Y después se pasa la mitad del día gritándoles porque no entienden lo que les dice. Mamá cree que todos ellos han venido para robarle y vacía los bolsillos de sus abrigos y sus bolsas de la compra mientras ellos están trabajando. ¿Qué podrían robarle ellos? ¿Una galleta de mantequilla? ¿Un pan francés? En una ocasión me pidió a mí que revisara el bolso de alguien y le dije que al carajo con eso, que ni hablar. Cree que les hace un favor dándoles trabajo e introduciéndoles en la vida norteamericana. Joder, si ella es el comité de bienvenida, lo mejor que podrían hacer es largarse corriendo.

Recuerdo cuando llegamos a Nueva York. Vivimos durante cinco meses en un hotel de Manhattan, mientras mis padres esperaban que la revolución fracasara o que los norteamericanos interviniesen en Cuba. Mi madre me sacaba a pasear por Central Park. Una vez, uno de los agentes del espectáculo de Art Linkletter nos detuvo en el zoo infantil y le preguntó a mi madre que si yo podía tomar parte en el *show*. Pero yo todavía no sabía hablar inglés, y mi madre siguió andando.

Mamá me vestía con un abriguito de lana rojo oscuro con el cuello y los puños de terciopelo negro. El aire era distinto al de Cuba. Tenía un olor a frío, a humo, que helaba mis pulmones. El cielo parecía recién lavado, cortado por rayos de luz. Y los árboles eran distintos también. Parecía como si estuviesen ardiendo. Yo me ponía a correr sobre las hojas secas amontonadas para escucharlas crujir como las palmeras de Cuba durante los huracanes. Pero luego me sentía triste al ver las ramas desnudas y pensaba en Abuela Celia. Me pregunto cómo hubiese sido mi vida si me hubiese quedado con ella.

Vi a mi abuelo, el marido de Abuela Celia, cuando vino a Nueva York a seguir un tratamiento para su cáncer de estómago. Lo sacaron del avión en una silla de ruedas. La cara de Abuelo Jorge parecía tan reseca y frágil como un pergamino viejo. Durmió en mi cama, sobre la que mi madre había puesto una colcha nueva con pequeños nudos color beis, y yo dormí en un catre al lado de él. Mamá le compró una televisión en blanco y negro y Abuelo veía el boxeo y los culebrones hispanos en el canal 47. Por mucho que mi madre le bañara, siempre olía a huevos quemados y naranjas.

Mi abuelo estaba tan débil que solía irse a dormir a las ocho. Yo tenía que quitarle los dientes y meterlos en un vaso de agua efervescente con pastillas para dentaduras. Durante la noche emitía un silbido suave entre las encías. Algunas veces le daban pesadillas y boxeaba en el aire con sus puños. «Ven para acá, tú, español, que no vales para nada —gritaba—. Ven y pelea como un hombre.» Pero luego se tranquilizaba, refunfuñando maldiciones.

Cuando Mamá comenzó a llevarlo a los tratamientos de cobalto, yo me imaginaba que le disparaban bruscamente al estómago con unos rayos azules. Un color muy extraño para ser curativo, pensaba yo. Nada de lo que comemos es azul, al menos no del azul *azul* de los ojos de mi abuelo. Entonces ¿por qué los médicos no cambian el color de esos malditos rayos a verde? Comemos cosas verdes, es un color saludable. Si tan sólo hubiesen cambiado ese azul por verde, un agradable verde jade, pensaba yo, él hubiese mejorado.

Mi abuelo me dijo una vez que yo le recordaba a Abuela Celia. Me lo tomé como un piropo. Cuando aún tenía fuerzas, le escribía cartas a diario, largas cartas, en una escritura anticuada llena de adornos y florituras. Nunca hubiera podido imaginar que tuviese una caligrafía tan elegante. Eran, además, cartas románticas. Me leyó una de ellas en voz alta. Llamaba a Abuela Celia «su palomita en el desierto». Ahora ya no puede escribirle tan a menudo. Y es demasiado orgulloso para pedirnos a alguno de nosotros que lo hagamos por él. Abuela Celia le contesta de vez en cuando, pero son cartas llenas de información sobre sus reuniones o cosas por el estilo, y nada más. Sus cartas ponen a mi abuelo muy triste.

Minnie iba hasta Jacksonville. Yo tenía curiosidad por saber quién la iría a esperar, y me puse a mirar por la ventana. Pero cuando el autocar volvió a ponerse en marcha, ella todavía estaba esperando. Al llegar a Florida, el paisaje se volvió tan monótono que finalmente me quedé dormida. Es medianoche y estoy en la playa rodeada de gente rezando. Llevo un vestido blanco y un turbante y puedo escuchar el mar muy cerca, sólo que no puedo verlo. Estoy sentada en una silla, una especie de trono, que tiene unos cuernos incrustados en la parte de atrás. La gente me levanta en alto y caminan conmigo en una lenta procesión hacia el mar. Van cantando en un lenguaje que yo no entiendo. Sin embargo, no siento miedo. Veo las estrellas y la luna y el cielo oscuro dando vueltas sobre mi cabeza. Veo la cara de mi abuela.

LA CASA DE LA CALLE PALMAS

El aguacero de la tarde obliga a las madres de los estudiantes a correr para guarecerse bajo el árbol coralino que hay en el patio de la escuela elemental Nikolai Lenin. Una lagartija se estremece sobre el codo de la rama más gruesa del árbol. Celia se queda bajo la lluvia, sola, sobre sus elegantes zapatos de salón, esperando a que sus nietas gemelas regresen de la excursión a Isla de Pinos. Siente que ha estado toda su vida esperando a otros, esperando a que ocurra una u otra cosa. Esperando que su amante regresase de España. Esperando que cesen las lluvias de verano. Esperando que su marido saliera en algún viaje de negocios para así poder tocar a Debussy en el piano.

La espera había comenzado en 1934, justo la primavera antes de casarse con Jorge del Pino, cuando todavía era Celia Almeida. Estaba trabajando en El Encanto, el almacén más lujoso de La Habana, vendiendo equipo fotográfico americano, el día en que Gustavo Sierra de Armas se acercó repentinamente a su mostrador. Era un abogado español de Granada, estaba casado, y le pidió ver la cámara *Kodak* más pequeña que tuviese. Quería tirar fotos desde una pequeña abertura practicada en su abrigo para obtener pruebas concluyentes de los asesinatos que estaban ocurriendo en España. Cuando comenzara la guerra, dijo, ya nadie sería capaz de rebatir semejantes evidencias.

Gustavo regresó al mostrador de Celia una y otra vez. Le llevaba jazmines que parecían mariposas, símbolo del patriotismo y de la pureza, y le decía que Cuba algún día también quedaría libre de las sanguijuelas. Gustavo le cantaba a su lunar, al lunar que ella tenía a un lado de la boca. Le compró unos aretes de perlas.

Ese lunar que tienes, cielito lindo,
junto a la boca...
No se lo des a nadie, cielito lindo,
que a mí me toca.

Cuando Gustavo la dejó para regresar a España, Celia se quedó desconsolada. Las lluvias de primavera la ponían nerviosa, el verdor le afectaba los ojos. Observaba las palomas torcaces picoteando las inmundicias del portal de su casa, y recorría todas las botánicas buscando los brebajes que aún le faltaban por probar.

—Busco un consuelo fácil, que dure mucho —decía a las gitanas.

Compró raíz de tigre de Jamaica para hacerse una buena limpieza, una rama de índigo, unas cuantas semillitas de color rojo translúcido y, finalmente, un saquito de tela lleno de hierbas. Ponía a hervir té con panales de abeja, el vapor abría sus poros, cerraba las persianas, y se lo bebía.

Celia se metió en su cama a principios de verano y no se volvió a levantar de allí hasta ocho meses más tarde. No había duda, se estaba encogiendo. Celia había sido una mujer alta, casi una cabeza más alta que la mayoría de los hombres, de pecho firme y piernas musculosas. De repente se convirtió en una masa quebradiza de huesos opacos, con las uñas amarillentas y sin menstruación. Alicia, su tía abuela, cubría con turbantes de colores el poco pelo que le quedaba, intentando que Celia pareciese lo más atractiva posible.

Los médicos no encontraban nada malo en Celia. La examinaron con monóculos y lentes de aumento, con instrumentos de metal que dejaban impresa una amoratada geometría sobre su pecho y sus brazos, sobre sus muslos y su frente. Con un diminuto bolígrafo-linterna escrutaron sus ojos, que colgaban como faroles sobre un rostro insomne. Le recetaron vitaminas, y pastillas de azúcar, y pastillas para dormir, pero Celia continuaba mermando en su cama, cada vez más pálida.

Los vecinos propusieron sus remedios personales: unas compresas de tintura de árnica, un bote del barro extraído de un pozo sagrado, el colmillo pulverizado de un elefante nigeriano para que lo mezclara con su caldito diario. Hicieron excavaciones en el patio que había frente a la casa intentando desenterrar alguna maldición, pero no encontraron nada. Las mejores cocineras de la calle Palmas le prepararon flanes de coco, tortitas de guayaba y queso, budines de pan y tartas de piña. Cuando Vilma Castillo puso a calentar el pastel de Alaska, la cocina se prendió en llamas, y se necesitaron varios cubos de agua para poder apagarla. Después del incendio, algunas personas fueron a visitar a Celia. «Está destinada a morir», concluyeron.

Desesperada, su tía abuela mandó a buscar una santera de Regla, que envolvió a Celia en collares de cuentas y tiró las caracolas para poder adivinar en ellas la voluntad de los dioses.

—Señorita Celia, veo en la palma de su mano un paisaje muy húmedo —dijo la pequeña santera. Y luego, volviéndose hacia Tía Alicia, afirmó—: Logrará sobrevivir a las fuertes llamas.

Celia escribió la primera carta a Gustavo Sierra de Armas movida por la insistencia de Jorge del Pino. Jorge la había estado cortejando durante todo el tiempo que duró aquel exilio entre las cuatro paredes de la casa. Tenía catorce años más que ella y llevaba unas gafas redondas con montura de metal que empequeñecían sus ojos azules. Celia le conocía desde que eran niños, desde el tiempo en que su madre la había sacado del campo y la había enviado a La Habana a casa de su tía abuela.

—Escríbele a ese tonto —insistía Jorge—. Si no te contesta, te casas conmigo.

11 de noviembre de 1934

Mi querido Gustavo:

Un pez nada en mi pulmón. Sin ti, ¿qué se puede celebrar?

Tuya siempre,
Celia

El día 11 de cada mes, durante veinticinco años, Celia escribía una carta a su amante español, y luego las almacenaba en un cofre de satén que guardaba debajo de su cama. Celia se había quitado los pendientes de perlas sólo nueve veces, para limpiarlos. Nadie la recuerda sin ellos.

* * *

Las nietas gemelas de Celia cuentan que, durante la excursión, dieron de comer plátanos enanos a un caballo con el pelaje salpicado de manchas y que estuvieron estudiando una variedad de lombrices con cuernecillos que era particular de aquella isla. Celia sabe que Luz y Milagro están siempre la una con la otra, hablando con símbolos que sólo ellas entienden. Las hermanas son la semilla doble de una misma fruta, más morenas y de rasgos más redondeados que su madre, y con los ojos de su padre, negros como la tinta. Tienen marcas de nacimiento idénticas, una media luna acaramelada sobre el párpado izquierdo, y la misma trenza atada con un lazo les cuelga por la espalda.

Las tres juntas consiguen que un coche las acerque a la casa de la calle Palmas. El conductor, un hombre con los dientes sutilmente serrados que se estaba quedando calvo, estrecha la mano de Celia con unos dedos que parecen de corcho. Ella adivina, sin equivocarse, que es fontanero. Celia se jacta de poder adivinar acertadamente las ocupaciones de los demás desde su época en El Encanto, cuando calculaba con precisión cuánto dinero podía gastar determinado cliente en una cámara. Sus ventas más cuantiosas eran las de los americanos que venían de Pennsylvania. ¿Qué podrían fotografiar en un sitio como ese?

El conductor gira a la izquierda en la calle Palmas, con sus hileras de casas de dos plantas, muy juntas, perfectamente alineadas unas frente a otras, todas pintadas de un amarillo llameante. El otoño pasado, los excedentes de pintura procedentes de las obras de un hospital, al otro lado de La Habana, habían congregado frente a la ferretería una cola de vecinos, larga como una serpiente, que daba la vuelta a la manzana. Felicia había comprado la cantidad máxima permitida, 30 litros, y estuvo dos domingos pintando la casa con brochas y escaleras prestadas.

—Al final —dijo ella—, te puedes morir esperando que te vendan el tono de azul apropiado.

El aire está húmedo por las lluvias de la tarde. Celia reúne a sus nietas para decirles que su abuelo ha muerto la semana pasada. Luego besa a cada una en la mejilla. Coge de la mano a Luz y a Milagro y camina hacia los escalones del portal de la casa de la calle Palmas.

—¡Mis niñas! ¡Mis niñas! —Felicia agita la mano frenéticamente desde la ventana de las habitaciones de la segunda planta, perdida tras la espesura del tamarindo rebosante de gorriones y de vainas medio rojizas. El calor aviva su cara y la salpica de pecas. Lleva puesto su camisón americano de franela con rosas azul pálido. Lo lleva abotonado hasta la garganta—. He preparado helado de coco.

Comprar helado en una tienda es barato, pero para Felicia el proceso de elaborar el helado forma parte de un ritual que había comenzado después de que su marido se hubiese marchado en 1966. Las excentricidades de Felicia se presentan de repente y, sobre todo, después de alguna lluvia torrencial. Raramente se desvía de su patrón original, su himno a la extravagancia.

Felicia acapara a su hijo menor y le convence siempre para que se quede con ella. Celia y sus nietas entran en la casa de la calle Palmas y encuentran a Ivanito cantando la letra de una canción de amor con las manos unidas y apretadas, sus manos llenas de hoyuelos.

Quieres regresar, pero es imposible
Ya mi corazón se siente rebelde
Vuélvete otra vez
Que no te amaré jamás.

* * *

Esa noche, Celia se queda despierta en el escueto comedor de la casa amarilla de la calle Palmas, la casa que una vez perteneció a su suegra y en la que ahora vive Felicia. Es imposible dormir en esta habitación, en esta cama cubierta con los mismos recuerdos que la han estado atormentando durante días y días. Para Celia esta casa sólo ha traído desgracias.

Recuerda cuando regresó de su luna de miel en Soroa, con una orquídea blanca en el pelo que Jorge había cortado en los jardines colgantes que había un poco más arriba de los baños de aguas sulfurosas. Su suegra, con su nariz respingona y su cara masculina, oscilante como un péndulo lleno de negaciones, le arrancó la flor de la oreja y la trituró en su mano.

—No tendré a una prostituta en mi casa —dijo con brusquedad Berta Arango del Pino, fijando su mirada en el oscuro lunar que Celia tenía cerca de la boca.

Y luego se volvió hacia su único hijo:

—Voy a freírte un pargo, Jorge, mi corazón, como a ti te gusta.

Los viajes de negocios de Jorge se le hacían a Celia insoportablemente largos. Durante los primeros meses de matrimonio la llamaba todas las noches, su dulce voz la calmaba. Pero pasado un tiempo, sus llamadas se fueron haciendo cada vez menos frecuentes, y su voz perdió el tono reconfortante.

Cuando él estaba en casa, hacían el amor en silencio y nerviosos, mientras su madre dormía. Su cama de matrimonio era un catre estrecho que durante el día permanecía escondido en el armario del comedor. Luego se ponían sus pijamas y se dormían abrazados. Cuando amanecía, Berta Arango del Pino daba un golpecillo en la puerta, giraba el picaporte y anunciaba el desayuno.

Celia hubiese querido decirle a Jorge que su madre y su hermana Ofelia la despreciaban, que se sentaban a cenar juntas por las noches y no la invitaban. «¿Has visto la camisa que le ha cosido a nuestro Jorge? —escuchaba comentar a Ofelia en tono burlón—. Debe creer que a Jorge le está creciendo un tercer brazo.» Para comer le dejaban las sobras, ni lo que hubiesen dado a un perro callejero.

Un día que ellas dos habían salido a comprar hilos para hacer bordados, Celia decidió prepararles un sabroso estofado de filete de lomo. Preparó la mesa de comer con la mantelería fina y la cubertería de plata, recogió tamarindos del árbol, los exprimió, los coló, y sacó una jarra completa de zumo. Esperanzada y nerviosa, esperó a que regresaran. Ofelia fue la primera en entrar a la cocina.

—¿Qué crees que estás haciendo? —dijo al tiempo que abría y cerraba la tapa de la olla como si fuese un címbalo.

Berta Arango del Pino la siguió sobre sus piernas de tobillos gruesos. Cogió dos trapos de los de secar los platos y cargando impacientemente la olla, atravesó la sala de estar, bajó los escalones del portal, cruzó el patio, y vació la olla humeante en la cuneta.

La madre de Jorge y su hermana se quedaban hasta muy tarde jugando al dominó en el comedor. Retrasaban el sueño de Celia, su único sosiego. Celia sabía que Ofelia se reunía con su madre frente al tocador de ésta, y que allí se sentaban sobre sus huesudos traseros a embadurnar sus caras morenas y arrugadas con una crema blanqueadora. Berta Arango del Pino se dejaba la pasta puesta toda la noche para borrar cualquier evidencia de sangre mulata. Le había tomado además el gusto a la absenta, y despedía un ligero olor a licor. Por las mañanas, sus mejillas y su frente amanecían quemadas por la decoloración y por el poderoso licor.

Los sábados, madre e hija iban a la peluquería y regresaban idénticas, con sendos cascos de rizitos aniñados que ellas protegían furiosamente con pinzas y redecillas. Ofelia todavía tenía esperanzas de encontrar algún pretendiente, aunque su madre ya había tenido demasiado intentando echar a los pocos hombres que se habían atrevido a acercarse por allí con sus presentes, caramelos de menta o ramos de flores que apretaban nerviosos. Para ir a la misa de la mañana, Ofelia se ponía un vestido decoroso, y alrededor de su cuello exhibía un collar de perlas corto y de una sola vuelta que le habían regalado cuando cumplió los quince años.

Ofelia había sentido miedo por la atención que en algún momento le habían prestado los hombres, pero ahora parecía más atemorizada por la invisibilidad. En momentos de tranquilidad llegó incluso a preguntarse: «¿Para quién estoy blanqueando mi piel? ¿Quién nota las peinetas de carey que llevo en el pelo? ¿Le importará a alguien que las costuras de mis medias estén un poco torcidas? ¿O que no lleve puesta ni una sola prenda de ropa?»

Celia se despertó una mañana y supo que estaba embarazada. Se sentía como si se hubiese tragado una campana. Los rígidos bordes de su alianza seccionaban su dedo entumecido. Los días seguían pasando y su marido no llamaba. Llevó a Ofelia aparte y se lo confió, pero Ofelia, distraídamente, se tocó sus propios pechos secos de leche y corrió a contarle las nuevas a su madre.

—¡Qué indecencia! —protestó Berta Arango del Pino—. ¿Cuántas bocas más tendrá que alimentar mi pobre hijo?

Ofelia se apropió todos los vestidos y zapatos de Celia. «Ya nunca más necesitarás esto —le dijo, al tiempo que agarraba un conjunto de lino que quedaba mejor colgando de la percha de alambre que sobre aquel esqueleto disecado—. En cualquier caso, cuando tengas el niño, nada de esto te volverá a valer.» Le robó sus zapatos de salón cuando Celia, por tener demasiado hinchados los pies, ya no podía calzarlos, y les desgarró la parte de atrás con sus afilados talones calcáreos.

Celia deseaba tener un niño, un hijo que pudiese abrirse su propio camino en el mundo. Si tuviese un niño, dejaría a Jorge y se iría en barco hasta España, hasta Granada. Bailaría flamenco, sus faldas harían titilar miles de luces color carmesí. Sus manos serían colibríes de firmes sonidos negros, sus pies se domarían contra los suelos de la noche. Bebería *whisky* con los turistas, contaría historias escandalosas, cruzaría la oscuridad llevando tan sólo una pandereta y un montón de claveles. Una noche, Gustavo Sierra de Armas entraría en su tablao, avanzaría hasta el escenario y la besaría intensamente, al ritmo de las violentas guitarras.

Si tiene una niña, Celia se quedará. No dejará a su hija inerme ante la vida, sino que la entrenará para que pueda leer en los ojos de los hombres su bagaje genético y familiar y sus verdaderas intenciones, para que comprenda la morfología de la supervivencia. Su hija también logrará sobrevivir a las fuertes llamas.

Jorge puso a la niña el nombre de Lourdes, en honor al santuario de los milagros que estaba en Francia. En la última conversación con su marido, antes de que la internaran en el asilo, Celia decía que su bebé no proyectaba sombra, que la tierra se la había tragado para aplacar su hambre. Aferrando a su hija por una pierna, se la entregó a Jorge, y dijo: «Nunca recordaré su nombre.»

* * *

Después de aquella noche de insomnio en la casa de la calle Palmas, Celia echa a andar hasta llegar a la ceiba que está en la Plaza de Armas. Su tronco está cubierto de frutas y monedas, y la tierra que rodea el árbol está abultada por las ofrendas que han sido enterradas a sus pies. Celia sabe que esa tierra removida que rodea las raíces sagradas esconde tanto los buenos como los malos hechizos. Tía Alicia le había comentado una vez que esa ceiba era una santa, femenina y maternal. Celia pidió permiso al árbol antes de atravesar su sombra, y luego dio tres vueltas en torno a él y pidió un deseo para Felicia.

Celia se toma un descanso en el patio interior de la plaza, donde las palmas reales empequeñecen una estatua de mármol de Cristóbal Colón. Dentro del museo hay una veleta de bronce de doña Inés de Bobadilla, la primera mujer que llegó a gobernar en Cuba, sosteniendo la cruz de Calatrava. Ella había llegado a ser gobernadora de la isla después de que su marido, Hernando de Soto, se marchara a conquistar la Florida. Se dice que a doña Inés se la veía casi siempre mirando hacia el mar, esperando que su marido apareciera en el horizonte. Pero De Soto murió en los bancos del río Mississippi sin volver a ver a su mujer nunca más.

Celia pasa junto al Hotel Inglaterra, gris y con la pintura cayéndose a pedazos de puro abandono. Imagina a su marido observando con detenimiento las ventanas cerradas, cargando una aspiradora último modelo. Jorge estudiaría minuciosamente la decoración de los balcones como si fuese un ladrón, miraría a través del cristal azul de los vitrales hasta verla a ella con el español, desnudos y compartiendo un cigarro. Le imagina balanceando entonces la aspiradora de lado a lado, dibujando círculos, dispersando con ella a las palomas y a los mendigos, balanceándola cada vez más y más fuerte hasta rasgar el aire con un lento silbido, balanceándola y balanceándola, y luego soltándola, lanzándola por encima de él, estrellándola contra la ventana, y haciendo añicos su pasado.

Celia consigue que un coche la acerque hasta la Plaza de la Revolución, donde El Líder, vestido con su acostumbrado uniforme militar, está dando un discurso. Los obreros abarrotan la plaza, y ovacionan el eco de sus palabras que revientan entre el cielo y la tierra. Celia toma una decisión. Los diez años o los veinte, o los años que le queden de vida, se los dedicará a El Líder, se dará por completo a su revolución. Ahora que Jorge ha muerto, podrá ofrecerse como voluntaria para todos y cada uno de sus proyectos: campañas de vacunación, tutorías, las microbrigadas.

En la parte de atrás de la plaza, unas camionetas de remolque están aceptando voluntarios para trabajar en los campos. «No hay nada de qué preocuparse —les asegura El Líder—. Trabaja hoy por la revolución y mañana ella por sí sola se encargará del resto.» Celia alza su puño en alto, con uñas embotadas y duras como pezuñas. Una botella de ron pasa de boca en boca. Celia da un estirón a su bata y levanta la botella. El licor quema su pecho como una nube caliente.

Durante las siguientes dos semanas, Celia entrega su cuerpo a la caña de azúcar. Desde la camioneta, los campos de caña parecen verdes y tentadores. Pero dentro de las plantaciones, los tallos pardos que se levantan desde la tierra sobrepasan más de dos veces su propia estatura, obstruyendo su visión. Hay ratas por todas partes ahuecando los dulces tallos, y una cantidad tal de insectos que resulta imposible aplastarlos. Celia aprende a cortar la caña justo desde la base, le quita las hojas con su machete, y luego la corta en trozos regulares para los recolectores. A pesar de su edad, o precisamente por ella, Celia se mueve con paso firme a través de los campos, endureciendo aún más sus músculos a cada nuevo paso, a cada nuevo giro. Las manos se le desgarran con los tallos leñosos, ásperos. El sol broncea su piel. A su alrededor la caña canturrea.

Un día, un trabajador descarga un machetazo sobre uno de los voluntarios. Celia observa cómo la sangre se va mezclando con el sudor sobre el pecho de la víctima. «¡Aficionados! —grita el machetero para que todo el mundo le oiga—. ¡Campesinos domingueros! ¡Váyanse todos a la mierda!» Varios hombres levantan al voluntario y lo sacan fuera del campo. Una mujer criolla que estaba ajena a toda la agitación, escupe maldiciones y blasfemias. Celia no sabe contra quién.

Celia imagina la caña que ella ha cortado triturándose en las centrales. Su espesa savia será recogida en cubos. Los hornos la transformarán en cristales húmedos, ambarinos. Ve en su mente sacos y sacos de 150 kilos con azúcar blanca refinada metidos en los cascos de los barcos. La gente de México, y de Rusia, y de Polonia, endulzarán su café con cucharadas de su azúcar, o prepararán con ella sus pasteles de cumpleaños. Y Cuba crecerá próspera. No con la falsa prosperidad de años anteriores, sino con esa prosperidad que será disfrutada por aquellos, que junto con ella, han compartido estas mañanas calurosas y quietas. En la próxima temporada, la caña volverá a crecer por algún misterio de la vegetación, y ella volverá a cortarla nuevamente. Dentro de siete años, los campos serán quemados y replantados.

Durante las tardes, el intenso olor de la caña de azúcar tapiza la nariz de Celia y su garganta, edulcora su carne y su arroz y los cigarros que fuma. Celia sumerge sus pies en bálsamos de hierbas, juega a las cartas hasta pasada la medianoche, come naranjas bajo la luna llena. Examina cada día sus manos, con orgullo.

Un sueño se hace recurrente. Una niña vestida con traje

de domingo y zapatos de charol recoge caracolas a lo largo de la orilla del mar hasta llenar sus bolsillos infinitos. El mar se retira hacia el horizonte, subrayando el cielo con una oscura franja de color azul. Se oyen unas voces que llaman a la niña pero ella no las escucha. Entonces los mares se precipitan sobre ella y la dejan flotando bajo el agua con los ojos abiertos. El océano está claro como en las tardes de invierno. Los colibríes zumbadores dan vueltas alrededor de los faisanes y de las vacas. Un joven mango crece a su lado. Las frutas crecen y revientan enrojecidas y el árbol se marchita y muere.

Cuando Celia regresa de las plantaciones de caña encuentra que el estado de su hija ha empeorado. La piel de Felicia aparece esmaltada en tonos rosados, como los empapelados de los hoteles de La Habana Vieja. Las rosas azules de su pijama de franela se adhieren a sus húmedas obscenidades. Celia lava el pelo de su hija en el fregadero de la cocina y luego lo desenreda con un peine roto. No logra convencer a Felicia para que se quite el camisón, ni para que deje entrar luz en la tenebrosa casa.

—Han robado mi pelo y se lo han vendido a las gitanas —se queja Felicia—. El sol quema nuestras imperfecciones.

—¿De qué estás hablando? —pregunta Celia con impaciencia.

—La luz se cuela. Nunca estás a salvo.

—Por favor, hija, dame tu ropa para lavártela.

Felicia sube corriendo a su habitación y se acuesta con las manos cruzadas bajo sus pechos.

Las gemelas se quejan que durante días no han comido otra cosa que no sea helado, que su madre baila con Ivanito y que les advierte de los peligros de la luz del día. Luz acusa a Ivanito de repetir las frases pretenciosas de su madre, de decir cosas como «la luna resplandece con vivaz indiferencia».

—Ven acá, chiquitico —le dice Celia a su nieto en tono persuasivo, al tiempo que se lo sienta sobre el regazo—. Siento mucho haberte dejado. Pensé que tu madre se pondría bien en un día o dos.

Milagro toca una de las ampollas que tiene su abuela en la palma de la mano. Celia enseña sus manos, desfiguradas por las cortaduras y los callos. Sus nietas exploran el terreno marcado de cicatrices.

—Pongan sus bañadores en el bolso. Nos vamos a Santa Teresa del Mar.

—¡Yo no iré! —grita Ivanito, y corre a enterrarse en la cama de su madre.

—Sólo por un par de días. Tu madre necesita descansar —le dice Celia corriendo tras él. De repente recuerda las manos de su tía abuela flotando sobre una blanca espuma de teclas, superponiéndose como gaviotas en el aire. Celia solía tocar a dúo con su tía, sentadas una junto a otra sobre la banqueta del piano. Los vecinos se detenían y escuchaban la música, y de vez en cuando se invitaban ellos mismos a tomar una taza de té.

—No me lo puedes robar —le advierte Felicia a su madre, arrullando a Ivanito bajo las sábanas.

Celia se lleva a las gemelas de la casa de la calle Palmas. Las niñas no dicen nada pero sus pensamientos dan vueltas al unísono como si fuesen piedras preciosas en una pulidora, afilando las aristas de sus duras conclusiones. A Celia le atemorizan los recuerdos que ellas puedan tener: la silla rota reducida a astillas, las palabras obscenas que flotan en el aire como insectos eléctricos.

Su padre, Hugo Villaverde, había regresado en varias ocasiones. Una de ellas, para traer desde China fulares de seda y disculpas. Otra, para dejar a Felicia ciega durante una semana de un golpetazo en los ojos. Y otra vez, para engendrar a Ivanito y dejarle su sífilis a Felicia.

A pesar de ello, Luz y Milagro insistían en mantener el nombre de su padre. Incluso después de que éste se hubiese marchado para siempre. Incluso después de que Felicia hubiera vuelto a utilizar su nombre de soltera. Celia se dio cuenta que las niñas nunca serían Del Pino.

Celia ocupa con sus nietas el asiento delantero del autobús. Mientras van alejándose de La Habana, un aguacero enérgico se pone a taconear sobre la hojalata del autobús. Celia no puede arrojar una sola lágrima por su marido, y no sabe por qué. Ella lo amaba, tal y como había descubierto en una ocasión, pero aun así el dolor no llega a afectarla. Se pregunta qué será lo que podrá estar apartándola del sufrimiento. ¿Los desvaríos de Felicia? ¿Aquellos quince días en los campos de caña de azúcar? ¿El bochorno de las lluvias de la tarde? ¿O sería simplemente que ya estaba demasiado acostumbrada a la ausencia de Jorge?

A Celia le parece que ha transcurrido mucho tiempo desde el día en que su marido anduvo sobre las aguas vistiendo su traje blanco de verano y su panamá. Y mucho más aún desde aquel día en que abordara el avión hacia Nueva York.

La lluvia cesa tan abruptamente como había comenzado. En el momento en que Celia y las gemelas llegan a Santa

Teresa del Mar, el sol parece tan seguro de sí mismo como si el día hubiese acabado de empezar.

Celia examina el escaso contenido de su frigorífico: tres zanahorias, medio pimiento verde, un puñado de patatas esponjosas. Envía a las gemelas a la tienda con un bote vacío y los últimos cupones mensuales que le quedaban. Quiere el pollo más gordo que puedan encontrar, un paquete de arroz, dos cebollas, seis huevos morenos y una ración de manteca.

Mirando el mar desde la ventana de la cocina, Celia se da cuenta de que los recuerdos no se pueden reprimir. El mar es gris pizarra, el color de una película sin revelar. Capturar imágenes le parece de repente un acto de crueldad. Había sido una atrocidad vender máquinas fotográficas en los almacenes El Encanto, aprisionar emociones en cuadrados de papel brillante.

Cuando regresan sus nietas, Celia presiona la yema de su dedo contra las cebollas putrefactas, abollándolas. Quita las piedrecillas del arroz y lo lava en el fregadero. Del cráneo del pollo brota un penacho de plumas, y sus patas segregan un líquido pegajoso. Celia esteriliza el ave al fuego, sobre una llama, y examina atentamente su piel arrugada, oscura y ondulada. Recuerda la chinchorrería de su marido, su guerra contra los gérmenes. ¡Cómo la volvía loca con sus quejas!

¿Qué era lo que él le había leído una vez? ¿Que el Nuevo Mundo, hace mucho tiempo, había estado unido a Europa y Asia? Sí, y que los continentes se separaron lentamente, dolorosamente, después de millones de años. Las Américas continúan avanzando poco a poco y eventualmente chocarán con Japón. Celia se pregunta si Cuba se quedará atrás, sola en el mar Caribe, con sus montañas imperfectas y entrelazadas, con sus conquistas, con sus recuerdos.

Termina de cortar las cebollas y las rehoga en una sartén con una cucharadita de manteca de cerdo. Se van poniendo doradas, transparentes y dulces.

CARTAS DE CELIA: 1935-1940

11 de marzo de 1935

Mi querido Gustavo:

Dentro de dos semanas me casaré con Jorge del Pino. Es un buen hombre y dice que me quiere. Caminamos por la orilla del mar y él me protege con una sombrilla. Le he hablado de ti, de nuestros encuentros en el Hotel Inglaterra. Me dice que te olvide.

Pienso en las tardes que pasábamos bajo aquellas luces comedidas, que desperdiciaban su luz, y desearía poder vivir bajo el agua. Tal vez así mi piel podría absorber el consolador silencio del mar. Me siento prisionera en esta isla, Gustavo, y no puedo dormir.

Tuya siempre,
Celia

11 de abril de 1935

Querido Gustavo:

Te estoy escribiendo desde mi luna de miel. Estamos en Soroa. No ha llovido ni un solo día desde que estamos aquí. Jorge me hace el amor como si tuviese miedo de que me fuera a romper en pedazos. Besa mis ojos y mis orejas, como si quisiera sellarlos de ti. Frota mi frente con pétalos húmedos para limpiar mis recuerdos. Su bondad me hace llorar.

Todavía tuya,
Celia

11 de enero de 1936

Gustavo:

Estoy embarazada.

Celia

11 de agosto de 1936

Querido Gustavo:

Una espesa cera crece dentro de mí. Está saqueando mis venas. Me balanceo como una boya en el puerto. No hay manera de mitigar el calor. Lavo mis vestidos y me los pongo mojados para refrescarme. Espero morir de neumonía.

Envenenan mi comida y mi leche pero aun así continúo aumentando. El bebé crece dentro del veneno. Jorge ha estado dos meses en Oriente. Tiene miedo de regresar a casa.

Si es un niño, lo abandonaré. Embarcaré para España, para Granada, para tu beso, Gustavo.

Te amo,
Celia

11 de septiembre de 1936

Gustavo:

Es una niña porosa. No tiene sombra. El hambre de la tierra la ha consumido. Ella me lee los pensamientos. Son transparentes.

11 de diciembre de 1936

G.:

J. me ha traicionado. Ellos han colgado estrellas doradas en los pasillos. En el norte hay un árbol de hojas metálicas que giran bajo el sol. Una brisa insalubre alimenta los hambrientos molinillos, las manos febriles giran y se detienen. Me arrancan la piel y luego la cuelgan para secarla. La veo restallando en las cuerdas. La comida no se puede tragar. Aquí la gente se come sus propias caras. ¿Qué tal está el tiempo por allá? Mándame aceitunas rellenas de anchoas.

C.

11 de enero de 1937

Mi amor:

Las pastillas que ellos me ven tragar hacen que mis pensamientos se vuelvan pegajosos como el algodón de azúcar. Miento a los médicos. Les cuento que mi padre me violó, que me alimento de atardeceres enmohecidos, que cuezo niños en mi matriz. Ellos se valen de ciertos procedimientos para quemarme el cráneo. Me dicen que voy mejorando.

Jorge me visita los domingos. Le pido que ponga las aspiradoras eléctricas en fila y que las haga funcionar todas a la vez. No le hace gracia. Se sienta conmigo en un banco de hierro labrado. Aquí la naturaleza es toda en ángulos rectos. Ni rastro de buganvillas. Ni rastro de heliconias. Ni rastro de cactus florecidos que desmientan los mitos del desierto. Me coge la mano y me habla de Lourdes. Hay otra gente que nos rodea bajo el sol. Sus palabras son tan calladas como el soplo de aire que ellos permiten que toque la red. Todo tiene el aroma dulce de la putrefacción.

He hecho una amiga, Felicia Gutiérrez. Mató a su marido. Lo empapó de gasolina. Prendió una cerilla. No se arrepiente de ello. Estamos planeando huir.

Tu Celia

11 de febrero de 1937

Querido Gustavo:

Han matado a Felicia. Se quemó en su propia cama. Dicen que fue un cigarrillo, pero ninguno de los guardianes admite haberle dado uno. Cuatro hombres se llevaron sus cenizas y sus huesos. Dejó rastros de un líquido blanco que nunca pude llegar a entender. El director lo limpió con sus propias manos. Nadie más podía hacerlo.

Me voy mañana. Jorge me ha dicho que viviremos cerca del mar. Debo hacer las maletas. Mi ropa huele a fango.

Celia

11 de noviembre de 1938

Gustavo mío:

Le he puesto el nombre de Felicia a mi nueva hija. Jorge dice que la estoy condenando. Es guapa y hermosa, con unos ojos verdes que me dejan desarmada. Esta vez seré una buena madre. Felicia ama el mar. Su piel es transparente, casi tanto como el pez que se alimenta en los arrecifes. Le leo poemas en el columpio del porche.

Lourdes tiene dos años y medio. Camina hacia la playa con su piernas flacas, morenas. Los desconocidos le compran helados y ella les dice que yo he muerto. Cuando Jorge sale de viaje, la llama todas las noches. «¿Cuándo regresarás a casa, Papi? ¿Cuándo regresarás a casa?», le pregunta. El día anunciado para su regreso, aunque no se le espere hasta la medianoche, ella se viste con su traje de fiesta adornado de volantes y le espera en la puerta.

Te quiere,
Celia

11 de febrero de 1939

Mi querido Gustavo:

Me levanto cuando todavía está oscuro para ver a los pescadores echando sus botes al mar. Pienso en todos aquellos que, como yo, estarán despiertos: insomnes, ladrones, anarquistas, mujeres con niños que se han ahogado en la bañera. Ellos son mi compañía. Observo cómo se va levantando el sol, quemando toda su colección de recuerdos, y saco fuerzas para el nuevo día. Al oscurecer, siento pena cuando pienso que la tierra está muriendo. Duermo un rato.

Tuya siempre,
Celia

11 de julio de 1940

Querido Gustavo:

La semana pasada Jorge nos llevó de paseo dominical a la provincia de Pinar del Río. La vista de las montañas me dejó sin respiración. Mis ojos estaban tan acostumbrados a un horizonte en continuo cambio, a la metamorfosis del océano y las nubes, que ver aquella masa rocosa, inamovible ante el cielo, fue para mi una absoluta sorpresa. Había pensado que la naturaleza era más flexible. Pasamos por los campos de caña, de arroz, de piñas y de tabaco. Las plantaciones de café se extendían en todas direcciones.

Nos detuvimos en la capital para comer. Me hizo recordar La Habana de cuando era niña. Los hibiscos crecían por todas partes, como si hubiesen sido pintados por legiones de artistas. El ritmo de la ciudad era lento y había casas de estructura irregular con balcones de columnas. Pensé en Tía Alicia sentada al piano tocando el *Kinderszenen* de Schumann, con su pelo trenzado como el mío con una cinta azul, con su broche azul pavo real en la garganta.

La casa estaba siempre llena de niños que recibían clases durante un par de meses o durante un año o dos, y que no podían estarse quietos sobre la banqueta del piano. La presencia de Tía Alicia les calmaba. Le traían dibujos hechos con lápices de colores y flores que cortaban de los jardines de sus madres. Tía Alicia sacaba los canarios de la jaula y dejaba que ellos los alimentaran con las semillas o los granos de arroz que habían guardado de su comida.

Me vienen a la memoria las tartas de coco de Tía Alicia, con sus capas infladas de aire. Sus manos estaban siempre impregnadas del agua de violetas con la que peinaba mi pelo. Me llevaba a dar largas caminatas por los parques de la ciudad y por los bulevares, que revelaban historias intrigantes. Es la persona más romántica que jamás he conocido.

Lourdes y Felicia estuvieron calladas casi todo el día, mirando por la ventana. Felicia suele seguir a Lourdes a todas partes, imita a su hermana en todo, hasta que Lourdes se irrita. Pero hoy ninguna de las dos ha dicho ni una sola palabra, no sé por qué razón. Jorge me convenció para que me bebiera una «guayabita del pinar», una bebida típica de allí, y me quedé sorprendida de mí misma al terminar la cuarta. Las niñas compartieron un plato de chuletas de cerdo.

Con mucho amor,
Celia

11 de septiembre de 1940

Querido Gustavo:

Siento no haberte podido escribir el mes pasado, pero Jorge tuvo un terrible accidente y yo tuve que salir corriendo para Holguín con las niñas. Su coche chocó contra un camión de leche y se partió los dos brazos, la pierna derecha y cuatro costillas. Estuvo hospitalizado un mes y tiene trocitos de cristal, que los médicos no pudieron quitarle, incrustados en la espina dorsal. Jorge está ahora en casa y se mueve con muletas, pero no podrá volver a trabajar durante un tiempo. Lourdes se niega a despegarse de su lado. Le he puesto un catre pequeño al lado de su cama. Felicia llora y quiere jugar con ellos, pero ellos la ignoran.

Jorge es un buen hombre, Gustavo. Me sorprendió el vuelco que dio mi corazón cuando me enteré que estaba herido. Lloré cuando le vi envuelto en vendajes blancos, con los brazos suspendidos en el aire como una gaviota. Sus ojos me pedían disculpas por haberme molestado. ¿Lo puedes creer? En ese momento descubrí que le quería. No con una pasión como la nuestra, Gustavo, pero con el mismo amor. Creo que él lo sabe, y eso le tranquiliza.

Había olvidado la pobreza del campo. Desde el tren se puede ver toda su miseria: los pies descalzos, las espaldas dobladas, las dentaduras estropeadas. En una estación había una niña como de seis años que llevaba puesto tan sólo un sucio trapo que apenas le cubría siquiera sus partes privadas. Tendía las manos a medida que los pasajeros iban saliendo del tren, y en medio del ajetreo alcancé a ver a un hombre que le puso encima sus repugnantes manazas. Grité y él salió corriendo. Llamé a la niña y le di por la ventana nuestra cesta de comida. Se fue corriendo llevándosela a rastras, como un perro chucho con cojera.

Tuya,
Celia

UN HUERTO DE LIMONES

Cuando finalmente me bajo del autocar hace un calor infernal. El sol me quema el cuero cabelludo, así que decido zambullirme en una cafetería. Todo tiene ese aire antiguo de las tiendas de «Todo a cinco y diez centavos» de Nueva York. Son los mejores sitios para tomar un bocadillo de beicon con lechuga y tomate, un auténtico BLT, así eso es exactamente lo que pido, con un refresco de naranja.

¿Y si llamara a mis abuelos paternos? Mejor no. Me meterían en el próximo avión rumbo a Nueva York. Abuela Zaida, la madre de mi padre, se pasaría días enteros gritando que cómo es posible que mi madre no me pueda controlar, que cómo es posible que yo esté correteando alocadamente como los niños americanos, sin respetar a los mayores. Esas dos se odian desde hace ya mucho tiempo. Algo pasó entre ellas cuando yo aún no había nacido.

Tengo aquí un primo que no está mal del todo. Su apodo es *Blanquito* porque es tan y tan blanco que incluso para nadar se tiene que poner un sombrero y una camiseta. Le conocí hace dos años en Miami, cuando Abuelo Guillermo cumplió ochenta años. Pienso que si pudiese ponerme en contacto con él, a lo mejor podría esconderme durante uno o dos días y luego llevarme hasta Key West para coger el barco a Cuba. Quizá hasta se vendría conmigo.

Hoy es sábado, de modo que tendré que localizarle en su casa. El único problema es que prácticamente toda la tribu de los Puente vive con él. Los padres de *Blanquito* tienen alquilado en Coral Gables una especie de rancho con piscina en la parte de atrás. El resto de la familia vive en apartamentos, y los fines de semana mis tíos se reúnen allí para ver el fútbol y comer hasta enfermar.

Busco su número en la guía de teléfonos. Contesta la madre de *Blanquito*, así que cuelgo. Reconocería su voz velada en cualquier lugar. Su madre siempre está a punto del colapso por una u otra enfermedad imaginaria. Lo último que escuché decir fue que creía tener lumbago. Pero eso es nada comparado con otras de las enfermedades que ha creído padecer: tétanos, malaria, estomatitis tropical, tifus. Menciona lo que quieras, que ella lo habrá tenido alguna vez. La mayoría de sus enfermedades son tropicales y causantes de una extrema debilidad, pero muy pocas son mortales.

Me detengo en una iglesia, no muy lejos de su casa. Había jurado no volver a poner jamás el pie en ningún lugar remotamente católico, pero resultaba agradable poder escaparse del sol un rato. Está oscura y fría, y unos puntos rojos y azules flotan frente a mis ojos, como si alguien acabara de hacerme una foto con *flash*. Recuerdo cómo se pusieron conmigo las monjas cuando llamé inquisidores nazis a los españoles. Mi madre volvió a suplicar a las «hermanas» que me volvieran a readmitir. Los católicos están siempre deseando poder perdonar a alguien, así que si les dices que estás arrepentida generalmente quedas absuelta. Pero en esta ocasión, según ellas, yo había llegado demasiado lejos.

Nuestro vecindario era mayoritariamente judío por aquel entonces y mi madre se pasaba el día diciendo: «Ellos mataron a Cristo. Le pusieron la corona de espinas.» Yo sentía pena por los judíos que habían sido expulsados de Egipto y que estuvieron vagando por el desierto buscando una patria. No obstante, yo había vivido toda mi vida en Brooklyn, y no sentía que aquello fuera mi patria. Tampoco estoy muy segura de que Cuba lo sea, pero quisiera averiguarlo. Si pudiera volver a ver a Abuela Celia, sabría adónde pertenezco.

La última vez que me echaron de Mártires y Santos, la consejera escolar recomendó que me viera un psiquiatra llamado doctor Vincent Price. «Háblame de la compulsión que te impulsa a mutilar la forma humana», pidió. Se parecía, además, al verdadero Vincent Price, con el mismo pico de viuda y la misma perilla. Mamá debía haberle contado algo de mis pinturas. Pero, ¿qué podía decirle yo? ¿Que mi madre me está volviendo loca? ¿Que extraño a mi abuela y que hubiese preferido no haber salido nunca de Cuba? ¿Que me gustaría llegar a ser algún día una artista famosa? ¿Que un pincel es mejor que una pistola, y que por qué no me dejan tranquila de una vez? Hubiese querido decirle que la pintura posee su propio lenguaje y que cualquier intento por traducirlo a palabras lo vuelve confuso, lo diluye, como las palabras que se traducen del español al inglés. Algunas veces llegué a envidiar los insultos en español de mi madre. Hacen que mi inglés se desplome por completo.

El doctor Price le dijo a Mamá que debíamos comenzar a hacer algunas actividades juntas, madre e hija, que yo estaba pidiendo a gritos un primate femenino, o algo así, y Mamá decidió que nos apuntáramos en unas clases de flamenco que daban en el Carnegie Hall. Mercedes García, nuestra profesora, era una mujer pechugona con pies de martillo que nos enseñaba a taconear al ritmo de sus palmas y castañuelas. La primera lección fue todo taconeo, primero en grupo, y luego individualmente en los ejercicios diagonales. ¡Qué escándalo hicimos! Mercedes puntualizó señalándome: «¡Un pecho orgulloso, sí, muy bien! ¿Ven cómo lo lleva? ¡Perfecto! ¡Así, así!». Mi madre me observaba de cerca. Pude leer en su rostro que nosotras nunca regresaríamos.

La luz atraviesa los vitrales y refracta largos abanicos de azul. ¿Por qué siempre tienen que arruinar sitios como éste con la religión? Pensé en el crucifijo tamaño monstruo que tenía clavado en su mesa la directora de mi antiguo colegio. Las heridas de Cristo estaban pintadas de colores fluorescentes: la herida del costado por donde, según nos dijeron las monjas, habían salido los últimos fluidos de su cuerpo; las gotas de sangre que manchaban su frente; las llagas de los clavos que sujetaban sus manos y sus pies. Las monjas dominaban el tema del dolor. Aún recuerdo cuando, en tercer curso, la Hermana María José le dijo a Francine Zenowitz que su hermanito menor iría al limbo porque sus padres no lo habían bautizado antes de que muriera. Francine lloraba como una cría, con la cara arrugada. Ese día dejé de rezar por las almas en el purgatorio (antes de decidir dejar de rezar definitivamente), y dediqué todas mis avemarías a los niños que estaban en el limbo, aun sabiendo que, seguramente, mis rezos no harían nada bueno por ellos.

Aún no sé qué se supone que debo hacer ahora. En lo

único que pensaba durante todo el camino hasta Florida fue en llegar aquí. Ahora que estoy aquí, sentada —y, de todos los posibles lugares en que podría estar, en una iglesia—, no tengo la menor idea de qué hacer. Mi mente va sopesando posibles alternativas, las bate hacia un lado, hacia el otro, las tritura, las pulveriza hasta que el agotamiento la obliga a detenerse.

Las tiendas que están a lo largo de Miracle Mile resultan increíblemente pasadas de moda. Es como si todos los maniquíes estuviesen inspirados en las esposas pacatas de los astronautas. ¿A quién podía ocurrírsele que un estampado tipo colmena pudiese resultar atractivo? Me imagino a sus creadores sentados en los centros de control de la moda, pensando en nuevas formas de torturar a las mujeres, nuevas formas de hacerlas retroceder veinte años, cuando ellas ya de por sí parecían una antigua foto de sí mismas. Yo tenía un amigo en la escuela maternal cuya madre vestía con pantalones cortos y unas botas de gogó de vinilo blanco a lo Nancy Sinatra. Y digo yo, ¿a quién estaría ella tratando de impresionar?

Se está haciendo tarde. El cielo parece una enorme magulladura estallando en morados y naranjas. Cuando el terreno es plano y los edificios bajos, resulta curioso ver cómo el cielo parece apoderarse de todo, anunciándose de tal manera que es imposible no prestarle atención. En Nueva York, el cielo tiene demasiados competidores.

Todas las calles de Coral Gables tienen nombres españoles —Segovia, Ponce de León, Alhambra— como si hubiesen estado a la espera de todos los cubanos que tarde o temprano irían a vivir allí. Yo había leído en algún sitio que la zona había comenzado como otro de los tantos proyectos fraudulentos de Florida. Ahora es uno de los vecindarios más lujosos de Miami, con casas coloniales gigantescas y avenidas con árboles de sombra. Me imagino que si tanta gente depende de los narcos, ya todo es posible.

Hay luz en cada una de las habitaciones de la casa de *Blanquito,* y en el garaje se ven algunos de los desvencijados coches de mis tíos. Camino frente a la pared de la parte trasera de la casa, paso varios plataneros jóvenes con frutas diminutas. Escucho voces que salen de la cocina. Son Abuela Zaida y Tía Rosario, la madre de *Blanquito.* Abuela se está quejando de que la «ropa vieja» tiene demasiada sal, que la tensión alta es común entre los Puente, y que Rosario debe poner mucha atención al sazonar los guisos que prepara para no agravar esta dolencia familiar. Abuela Zaida siempre habla desde un «nosotros» colectivo, refiriéndose a ella, a su marido y a sus ocho hijos. Las nueras nunca son «nosotros» sino «ustedes».

Miro por encima del borde del alféizar de la ventana. Abuela va peinada con unos rodetes fijados con laca, como si tuviera unos enormes caracoles sobre cada una de las orejas. Se deja crecer las uñas tan y tan largas que te llena siempre de arañazos, incluso cuando te acaricia la cara y te dice cosas dulces. Mamá me contó que Abuela Zaida había tenido a todos sus hijos en Costa Rica fuera del matrimonio, y que luego había convencido a mi abuelo para que se casara con ella y se trasladaran a Cuba. Ahora es la persona más falsamente beata de todas las que conozco. Llama puta a cualquier mujer que ose siquiera pintarse los labios.

A través de las cortinas del cuarto de estar veo a cinco de mis tíos alineados en dos sofás y una silla reclinable, refunfuñando comentarios sobre las noticias. Discuten si Ángela Davis, que está siendo juzgada por asesinato en California, es una de las agentes de El Líder o una emisaria directa de Moscú.

—Nunca saldrá absuelta —dice Tío Arturo—. Recuerda lo que te digo.

—No seas iluso, hombre. Ellos han comprado a todo el jurado —replica secamente Tío Osvaldo.

Ni rastro de *Blanquito.* Rodeo la piscina, que está vacía y cubierta con un plástico. Hay un lagarto de goma a medio inflar recostado en una tumbona: sólo parece faltarle un martini. Inspecciono la pequeña ventana que queda al otro lado de la piscina. Mi abuelo está durmiendo boca arriba, con su enorme estómago sobresaliendo casi medio metro. Para ser una persona que siempre está tosiendo, escupiendo y aclarándose la garganta, Abuelo Guillermo duerme profundamente, con una respiración suave, constante.

Cuando vuelve en sí, mi abuelo se convierte en un «caballero» fanfarrón que obliga a su propia mujer a llamarle «Don Guillermo». Abuelo nació en Cádiz y cuando tenía doce años viajó de polizón hasta el Caribe; luego, pasada la primera guerra mundial, hizo fortuna con los casinos. Mis padres vivían en la villa de campo de Abuelo Guillermo cuando yo nací. Los fines de semana daban grandes fiestas para sus amigos de facultad. Todos bailaban a la luz de los farolillos chinos y a medianoche nadaban en la piscina ovalada.

Recuerdo un día, yo tendría como un año y medio, que me escapé del cochecito, quité el pestillo del portón que estaba roto, y rodé por el cesped hasta caer en un carretera de tractores llena de barro. Caí con mi vestido veraniego de lunares haciendo plof, y maté las hormigas más gordas que encontré para comérmelas. *César,* el doberman *pinscher* que guardaba el lugar y que sentía un cariño especial hacia mí, empezó a ladrar y a tirar de mi pañal tratando de arrastrarme fuera de la carretera. Todos salieron corriendo de la casa pensando que el perro me estaba atacando, y mi maldito abuelo sacó su pistola y mató al pobre *César* pegándole un tiro entre los ojos.

El aire se queda quieto de repente, y al momento comienza a rugir la lluvia. Presiono mi espalda contra uno de los lados de la casa, intentando guarecerme bajo los aleros, pero no sirve de nada. La tierra se vuelve fango y mis zapatillas se calan en medio segundo. Hay un jacarandá totalmente florecido y sus flores caen en ondulaciones lavanda. La lluvia aminora pero no cesa del todo hasta quince minutos más tarde. Yo la estoy mirando justo en el momento en que se detiene.

Me desanimo. Miro por las demás ventanas sin ni siquiera tratar de ocultarme. Dos de mis tías están conferenciando en el cuarto de baño pero no puedo escuchar lo que dicen. Ni rastro de *Blanquito* todavía. Estoy agotada y me siento ligeramente ridícula. ¿Qué soy? ¿Una fugitiva de la pastelería de mi madre? Vuelvo a dar una vuelta por la piscina. El plástico que la cubre se ha combado por el peso de la lluvia. El lagarto se ha desplomado en el suelo. Ocupo su lugar en la tumbona y ajusto el repaldo metálico hasta que quedo completamente acostada boca arriba. Las nubes avanzan velozmente en los cielos oscurecidos, probablemente en dirección a Cuba. Dentro de una o dos horas allí también lloverá. Por un instante se me olvida dónde estoy. Lo único que veo es la cara de mi madre al descubrir que me he ido. A veces consigue parecerse bastante a los perros que guardan las puertas del infierno, con la única diferencia de que sus ladridos serían más bien los de un terrier o un chihuahua. «No puedes compararte conmigo —ladra ella, no importa cuál sea el motivo de mi queja—. Trabajo catorce horas diarias para poder educarte.» Y me digo yo: ¿quién es entonces la que anda comparando?

Yo le tendría miedo si no fuera por esas conversaciones que tengo con Abuela Celia ya entrada la noche. Me dice que mi madre tiene una tristeza interna y que su rabia es más bien una frustración hacia todo lo que no ha sido capaz de cambiar. Tengo la impresión de que yo soy una de esas cosas que ella no puede cambiar. Mamá puede ponerse todavía bastante más violenta. En sus manos, las zapatillas de dormir se convierten en armas asesinas.

Antes, en Cuba, todo el mundo trataba a Mamá con respeto. Los vendedores casi se cuadraban ante ella y le prestaban tanta atención como si sus vidas dependieran de la pieza de tela que ella eligiera. Ahora todos los comerciantes del barrio la detestan. «Niña, ¿dónde tiene tu mamá el botón del volumen?», me preguntaban cuando ella comenzaba a vociferar. Creo que Mamá nunca ha comprado nada que luego no haya ido a devolver. Algún día va a entrar en una tienda y habrá luces de cámaras y una banda de metales y Bob Parker anunciará: «¡Felicidades, señora Puente! Con ésta son mil las veces que ha venido usted aquí a quejarse.»

Me despierto al sentir sobre mi mejilla las bandas húmedas de la tumbona. Mi cabeza parece estar aislada con fieltro, como una habitación a prueba de sonidos. A lo lejos todo está en silencio.

—¡Ven acá, mi cielo, te vas a morir de neumonía! —es Tía Rosario. Se inclina y trata de levantarme, pero está muy débil. Siento sus hombros como si fuesen huesos de pollo unidos por una costura. Tengo miedo de que se vayan a partir en dos.

El amanecer está destiñendo ya los bordes del cielo. Mierda. Es hora de regresar a Brooklyn. De regresar a la pastelería. De regresar con mi jodida madre enloquecida.

—¿Qué hora es? —le pregunto débilmente a Tía Rosario.

—Las seis y tres minutos —me contesta sin mirar al reloj, como si su cabeza registrara cada segundo.

Pienso: las seis y tres minutos, y sigue la cuenta.

Lourdes Puente

—Lourdes, he regresado —saluda Jorge del Pino a su hija, cuarenta días después de que ella lo hubiese enterrado con su panamá, sus puros y un ramo de violetas, en un cementerio situado en el límite entre Brooklyn y Queens.

Sus palabras son cálidas y cercanas como el aliento. Lourdes se vuelve, esperando encontrar a su padre detrás de su hombro, pero sólo alcanza a ver el polvo asentado en las copas de los robles, el matiz rosado de la oscuridad que se desliza.

—No tengas miedo, mi hija. Sigue andando, que yo te explicaré —le dice Jorge del Pino.

El atardecer resplandece detrás de una hilera de *brownstones* como uniéndolos con una cinta en llamas. Lourdes se da un masaje en los ojos y comienza a andar con unas piernas que parecen entablilladas.

—Estoy contento de verte, Lourdes. Te lo agradezco todo, hija, el sombrero, los puros. ¡Me has enterrado como a un rey egipcio, con todos mis objetos de valor! —Jorge del Pino ríe.

Lourdes percibe el suave aroma del puro de su padre. Ahora ha cogido la costumbre de fumarse un puro de esa misma marca antes de acostarse, mientras se sienta a sacar las cuentas de la pastelería en la mesa de la cocina.

—¿Dónde estás, Papi?

La calle está vacía, como si una fuerza hubiese absorbido todo ser viviente. Hasta los árboles parecen más sombra que materia.

—Muy cerca —le dice su padre, ahora serio.

—¿Puedes regresar?

—De vez en cuando.

—¿Cómo lo sabré?

—Estáte pendiente de mí durante el crepúsculo.

Lourdes vuelve a casa presintiendo algún desastre. ¿La traiciona su mente haciendo crecer alucinaciones como si fuesen orquídeas de invernadero? Lourdes abre la nevera y no encuentra nada que le guste. Todo le sabe igual en estos días.

Fuera, las lluvias de primavera continúan cayendo malhumoradamente. Las gotas entran por la ventana de la cocina en ángulos imposibles. El sonido de la campana de una iglesia sacude las hojas del arce. ¿Será que ha atravesado los límites de la realidad? Lourdes aborrece la ambigüedad.

Tira de la campana de barco que suena en el taller de Rufino. Su marido la confortará, piensa ella. Él funciona dentro de un plano material. Sus proyectos utilizan la electricidad, crean movimiento con ruedas dentadas, reaccionan de acuerdo a las leyes universales de la física.

Aparece Rufino empolvado de tiza azul. Sus uñas también están azules, un azul índigo.

—Ha vuelto —murmura Lourdes con voz ronca, mirando atentamente el sofá para dos—. Me habló esta noche cuando regresaba a casa desde la pastelería. He escuchado la voz de Papi. He olido su puro. La calle estaba vacía, lo juro —Lourdes para de hablar. Su pecho se alza y cae en cada respiración. Entonces se recuesta sobre su marido, entrecerrando los ojos—. Las cosas andan mal, Rufino, muy mal.

Su marido la mira, pestañeando rápidamente como si se hubiese acabado de levantar.

—Mi cielo, tú estás cansada —le dice Rufino suavemente y la convence para ir al sofá. Frota su empeine con una loción refrescante llamada Pies Bellos. Ella siente la presión ondulante de la yema de sus dedos sobre sus arcos, el dulce apretón de sus manos sobre sus tobillos hinchados.

Al día siguiente, Lourdes trabaja superconcienzudamente, decidida a probarse a sí misma que, al menos, su perspicacia comercial permanece intacta. Navega a babor y a estribor tras el mostrador de la pastelería, dando explicaciones a sus clientes sobre los ingredientes de los pasteles y tartas. «Sólo utilizamos auténtica mantequilla —les dice en su inglés con acento—. No margarina, como la tienda de más abajo.»

Una vez que los clientes han elegido lo que quieren, Lourdes se inclina hacia ellos, y les susurra como si estuviese ofreciéndoles relojes robados que saca de una gabardina: «¿Se acerca alguna ocasión especial?» Si le contestan que sí —y ese «sí» suena siempre melodioso en sus oídos— Lourdes se abalanza sobre su cuaderno de encargos especiales.

A las dos en punto, cuando entra a trabajar la aprendiz, Lourdes tiene ya diez encargos pagados por adelantado: siete tartas de cumpleaños (incluyendo una de varias capas unidas con un relleno de mantequilla de cacahuete y plátano); una tarta del tamaño de una sábana para los sesenta invitados del recital de clausura ofrecido por la banda de desfiles de la Escuela Superior Bishop Lowney; una tarta de dos pisos para el cincuenta aniversario de «Ira y Tillie. Dos Vejetes de Oro»; y una de crema de chocolate doble, decorada con unos enormes zapatos de tacón, para celebrar la jubilación de Frankie Zaccaglini, de la Zapatería Frankie's EEE.

Lourdes ha recuperado la confianza en sí misma.

—Mira esto —exhibe ante su nueva empleada, Maribel Navarro, peinando las notas de los pedidos como si fuese mano en un juego de veintiuna—. Esto es lo que quiero que hagas.

Luego entrega a Maribel una botella de limpiacristales *Windex* y un rollo de papel de cocina y le ordena que limpie hasta el último centímetro del mostrador.

Lourdes dedica la tarde a adiestrar a Maribel, una hermosa chica puertorriqueña en sus veintipico años largos, con un corte de pelo de duendecilla traviesa y las uñas largas a la última moda.

—Te las vas a tener que cortar si quieres trabajar aquí —le dice Lourdes irritada—. Antihigiénico. El Departamento de Salud nos enviará una citación.

Maribel es complaciente con los clientes y les da el cambio correcto, pero no demuestra suficiente iniciativa.

—No les dejes ir tan fácilmente —le dice Lourdes como parte de su adiestramiento—. Siempre puedes venderles algo más. Algún panecillo para la cena, una caracola para el desayuno de mañana.

Nadie trabaja como el dueño, piensa Lourdes, al tiempo que coloca nuevos tapetitos debajo de las tartas chifón. Saca una bandeja de galletas florentinas y le enseña a Maribel cómo presentarlas entre tiras sobrepuestas de papel encerado para que resulten más atractivas.

—Las florentinas son a diecisiete cincuenta el kilo, dos dólares más caras que las demás galletas, así que las tienes que pesar aparte —Lourdes saca una hoja de papel de seda de un distribuidor metálico y lo coloca en la balanza con una galleta—. ¿Ves? Esta florentina sola pesa cuarenta y tres centavos. Yo no puedo permitirme el lujo de perder esa cantidad de dinero.

El negocio vuelve a animarse a las cinco de la tarde, con la gente que a la salida del trabajo se agolpa para comprar postres. Maribel trabaja eficientemente, atando con una cuerda y con fuerza las cajas de pastelitos, tal como ella le había enseñado. A Lourdes esto le agrada. De momento, se han disipado casi por completo los efectos de la visita de ayer de su padre. ¿Se habría imaginado ella todo el episodio?

De repente, el ojo observador de Lourdes, cual espía cauteloso, se fija en las monedas de 25 centavos que se deslizan sobre el mostrador en dirección a Maribel. La observa meter dos buñuelos de canela en una bolsa blanca de papel, doblar pulcramente la parte de arriba, y darle las gracias al cliente. El ojo la sigue cuando ella se vuelve hacia la caja registradora y marca 50 centavos. Entonces, cuando el ojo está casi a punto de relajarse y abandonar la vigilancia, enfoca a Maribel dejando caer las monedas en su bolsillo.

Lourdes continúa atendiendo a su clienta, una mujer mayor que mira fijamente un *petit four* de café. Cuando termina con ella, Lourdes llega de un salto a la caja registradora, saca nueve billetes de un dólar y un rollo de centavos que tenía preparados para el trabajo de la tarde, y se los da a Maribel.

—Sal de aquí —le dice Lourdes.

Maribel se quita el delantal, lo dobla en un pequeño cuadrado sobre el mostrador, y se va sin decir una sola palabra.

Una hora más tarde, Lourdes sale de la pastelería y va de camino a casa como si estuviese atravesando un campo minado. La chica Navarro ha destrozado su frágil tranquilidad mental. Las brisas del despacioso río parecen tatuarle la piel con pequeñas puntas metálicas. Se sumerge lentamente en los límites de su interior, anhelando convertirse en una insensata, en un bloque de ladrillos. Lourdes cree sentir el olor del puro de su padre, pero cuando se da la vuelta lo único que ve es a un ejecutivo llamando a un taxi, y un cigarro ondulando en su mano. Detrás de él, un tilo esparce un millón de semillas.

En Cuba, cuando era una niña, Lourdes esperaba ansiosamente que su padre regresara de los viajes a provincias lejanas, a donde partía para vender pequeños ventiladores y aspiradoras eléctricas. Él la llamaba todas las noches desde Camagüey o Sagua la Grande y ella gritaba: «¿Cuándo regresarás a casa, Papi? ¿Cuándo regresarás a casa?» Lourdes recibía a su padre vestida de fiesta y le abría la maleta buscando las muñecas de trapo y las naranjas.

Los domingos en la tarde, después de la misa, se iban los dos a los partidos de béisbol y compraban cacahuetes tostados en bolsas de papel marrón. El sol bronceaba la piel de Lourdes con el mismo tono de los lugareños que se sentaban en las gradas, y la mezcla de la colonia de su padre con los olores cálidos y acres del parque de béisbol la sumían en un grato mareo. Estos son sus recuerdos más felices.

Años más tarde, cuando su padre estaba en Nueva York, los partidos de béisbol se convirtieron en la obsesión de ambos. Durante la temporada de campeonato de los Mets, Lourdes y su padre discutían cada uno de los partidos como si fuesen generales planificando una batalla, evaluando los méritos de Tom Seaver, Ed Kranepool y Jerry Koosman. Se pasaban todo el verano con los transistores pegados a la oreja, incluso durante la breve estancia de Jorge del Pino en la clínica, y celebraron jubilosos cuando la llameante furia de los Mets consiguió doblegar finalmente a los Cubs.

El 16 de octubre de 1969, en el Hospital de las Hermanas de la Caridad, Lourdes, su padre, los médicos, las enfermeras, los ordenanzas, los pacientes, las monjas, y un cura que había venido a administrar los santos óleos a un moribundo, atestaron el salón de la televisión para ver el quinto partido de la Serie Mundial. Cuando Cleon Jones se situó debajo de la última pelota bateada al aire por los Orioles, se desató un verdadero infierno. Los pacientes, con sus exiguos ropones de hospital y el culo al aire, corrían en fila por los pasillos cantando a coro: «SOMOS LOS MEJORES». Alguien descorchó una botella de champán y a las monjas, que habían orado fervorosamente por que ocurriera este milagro, les bajaban ríos de lágrimas por la cara.

En el estadio Shea, la multitud se tiró al campo de juego, desgarrando la base meta, arrancando gruesos terrones de cesped y alzándolos sobre sus cabezas. Hicieron explotar bengalas naranjas y petardos y escribieron consignas de victoria en las vallas de la parte trasera del campo de juego. En Manhattan, a lo largo del río, en Wall Street y Park Avenue, en Broadway y la calle Delancey, la gente bailaba entre tarjetas de ordenador y cintas perforadas. Lourdes y su padre rieron y se abrazaron durante un largo, largo rato.

* * *

Lourdes no sabe cuánto tiempo había pasado desde que salió de Cuba. Ella había quedado en reunirse con Rufino en Miami, donde había volado el resto de la familia. En su confusión, había metido en la maleta unas fustas y su velo de novia, una acuarela con un paisaje, y una bolsa de papel con alpiste.

Al aterrizar en Miami, Pilar se escapó y salió corriendo. Su cancán se mecía como una campanita en medio de la multitud. Escuchó el nombre de su hija anunciado por el altavoz. Cuando encontró a Pilar sentada sobre las rodillas de un piloto, chupando una piruleta de lima, Lourdes no pudo pronunciar palabra alguna. No sabía cómo dar las gracias a aquel americano uniformado que terminó escoltándolas hasta la puerta de salida.

Transcurridos unos días, salieron de Miami en un *Chevrolet* de segunda mano. Lourdes no podía soportar a la familia de Rufino, rumiando continuamente la pérdida de su riqueza, compitiendo por los empleos de friegaplatos.

«Quiero irme donde haga frío», le dijo Lourdes a su marido. Comenzaron a conducir. «Más frío», dijo ella al pasar por las marismas apenas saladas de Georgia, como si sus palabras fuesen a hacerlos subir más deprisa hacia el norte. «Más frío», dijo ella al atravesar los campos helados de una Carolina invernal. «Más frío», dijo nuevamente en Washington, D.C., a pesar de las promesas de los cerezos en flor, a pesar de los monumentos blancos que atesoraban la luz invernal. «Aquí hace suficiente frío», dijo finalmente cuando llegaron a Nueva York.

Tan sólo hacía dos meses que Lourdes, estando todavía en Cuba, había quedado embarazada por segunda vez. Galopaba por un campo de hierba seca cuando su caballo se encabritó de repente y la lanzó contra el suelo. Lourdes sintió una densidad que crecía entre sus pechos, que se endurecía cada vez más, hasta convertirse en un dolor agudo, rotundo. La sangre de sus uñas se decoloró.

Un roedor de gran tamaño salió de detrás del aromo y comenzó a mordisquear las punteras de sus botas. Lourdes le lanzó una roca y lo mató instantáneamente. Anduvo a tropezones cerca de una hora, hasta que llegó a la granja de las vacas. Un trabajador le prestó un caballo y Lourdes galopó a una velocidad suicida hasta llegar a la villa.

Dos soldados jóvenes apuntaban con sus rifles a Rufino. Sus manos daban vueltas nerviosas en el aire. Ella saltó del caballo y se colocó frente a su marido como si fuera un escudo.

—¡Fuera de aquí! —gritó ella con tanta rabia que los soldados bajaron las armas y regresaron al *jeep*. Lourdes sintió que se le había desprendido un coágulo, lo sintió licuarse debajo de sus pechos, flotar dentro de su vientre, y bajar por sus muslos. A sus pies se había formado un charco de sangre oscura.

El día que regresaron los soldados, Rufino había ido a La Habana a encargar una máquina de ordeñar vacas. Le entregaron a Lourdes un documento oficial declarando los bienes de los Puente propiedad del gobierno revolucionario. Ella rompió la escritura por la mitad y, furiosa, despidió a los soldados, pero uno de ellos la agarró por el brazo.

—¿No vas a empezar con lo mismo otra vez, verdad compañera? —le dijo el más alto.

Lourdes escuchó su acento de la provincia de Oriente, y se dio la vuelta para mirarlo. Su pelo, domado con brillantina, le crecía crespo desde la mitad de la frente.

—¡Salgan de mi casa! —les gritó a los soldados, con más coraje aún que la semana anterior.

Pero en lugar de salir, el más alto aumentó la presión sobre su brazo, justo encima del codo.

Lourdes sintió su mano callosa, el metal de su anillo golpeteando su sien. Ella se estuvo retorciendo hasta que logró liberarse de su garra y arremetió contra él tan bruscamente que le hizo caer de espaldas contra la pared del vestíbulo. Lourdes trató de huir, pero el otro soldado le bloqueó el paso. En su cabeza continuaban resonando los golpes.

—¿Conque la mujer de la casa es una luchadora? —dijo el soldado alto en tono burlón. Presionó su cara contra la de Lourdes, sujetándole las manos a la espalda.

Lourdes no cerró los ojos, sino que, por el contrario, miró directamente a los del soldado. No tenían nada extraordinario, excepto por la córnea, que tenía el mismo matiz azul transparente de los ciegos. Sus labios eran demasiado gruesos para un hombre. Trató de presionarlos contra los de ella, pero Lourdes sacudió bruscamente la cabeza y le escupió en la cara.

Él sonrió pausadamente y Lourdes vio que sus dientes centrales tenían una franja de suciedad como las marcas que el agua deja en los puertos. Sus encías eran de un rosado tenue, delicadas como los pétalos de una rosa.

El otro soldado la sujetó mientras su compañero sacaba el cuchillo de la funda. Cortó, con infinito cuidado, los pantalones de montar de Lourdes, desde las rodillas hasta abajo, y la amordazó con ellos. Le cortó la camisa, sin remover ni un solo botón, y rasgó por la mitad su sujetador y sus bragas. Luego le colocó el cuchillo sobre el vientre y la violó.

Lourdes no podía ver nada, pero lo olía todo intensamente, como si sus sentidos se hubiesen concentrado sólo en eso.

Olía el jabón ordinario del soldado, la sal de su espalda sudorosa. Olía sus coágulos lechosos y la podredumbre de sus dientes y la brillantina cítrica de su pelo, como si estuviese escondiendo un huerto de limones en alguna parte. Olía la cara del día de su boda, las lágrimas del día en que se ahogó su hijo en el parque. Olía la putrefacción de su pierna, amputada una noche sin luna en la sabana africana. Olía las moscas que oscurecían sus ojos cuando él ya era viejo.

Cuando terminó, el soldado cogió el cuchillo y, concentrándose profundamente, comenzó a rayar el vientre de Lourdes. Un arañazo primitivo. Jeroglíficos de color rojo.

El dolor hizo que los colores afluyeran otra vez dentro de los ojos de Lourdes. Vio la sangre escurrirse sobre su piel, como agua de lluvia sobre suelo mojado.

Y sólo después de que el soldado alto la azotara con su rifle y la dejara con su amigo silencioso, lleno de granos, sólo después de restregarse la piel y el pelo con detergentes para limpiar paredes y suelos de baldosas, sólo después de restañarse la sangre con algodones y gasas y de limpiar el vaho del espejo del cuarto de baño, tan sólo entonces intentó Lourdes descifrar lo que él había grabado. Pero era ilegible.

* * *

Siete días después de la visita de su padre, Lourdes se asoma por la ventana de su pastelería. El crepúsculo desciende en extensas hojas de papel morado. En la tienda de la esquina el carnicero cierra la caja registradora. Del techo cuelgan unas costillas y unos tubos fluorescentes, gastados, haciendo oscura su silueta. La floristería de al lado cierra su portón de rejas, asegurándolo con un candado del tamaño de un puño. La licorería de enfrente permanece abierta, y un hombre delgado y fuerte enfundado en un decadente traje color castaño, monta guardia ante sus puertas y aborda a los que acuden al reclamo del establecimiento para que le dejen dinero suelto.

Lourdes reconoce a una de las transeúntes, una mujer rechoncha que lleva un sombrero pequeño sin ala y con un velo, y que elogiaba sus tartas de crema bostoniana. Arrastra de la mano a un niñito con pantalones cortos y calcetines hasta las rodillas. Sus pies apenas tocan el suelo.

De camino a casa, Lourdes atraviesa una hilera de tiendas árabes que se han sumado hace poco al barrio. Bajo sus toldos se exhiben cestas de higos y pistachos y unos cereales amarillos de grano grueso. Lourdes compra una caja redonda de dátiles pegajosos y piensa en los siglos de fratricidios que han convergido en esa esquina de Brooklyn. Evalúa el peso de las emigraciones desde las latitudes del sur, los millones de personas moviéndose hacia el norte. ¿Qué ocurre con sus idiomas? ¿Con los cálidos cementerios que dejan atrás? ¿Y qué pasa con las pasiones que yacen rígidas e intraducibles en sus pechos?

Lourdes se considera afortunada. La inmigración la ha redefinido y ella se siente muy agradecida. A diferencia de su marido, ella da la bienvenida a su lengua de adopción, a sus posibilidades para la reinvención. Lourdes disfruta el invierno más que nadie: los sonidos fríos al raspar las aceras y los parabrisas, el ritual de las bufandas y los guantes, de los gorros y los abrigos con forro de cremallera. Las capas de ropa la protegen. No quiere ni la más mínima parte de Cuba, ni una sola de esas carrozas de carnaval chirriantes de mentiras, nada de esa Cuba a la que Lourdes afirma no haber pertenecido nunca.

A cuatro manzanas de su casa, Lourdes huele el puro de su padre detrás de una catalpa.

—Hija, ¿te has olvidado de mí? —le reprocha tiernamente Jorge del Pino.

Lourdes siente como si sus piernas estuviesen a una gran distancia. Las imagina escurriéndose de sus articulaciones y adelantándose a ella con paso firme, calzadas aún con sus zapatos de suela de goma y llevando sus medias de cordoncillo blanco. Ella las sigue, cuidadosamente.

—¿No esperabas saber de mí otra vez?

—No estaba completamente segura de haberte oído la primera vez —dice Lourdes a manera de tanteo.

—¿Creíste haberlo imaginado?

—Creí haber escuchado tu voz porque quería escucharla, porque te echaba en falta. Cuando yo era pequeña creía escucharte abrir la puerta avanzada la noche. Salía corriendo pero tú nunca estabas allí.

—Ahora estoy aquí, Lourdes.

Un barco está saliendo del puerto. Su sirena se somete resignada al rito, como el abad a sus rezos, resquebrajando la oscuridad.

Lourdes recuerda el vuelo que tuvo que hacer a Miami el mes pasado para recoger a Pilar. El aeropuerto estaba congestionado y estuvieron sobrevolando la ciudad durante casi una hora antes de poder aterrizar. Lourdes podía oler la brisa antes de haberla respirado, la brisa cercana del océano de su madre. Se imaginó a sí misma sola y encogida en el útero materno, imaginó sus primeros días entre los brazos inquebrantables de su madre. Sus dedos eran rígidos y arqueados como cucharas, su leche de un gris insípido. Su madre la miraba con ojos de esperanzas frustradas. Si es cierto que los bebés aprenden el amor en las voces de sus madres, lo que Lourdes entendió fue esto: «Nunca recordaré su nombre.»

—Papi, no sé qué más puedo hacer —Lourdes comienza a llorar—. No importa lo que yo haga, Pilar me odia.

—Pilar no te odia, hija. Es que todavía no ha aprendido a quererte.

EL FUEGO ENTRE ELLOS

Felicia del Pino no sabe qué es lo que le produce alucinaciones. Ella sólo sabe que de repente escucha cosas con mucha intensidad. Un escarabajo escarbando en el porche. Los tablones del suelo moviéndose en la noche. Puede escuchar todo lo de este mundo y lo de otros, cada estornudo; cada crujido, cada respiración, en los cielos o en el puerto, o en el arbusto de gardenias que hay una manzana más abajo. Todo la llama al mismo tiempo, intentando asirse a esta o a aquella parte de ella, haciendo que en su mente se incuben llamas azules. Sólo los discos de Beny Moré, escuchados a todo volumen y combados como estaban, podían disminuir el alboroto.

Los colores se escapan también de sus objetos. Los rojos flotan sobre los claveles de su alféizar. Los azules se levantan de los azulejos desportillados de la cocina. Hasta los verdes, sus matices favoritos de verde, huyen de los árboles y la asaltan con su luminosidad. Nada es sólido hasta que ella lo toca. Felicia culpa al sol por las falsas sombras que proyecta en su casa, y cierra herméticamente los postigos para evitar los rayos enemigos. Cuando se atreve a mirar hacia afuera, las personas son pinturas, perfiladas en negro, con las caras arrugadas y cuadriformes. La amenazan con sus ojos brillantes. Les oye hablar pero no puede entender lo que dicen. Nunca sabe la hora que es.

La mente de Felicia se inunda de pensamientos, pensamientos del pasado, del futuro, pensamientos de otra gente. Las cosas regresan como símbolos, trozos de conversaciones, un fragmento de un antiguo himno de iglesia. Le parece como si una idea estuviese conectada a otras miles mediante una maraña de nervios en continua pulsación. Su mente salta de una a otra como si fuese un nervioso caballo de circo. Si cierra los ojos es peor.

Felicia recuerda que cuando estaba en escuela primaria la parafernalia de la religión le resultaba más atrayente que sus abrumadoras lecciones. Después de misa, cuando las palabras del cura ya habían dejado de hacer eco contra las paredes de cemento, ella se quedaba en la iglesia inspeccionando los bancos en busca de mantillas y cuentas de rosario olvidadas. Recogía cartulinas de oraciones y misales con las iniciales grabadas en oro, y rellenaba botes de cristal con agua bendita que luego utilizaba para bautizar los pollos de Ilda Limón. En una ocasión su curiosidad la llevó a encontrar un crucifijo perdido con un Jesús de la Estación de la Cruz en marfil, y con él bendijo a Javier, su hermanito recién nacido, dándole tres golpes suaves en la frente.

En la misa mayor, su hermana y su padre recitaban el padrenuestro con un rotundo clamor y siempre se quedaban pegados a las últimas sílabas del himno.

—¡Aleluyaaaaaaaaaaaaaaaaaaaaaaa! —cantaban, soltando la «a» sólo cuando la gente que tenían al lado comenzaban a mirarlos.

Felicia sabía que su madre, que se quedaba en casa leyendo sus libros y meciéndose en el columpio del porche, tenía una desconfianza instintiva hacia todo lo eclesiástico. Sospechaba que su madre era atea y lo único que Felicia esperaba era que no se quemara eternamente en el infierno, como decían Lourdes y las monjas.

Aunque su madre no fuese creyente, se mostraba cautelosa con los poderes que no podía comprender. Encerraba a sus niños en la casa el 4 de diciembre, el día de la fiesta de Changó, el dios del fuego y del rayo, y les advertía que podían ser secuestrados y sacrificados al dios de la gente negra si se quedaban correteando solos por la calle. Además, le había prohibido a Felicia que visitase a su mejor amiga, Herminia, a cuyo padre todos señalaban como curandero.

Lourdes aprovechó uno de estos encierros para contarle a Felicia que el chatarrero, que pasaba por las tardes traqueteando su carretón, secuestraba niños y los llevaba a cuevas llenas de murciélagos aleteantes que anidaban en el pelo de los humanos. En plena noche, les sacaba los ojos con una cuchara de madera y bebía su sangre como si fuera leche. Lourdes insistió en que el hombre de hojalata había dejado los ojos de una docena de niños sacrificados debajo de la cama de Felicia como una advertencia agorera. Felicia, apretando sus ojos cerrados a más no poder, tanteó el suelo cuidadosamente hasta que sus dedos tocaron las uvas peladas que allí había dejado su hermana, y entonces chilló hasta traspasar las paredes del infierno.

Mientras va vistiéndose de cocos el verano, Felicia escucha a San Sebastián hablarle cada vez con más frecuencia dentro de la cabeza. No puede detener sus palabras, que unas veces vienen rimadas y otras mezcladas como un hilo retorcido. Él no la deja pensar. Le recuerda la devoción que ella decía tenerle desde siempre, y cuánto le ha desilusionado, a pesar de ello, durante todos estos años.

La primera vez que Felicia sintió la sugestión de San Sebastián fue antes de su confirmación. Le maravillaba su muerte, acribillado a flechazos y abandonado en la agonía, logrando aun así sobrevivir a su asesinato para finalmente morir a manos de los soldados del emperador romano y ser enterrado en las catacumbas. La doble muerte de Sebastián la fascinaba. Observaba su imagen, con las manos atadas detrás de su cabeza, los ojos en blanco mirando hacia el cielo, las flechas saliendo de su pecho y de sus costados, y sentía una gran compasión por él. Pero las monjas se negaron a que Felicia escogiera el nombre de Sebastián para su confirmación.

—¿Por qué no coges el de María como tu hermana? —le sugirieron las monjas. Sus caras eran color de rosa, con las cejas tupidas y cuadradas, y tenían los poros abiertos por la presión de sus hábitos fuertemente ceñidos—. Así Nuestra Santísima Virgen te protegerá siempre.

Finalmente Felicia se negó a recibir la confirmación, y Jorge del Pino consideraba que este hecho era el origen de los problemas que ella tenía ahora.

Felicia piensa en su padre, en su muerte y resurrección, y se le hace difícil concentrarse. El día del Juicio Final está a la vuelta de la esquina y ella no está preparada, no está preparada del todo. Así que se dedica a poner los discos de Beny Moré una y otra vez, y a enseñar a bailar a su hijo. Le enseña todos los bailes que hay que aprender. Él tiene tan sólo cinco años pero ya sabe bailar, con la destreza de un gigoló, cha-cha-chá y mambo, danzón y guaracha. «Baila, Ivanito, baila», le grita Felicia con júbilo, riéndose y aplaudiendo sus movimientos suaves como la seda. Todo cobra sentido cuando ellos bailan. Felicia se siente como si estuviera enamorada otra vez, se siente el centro del universo, cómplice de sus secretos y de sus maquinaciones internas. Está a salvo de la duda.

Pero cuando para la música, ve las manos de su marido, de nudillos grandes y dedos largos de punta cuadrada, descomunales para su constitución. Le falta la uña del pulgar derecho, a la que sobrevive un muñón blanquecino y corrugado. Sus huesos son largos y dislocados, mide más de dos metros, tiene la cara angulosa de un cacique y una nariz elegante y algo redondeada en la base.

El día que le conoció, él estaba sentado solo en la parte de atrás del restaurante El Ternero Dorado, mirándola. Se acercó a él, limpiándose nerviosamente las palmas de las manos en su delantal de lona.

—Hoy tenemos un plato especial de lubina —tartamudeó ella—. A la plancha, muy rico y fresco.

—¿Has comido? —le preguntó él, poniendo su pesada mano sobre la cintura de ella. Y ese fue todo el tiempo que les tomó.

Felicia se quitó el delantal como si se lo hubiese ordenado el mismo San Sebastián y siguió a Hugo Villaverde fuera del local.

Su futuro marido andaba con un paso lento y largo, como las jirafas que Felicia había visto en el zoológico, y Felicia casi esperaba que alargara el cuello y mordisqueara los laureles del Paseo del Prado. Veía sus labios como una cálida goma blanda.

Hugo le compró un cucurucho de buñuelos y una caja de bombones con un lazo rojo resplandeciente. Le habló de su infancia en Holguín, donde su padre, un descendiente de esclavos, había trabajado en las minas de níquel. Hugo entró en la marina mercante a los dieciséis años y en su primer viaje fue a Dakar, donde los mercados estaban repletos de frutas monstruosas cultivadas en suelos de minerales raros.

—No como esos —decía, señalando los melones lánguidos de una frutería.

Felicia le contó que ella había dejado la escuela superior y había contestado a un anuncio del periódico en el que se solicitaban azafatas internacionales. La oficina estaba situada en la segunda planta de un edificio, entre un notario público y la clínica venérea del doctor Zatarain. Una mujer muy arreglada, de pelo rizado y con un gutural acento francés le pidió que se quitara los zapatos y los calcetines, e hizo unas anotaciones en un libro de piel de vaca.

—Si una niña no cuida sus pies, no tiene sentido seguir adelante —dijo *madame* Thibaut.

Le pidió a Felicia que se desabrochara la camisa. Según se la iba quitando, los pezones de Felicia se fueron poniendo duros. Ella sabía que los chicos de Santa Teresa del Mar admiraban sus pechos. Finalmente, *madame* Thibaut le exigió a Felicia que se quitara la falda y las bragas.

—Camina —le ordenó la francesa.

Felicia sentía que su amplio trasero lleno de hoyuelos temblaba seductoramente cuando ella se movía.

—Tus nalgas son demasiado grandes para Europa —le dijo *madame* Thibaut—. Pero para aquí están bien.

Felicia trabajó sólo una vez para la Agencia Internacional de Azafatas Bon Temps, con un ranchero de Oklahoma, obeso y pecoso, que llevaba unas botas de piel de serpiente que no le pegaban nada. Por una pequeña suma, *madame* Thibaut alquiló a Felicia unos tacones altos y un vestido de lentejuelas plateadas, liso y brillante como un pez. Merle Grady llevó a Felicia a un casino y le amasaba las caderas con impaciencia cada vez que ganaba. La llamaba la *Dama de la Suerte* y le echaba bocanadas de su aliento de *whisky* en la oreja. Cuando ella se negó a regresar con él a la habitación de su hotel, Grady le desgarró el escote y exigió que le reembolsaran su dinero. Felicia observaba cómo las escamas brillantes de su vestido alquilado caían haciendo clic-clic y corrían por el suelo de mármol.

Felicia fue con Hugo Villaverde al Hotel Inglaterra, un edificio con el aspecto de un recargado pastel de boda que estaba frente al Parque Central. La reputación de la hospedería había quedado eclipsada por establecimientos más modernos con juegos de ruleta y bailarinas de piernas largas, pero continuaba siendo atractivo para las parejas de recién casados que venían de provincia, quienes admiraban su encanto ya deteriorado y sus elaboradas rejas de hierro.

Hugo y Felicia se desnudaron en la habitación, fundiéndose lentamente el uno en el otro, e hicieron el amor contra las paredes de cal. Hugo mordisqueó los pechos de Felicia y dejó franjas purpúreas de magulladuras en lo alto de sus muslos. Se arrodilló frente a ella en la bañera y le dio un masaje entre las piernas con un jabón negro español. La penetró varias veces por detrás.

Felicia aprendió qué era lo que a él le satisfacía. Le ataba los brazos detrás de la cabeza con su ropa interior y lo abofeteaba cuando él se lo pedía.

—Eres mi puta —le decía Hugo, gimiendo.

Él se fue por la mañana, prometiéndole que regresaría el siguiente verano.

Cuando se volvieron a encontrar, pasada ya casi la temporada de huracanes, Felicia estaba embarazada de siete meses y trabajaba de cajera en una carnicería. Sentada en un taburete detrás del mostrador, marcaba los paquetes envueltos en papel de periódico y se masajeaba los riñones. Una telaraña de venas finas entretejía sus mejillas.

Los cuerpos de las reses sangrantes colgaban de los garabatos hasta la altura de sus brazos. Los pollos se balanceaban colgados de la ventana, y chocaban contra su hombro. La cabeza de un cerdo se exhibía sobre la estantería del fondo, como si fuese un trofeo. Felicia observaba a los carniceros rechonchos cortar y cincelar la carne como si fuesen escultores; de hecho, era casi imposible diferenciarlos de los trozos de carne jaspeada que llegaban hasta sus codos. Sus clientes comenzaron también a parecerse a lo que compraban: la compañera Sordo con su papada cerdosa y su nariz respingona; el compañero Llorente con sus ojos rosados y la barbilla acecinada.

«Soy carne roja», se repetía Felicia a sí misma. Se sentía hinchada, grotesca.

Hugo se casó con Felicia en el ayuntamiento la semana de la crisis de los misiles cubanos. Herminia trajo una botella de champán español, pero nadie recordaba cómo abrirla. Jorge del Pino se negó a asistir.

Después de la ceremonia, Felicia y Hugo se mudaron a la casa de la calle Palmas, que había estado vacía desde que Ofelia, la única hija de Berta Arango, muriera de tuberculosis. Hugo se sentó en el sofá y se quedó mirando al frente sin decir nada. Felicia finalmente se le acercó.

—Si quieres te puedo atar de la manera que te gusta —se ofreció.

Hugo presionó su puño contra la barbilla de Felicia hasta cortarle la respiración, haciéndola retroceder hasta que ella notó que su espalda tocaba las paredes del salón de estar.

—Si te acercas a mí, te mataré. ¿Me has entendido?

Hugo durmió en el sofá y se echó a la mar el día siguiente. Sus hijas gemelas nacieron la noche de Navidad, sin estar él presente.

* * *

Hacia finales del verano, la condición de Felicia empeora, como si una pesada cortina hubiese caído sobre su mente. Siente su propia voz enmudecida, distante, y el candelabro colgante oscila en el aire fétido. Fuma unos cigarros rancios que su marido había dejado allí años atrás. Se los fuma enteros, hasta la colilla, hasta que su hijo los arranca de sus dedos quemados. Felicia puede ver que los labios de Ivanito se mueven. Ve sus dientes y sus ojos, sus mejillas y su pelo negro azabache levantándose y encogiéndose como un acordeón. ¿Qué está diciendo? Cada palabra es un código que ella debe descifrar, una lengua extraña, el haz luminoso de un disparo. Ella no puede escucharlo y verlo simultáneamente. Cierra los ojos.

Felicia recuerda el momento en que decidió matar a su marido. Era el año 1966, un caluroso día de agosto, y ella estaba embarazada de Ivanito. Las náuseas habían persistido durante semanas. Su sexo estaba infectado de sífilis y de las enfermedades que Hugo había traído de Marruecos y de otras mujeres. Esa tarde, cuando ella estaba friendo plátanos en una sartén, las náuseas cesaron de repente.

Esto le dio una claridad que ella no podía dejar pasar por alto.

Felicia echó un trapo a la sartén y lo observó mientras se iba ablandando con el aceite. Lo sacó con unas tenazas y lo llevó goteando hasta el salón de estar. El aceite chisporroteaba sobre los tablones del suelo.

Encendió una cerilla y se acercó a su marido, que dormía en el catre. Su cabeza estaba inclinada hacia atrás sobre una almohada, su boca abierta, su garganta descubierta y silenciosa. Notó que sus párpados apenas cubrían unos ojos en blanco, vacíos.

Felicia acercó con mucho cuidado la llama azul hasta una de las puntas del trapo. Olió el azufre y los plátanos que se estaban friendo en la cocina. Observó cómo las suaves llamas iban consumiendo el trapo, observó cómo las llamaradas calientes se quedaban flotando en el aire. Hugo se despertó y vio a su mujer de pie sobre él, como una diosa con una bola ardiente en su mano.

—Nunca volverás aquí —le dijo Felicia, y le arrojó las llamas a la cara.

Ella ríe cuando se acuerda de los gritos de su marido, de la manera en que cerró la puerta con pestillo, de su cabeza como una antorcha flameante. Recrea mentalmente esta misma escena una y otra vez, desde un ángulo y luego desde otro, como si fuese una fotografía rota en pedacitos. El fuego devoró la carne de la cara y de las manos de Hugo, y el hedor permaneció durante meses en la calle Palmas.

Felicia siente que rejuvenece en sus sueños, y que rejuvenece tanto que de hecho teme que va a morir, que irá más allá del claustro materno, hasta la inconsciencia. En sus sueños se aflige por los niños perdidos, por las prostitutas de India, por las mujeres que han sido violadas en La Habana la noche pasada. Sus rostros la miran, quejumbrosos, resignados. ¿Qué quieren de ella? Felicia tiene miedo de dormir.

Su madre la visita con bolsas de comida, carnes grasientas que se deslizan sobre papeles encerados. Se niega a comérselas, las considera veneno. Su madre trata de hablarle, pero ella se esconde en la cama. Su hijo nunca la abandonará, y eso es todo lo que sabe. Abre la boca pero sus pensamientos se borran antes de que ella pueda articular una sola palabra. Algo anda mal en su lengua. Allí se le forman quebrantados senderos de palabras, palabras lacradas y resistentes como piedras. Felicia convoca una de las piedras y se abraza a ella, una mujer ahogándose, luego convoca otra y otra hasta que grita: «Mami, me afligen mis sueños.»

Ivanito Villaverde

El día después de morir su abuelo, Ivanito le pregunta a su madre si le deja ir al circo húngaro que se estaba presentando en La Habana. Ha visto las carteleras con payasos que comen fuego y una hermosa mujer con un tocado de plumas. Un niño le había dicho que traerían elefantes albinos de Siam, aunque Ivanito nunca acabó de creéselo del todo.

Los días de su madre comienzan con el ritual de una canción de Beny Moré llamada *Corazón Rebelde*. El disco está alabeado por el calor y rayado por el uso continuo, y las palabras se tuercen como si estuviesen bajo el agua. Pero Ivanito y su madre, se han acostumbrado con el tiempo y las cantan también así. Felicia tiene una voz fuerte, inquebrantable, que le sale desde muy adentro de la garganta. Anima a Ivanito a que cante con ella y él lo hace a todo pulmón. Se sabe la canción de memoria, con el corazón.

Ivanito observa a su madre ponerse el camisón de franela y luego envolverse en una túnica china deshilachada y bordada con crisantemos, un antiguo regalo de su padre. Sus hermanas aún conservan los fulares de seda que Papá les había traído de China. Las tienen escondidas en la parte de atrás del cajón de la ropa. Ivanito encontró una foto de su padre escondida también en ese mismo cajón. Está de pie en el Paseo del Prado con el puerto de La Habana de fondo. Lleva una boina inclinada sobre la frente. Su boca, exageradamente abierta, enseña unos dientes enormes y cuadrados como los de un caballo. Ivanito sabe que su padre es un marino mercante y que navega alrededor del mundo. Luz y Milagro le dicen que Papá aún los quiere, pero Ivanito no está seguro de que sea cierto.

Su madre afirma que él casi se muere por culpa de Papá, por una enfermedad venérea que le contagió a Mamá antes de nacer él. En el hospital, ella le prendió del pañal una medallita de azabache para evitar el mal de ojo. Ella y su amiga Herminia prendían velones votivos en la guardería, hasta que el médico amenazó con echarlas del hospital. Decía que estaban consumiendo el oxígeno.

En la tienda hay un cubo lleno de cocos. Felicia cambia los últimos cupones de alimento que le quedan por todos los cocos del cubo, y el tendero le regala una barra de chocolate para Ivanito. Luego se van casa por casa a la caza de más cocos. Ivanito sigue a su madre, que cada vez se va alejando más y más de la calle Palmas vestida con su túnica de crisantemos y sus chancletas de color rosa. Los pelos de Felicia irradian de su cabeza como si fuesen cables eléctricos, y al andar hace oscilar sus brazos en arcos enormes, como si su caos llevase un ritmo.

Mientras van caminando juegan a los colores. «Hablemos en verde», le dice su madre, y ellos hablan de todo lo que les hace sentirse verdes. Hacen lo mismo con los azules y los rojos y los amarillos. Ivanito le pregunta: «¿Si la hierba fuera negra, el mundo sería diferente?» Pero Felicia no responde.

Su madre recoge cocos de personas desconocidas, prometiéndoles a cambio cortes de pelo y manicuras. Otros no son tan amables. La insultan a gritos desde sus ventanas y balcones, escondiéndose tras las ramas de las acacias.

—Tienen miedo de llamarme puta en la cara —dice su madre indignada.

Una mulata demacrada le dice a Ivanito que él huele a muerte. Esto lo atemoriza pero su madre le dice que no se preocupe, que la mujer probablemente esté loca. A su regreso, la bolsa de él se rompe y los cocos salen corriendo por la calle como si fuesen bolas de billar. Los coches frenan y chillan pero su madre no se percata de la conmoción. En lugar de ello, se pone a regañar a los cocos uno a uno, como si fuesen niños desperdigados.

Ya en casa, su madre se quita la túnica y las chancletas. Coge un martillo y un cincel oxidado y rompe cada uno de los cocos, raspando de los cascarones la pulpa relucientemente blanca, perfumada. Ivanito la ayuda a batir el coco con yemas de huevo, vainilla, leche condensada, azúcar, maicena y sal, y sujeta las latas de aceite vacías para que su madre las rellene con la mezcla. Juntos las colocan en el congelador. Con las claras de huevo que sobran, ella prepara unos merengues con forma de estrella que sirve junto con el helado, día tras día, en el desayuno, en la comida y en la cena. Su madre cree que los cocos les van a purificar, que su dulce leche blanca les curará.

Los desvaríos de Felicia van creciendo a medida que disminuye el helado de coco. Hace declaraciones que Ivanito no comprende, se queda despierta toda la noche escuchando profecías en su cabeza, perdona a su padre y a su ex-marido la larga lista de pasados abusos. Baila durante días al ritmo de los discos de Beny Moré, con sus manos como enlazando a una pareja languiruchísima en *Corazón Rebelde*, con sus chancletas raspando el suelo en *Trátame como yo soy*, una animada guaracha. Hay una samba brasileña que ella zapatea descalza, meciendo sus brazos hasta sentirse encendida y desbordada por los ritmos de los tambores. Cuando Felicia presiona a Ivanito contra su pecho, él siente saltar el corazón de su madre como si quisiera salirse de su jaula.

Cuando sus hermanas regresan de la excursión, Ivanito puede leer en sus rostros que algo anda mal.

—Hemos visto así a Mamá anteriormente —murmura Milagro.

—¿Así cómo? —pregunta Ivanito, pero ella le hace callar.

Cuando Abuela Celia se va, su madre arranca el teléfono de la pared y los encierra a todos en la casa. Ivanito continúa comiéndose el helado que le sirve su madre, pero Luz y Milagro lo tiran por el fregadero. Sin dejarse amilanar, Felicia vuelve a rellenar sus tazones obstinadamente.

Las gemelas le cuentan a Ivanito cosas que habían sucedido antes de que él naciera. Le dijeron que su padre salió corriendo de la casa con la cara y las manos prendidas en llamas. Que Mamá se quedó en el salón riéndose y golpeando las paredes con unas tenazas de metal. Que la policía vino y se la llevó, que las cortinas de la cocina se quemaron por los plátanos que ella había dejado friéndose en el fogón.

Esa noche, Ivanito se queda mirando por la ventana de la habitación de sus hermanas, atravesada por las ramas del tamarindo, tan negras como se veían sobre el cielo. Repite algo que le había oído decir a su madre: «La luna resplandece con vivaz indiferencia».

Sus hermanas se erizan. Le dicen que terminará enloqueciendo como Mamá, que está comenzando a manifestar los mismos síntomas. Luz le dice que las familias son fundamentalmente políticas y que él tendrá que elegir un bando.

Ivanito percibe en ese justo momento que algo se ha abierto entre ellos. Él nunca hablará el mismo lenguaje que sus hermanas, nunca rendirá cuentas de sus movimientos. Ni que fuese una vaca con cencerro. Está convencido, aunque no sabe por qué, de que ellas está coaligadas contra él, contra su felicidad con Mamá.

En su habitación, el empapelado cobra vida con la luz de la luna. Ivanito imagina las enredaderas y los zarcillos, tensos y violentos como una cuerda asesina, serpenteando por el suelo hasta su cama, envolviéndolo y sujetándolo cada vez más prieto, cortándole la respiración mientras sus hermanas duermen.

* * *

Mientras va vistiéndose de cocos el verano, las obsesiones de Felicia crecen densas y violentas, como si fuesen algo vegetal. Insiste en que el sol dañará los pulmones de su hijo.

—Vivimos en el ojo del pantano —le advierte ella, asegurando fuertemente los postigos para evitar los rayos malévolos—. Estamos respirando las postrimerías de la villa.

Celia llega a casa con bolsas de comida y le anima a que coma, pero Ivanito apenas si llega a tocar las croquetas ni los tamales de cerdo que le trae su abuela. No quiere traicionar a su madre.

El último día de agosto llega Abuela Celia y mete su ropa en un bolso: el bañador con el elástico de la cintura roto, sus sandalias pandeadas, el sombrero redondo de pajilla que ahora a él le ha dado por usar dentro de la casa. Su madre promete a Abuela que mañana irán a la playa. Mañana, después de descansar. Pero no descansan.

Al minuto de salir Abuela Celia, su madre se vuelve toda actividad. Friega el suelo y restriega la cocina hasta que las manos se le arrugan. Plancha las sábanas de la cama, como si esperara a algún amante, y barre de la terraza el polvo del verano. Abre los postigos de las ventanas con determinación.

Ivanito la acompaña a la tienda. Esta vez compran un pollo entero, un kilo de arroz, cebollas, pimientos verdes, y todos los plátanos maduros que había en la tienda. Su madre prepara un arroz con pollo y pone los plátanos a calentar en el horno para la cena.

Bajando la calle, una gardenia se desborda florecida. Ivanito sostiene la escalera mientras su madre corta un puñado de flores. Él la observa bañarse con las gardenias flotando sobre el agua, y frotarse los muslos y los pechos con aceite de nueces. Su madre se arregla el pelo y lo cepilla hasta que recupera el brillo. Luego se desliza dentro de una *negligé* color melocotón, otro de los recuerdos de su padre, y examina su cara en el espejo del tocador. Es el único espejo que queda en la casa. Los otros estallaron en pedazos durante su matrimonio.

—Los espejos sólo reflejan los sufrimientos, y nada más —dice su madre con mucha calma—. Registran la decadencia.

Ivanito nota las dos profundas arrugas que salen de la nariz de su madre y que terminan en dos hoces debajo de sus labios. Si la sonrisa no le obliga a abrir demasiado la boca, el diente que se le rompió comiéndose una bola de arroz endurecido casi ni se le nota. Unas líneas se le entrecruzan en los rabillos de los ojos. Son verdes, como el descubrimiento, piensa Ivanito.

Toca el brazo de su madre. Es suave y tiene el color pálido de los recién nacidos por haber permanecido oculta del sol en su retiro veraniego. Sus manos son suaves también. Ivanito observa a su madre empolvarse la cara como una *geisha* y colorearse los pómulos. Se pinta unas cejas arqueadas, luego delinea sus labios de anaranjado brillante. Ivanito piensa que su cara parece como si estuviese fijada con clavos, como si fuese una máscara en la pared.

Cuando termina, Felicia le baña con las gardenias que

quedaban. Le peina el pelo y besa sus ojos y su frente, su espalda pequeña y las puntas de cada uno de sus dedos. Lo espolvorea con polvos de talco hasta que parece un pastel. A Ivanito esto le da miedo. Luego coloca su ropa sobre la cama: sus pantalones cortos y una chaqueta, sus calcetines hasta la rodilla y su único par de zapatos de cordones. Lo viste con mucho cuidado como si se pudiese romper, y luego lo coloca frente al espejo.

—La imaginación, como la memoria, puede transformar las mentiras en verdades —murmura Felicia al oído de su hijo. Ninguna otra persona le enseña estas cosas.

Ivanito ayuda a su madre a poner la mesa para dos. Usan la cubertería de plata de su bisabuela, sus copas de cristal emplomado, y su vajilla de porcelana china con hojas doradas, todo un lujo. Su madre enciende el cabo que quedaba de una vela y lo coloca en un candelabro en el que cabían veintitrés velas más. Ivanito cuenta los huecos vacíos.

Su madre le sirve una ración enorme de pollo y arroz, llenando el plato al doble de su capacidad. Ivanito se come tres plátanos asados en almíbar y bebe zumo de mango enfriado con hielo. Su madre habla continuamente. «Debes imaginarte el invierno, Ivanito —le dice—. El invierno y sus blancos eclipses.»

Ivanito intenta imaginarse el invierno. Ha oído hablar de la nieve y la ve como hielo fino cayendo del cielo. Ivanito va cubriendo con ese hielo todas las cosas y todas las personas que conoce. Hielo sobre la casa de la calle Palmas, hielo sobre el tamarindo, hielo cubriendo los barcos del muelle y los gorriones en pleno vuelo. Hielo sobre las carreteras y los campos, y hielo sobre la playa donde vive Abuela Celia.

Hielo desplomando el columpio de mimbre de su abuela, con sus hermanas colgando a sus pies. Su padre flotaría en un mar de hielo blanco, su abuelo encima de las blancas palmeras.

Su madre tritura unas tabletas rosadas sobre lo último que quedaba de su helado. Unas escamas duras, agridulces.

—Esto nos dará fuerzas, Ivanito.

Felicia lleva a su hijo arriba y lo coloca tiernamente sobre las sábanas frescas. Ajusta los postigos, se acuesta a su lado, y despliega su camisón de satén sobre los dos.

—Cierra tus ojos, mi hijo. Quédate bien quietecito.

Entonces ella cruza sus manos sobre sus pechos y ambos se duermen.

Celia del Pino

Celia piensa que Ivanito cada vez se va pareciendo más a su padre. Es alto para su edad, con una dentadura grande, prematura, y unos brazos que le cuelgan demasiado largos a cada lado. Tiene sólo cinco años, pero ya hay algo adolescente en él. Celia siente temor por la forma en que este parecido esté afectando a Felicia. ¿Qué le puede estar pasando por la mente en esa casa cerrada, bailando en la oscuridad con su único hijo?

La última vez que Celia vio a Hugo Villaverde, Felicia estaba embarazada de Ivanito. El pelo de Hugo estaba peinado hacia atrás en surcos nítidos y llevaba puesta una guayabera planchada abierta en el cuello. Celia trató de convencerles de que no entraran en su casa. Jorge había amenazado con matar a su yerno si osaba asomar su cabeza por Santa Teresa del Mar. Pero Celia pudo apreciar que Hugo tenía todas las intenciones de poner a prueba sus límites. Pasó por encima de ella, cogió una lata de refresco de naranja del frigorífico oxidado, se sentó con la mano puesta sobre la mesa del comedor, y esperó.

Jorge salió de la habitación en zapatillas y con una camiseta. Estaba durmiendo la siesta, pero en su cara no había ni el más mínimo rastro de sueño. El calor de su respiración empañaba sus gafas redondas. Sin decir una sola palabra, alzó una silla del comedor y, describiendo un amplio arco, la lanzó contra la espalda de su yerno. Los fragmentos estallaron por toda la habitación, como si un árbol gigantesco hubiese sido cortado sin esmero alguno. Hugo se puso de pie lentamente, se volvió hacia Jorge, y sonrió con su dentadura de caballo. Entonces le pegó un puñetazo en medio de la cara. Jorge cayó al suelo, con la cara tintada de sangre.

—¡Si te vas con ese hijo de puta, nunca más vuelvas por aquí! —le gritó Jorge a Felicia, secretando rabia por la boca. Pero Felicia siguió a Hugo hacia la puerta. Celia limpió con un paño mojado la sangre de los descorazonados ojos azules de Jorge.

Al final del verano, Felicia baila raras veces y se pronuncia sobre pocas cosas. En ocasiones no hay nada que la haga levantarse de la cama, de esa somnolencia que cubre hasta el aire que ella respira. Celia lava el pelo de su hija e intenta quitarle el mugriento camisón de flores, que Felicia insiste que la protege del sol. Luego baña a Ivanito y le seca el pelo, sabiendo que volverá a encontrarlo sucio y despeinado.

Celia suele detenerse frente a la ceiba de la Plaza de las Armas cuando viene de regreso de la calle Palmas. Coloca en su tronco una naranja y algunas monedas, y dice una corta oración por su hija. De vez en cuando tropieza con Herminia Delgado cargada de canastas llenas de raíces de corteza dura, de retoños de caña de azúcar y de especias frescas y curativas para su hija. Anís para la histeria. Zarzaparrilla para los nervios y para algún rastro residual de sífilis. Helecho de río y espartillo para alejar otros males. Herminia jamás menciona la ceiba, pero Celia alcanza a distinguir entre las múltiples hierbas un ramillete de sus hojas.

Celia se siente preocupada por todas estas pociones y maleficios. Herminia es hija de un sacerdote de la santería, y Celia sospecha que ambos, el bien y el mal, pueden surgir de la misma semilla. Aunque Celia muestra interés por las supersticiones inofensivas de la santería, se niega a confiar en los ritos clandestinos de la magia africana.

* * *

El día que Felicia intenta suicidarse es uno más entre los muchos de ese verano. A las dos de la tarde, Celia camina desde su casita de ladrillo y cemento hasta la autopista y consigue que alguien la acerque a La Habana. Lleva, como ya era habitual, bolsas llenas de comida caliente y salada para su nieto, una lima de uñas y una barra nueva de jabón. Un obrero barbudo de textiles la recoge en un *Dodge* que se cae a trozos y la deja frente a la puerta de Felicia.

Celia le dice a Felicia que su trabajo en la peluquería aún la está esperando, pero que tendrá que empezar desde cero otra vez, barriendo pinzas y lavando cabezas. Luego mete la ropa de su nieto en una maleta y amenaza con llevárselo a Santa Teresa del Mar. Felicia permanece callada. Ya no le quedan fuerzas para defenderse.

Celia toca el pelo de su hija susurrando una conocida nana, un poema al que ella una vez le había puesto música. Felicia recuerda la melodía, mordisquea las palabras llorando. Luego promete que al día siguiente irá a la playa con Ivanito. Celia se va, creyendo por fin acabada la temporada intolerable.

Fuera el sol brilla con demasiada intensidad. Unos sonidos que Celia no puede identificar resuenan pesadamente en el aire. Los rostros y los edificios parecen amplificarse mostrando sus cicatrices.

Celia pasa frente a un teatro de La Habana Vieja y reconoce a dos de sus medio hermanos en la entrada. Los identifica por los huesos de sus pómulos y por su dentadura pequeña y uniforme. El sol de la tarde afila sus perfiles, el mismo perfil de su padre. Se queda mirándolos, fantasmas gemelos, y se toca nerviosamente la garganta. Siente su pecho vibrar como si fuese un motor en continua vibración.

El más alto lleva unos pantalones con parches cosidos al desgaire. Echa hacia atrás su sombrero y ofrece a su hermano una rodaja de piña para comer. Celia nota la torpeza de sus manos, manos de campesino, manchadas de tabaco. Decide no hablarles.

Celia coge el autobús de regreso a casa para poder pensar. Le parece que durante todo el verano, desde que regresó de los campos de caña de azúcar, ha vivido de sus recuerdos. De vez en cuando miraba la hora en un reloj polvoriento de *Canada Dry*, o veía el sol bajando en el cielo, y se daba cuenta de que no podía responder de su tiempo. ¿Dónde se le iban las horas? Teme que su pasado esté eclipsando su presente.

Ver a sus medio hermanos le hace recordar la confusión que ella tenía con sus hermanos y hermanas cuando era un bebé. Casi no recuerda ni sus caras, sólo los flequillos de sus espesas cabelleras apoyados contra su cuna de cartón. Celia pasaba la mayor parte de los días debajo de un miraguano que había junto al bohío, cuyo techo, cubierto de pajilla, echaba vapor al caer las lluvias mañaneras. Celia recuerda este paisaje infantil, la ondulante neblina de las frondas a través de las mallas rasgadas que alguien le había atado a la cara para alejar las moscas.

El padre de Celia había mantenido dos familias, cada una con nueve niños. Su segunda familia vivía a menos de un kilómetro de distancia, pero era como si vivieran al otro lado del mundo. Nunca se reconocían los unos a los otros, ni siquiera en la iglesia del pueblo, con sus seis bancas entablilladas.

Cuando los padres de Celia se divorciaron, repartieron a sus hijos por toda la isla, entre todos sus parientes. El destino de Celia fue La Habana, con Alicia, su tía abuela, famosa por su cocina y por su iconoclastia. Celia tan sólo estuvo sola una vez: cuando tenía cuatro años y su madre la subió en el tren de la mañana en dirección a la capital.

Celia se da cuenta en este momento de que la soledad existe no para recordar, sino para olvidar.

En la larga travesía por el campo, Celia olvidó el rostro de su madre, las mentiras que su boca había enmarañado.

La vida que Celia estaba dejando atrás ya no parecía importante. Observó durante horas las rápidas secuencias de texturas que restallaban como rayos de luz contra su ventana: extensos latifundios, provincias de palmas reales, montañas negras circunvaladas de nubes. Cada estación del recorrido traía nuevas olas de movimiento, de curiosidades. ¿Cómo hubiese podido dormirse?

Luego sonaron las campanas de la tarde dándole la bienvenida, cantando por todas las esquinas de la ciudad. Tía Alicia se presentó con un traje amplio, abultado de enaguas, llevando con ella una sombrilla para protegerse del suave sol del invierno. Celia observó detenidamente los botoncitos de marfil que lucía el vestido de su tía al final de la espina dorsal, asombrándose de su inutilidad. Ella y su tía emprendieron la marcha sobre los adoquines, huyendo del vigoroso ta-ca-tá de los caballos y de los cuadrados coches negros conducidos por chóferes con gorras de borde charolado. Celia caminaba insegura, torciéndose los tobillos sobre aquella superficie dura e irregular, y por un instante deseó poder estar descalza, sintiendo bajo sus pies la acolchada suavidad de la tierra fresca.

Pero Celia aprendió pronto a querer a La Habana, con sus calles sinuosas y sus balcones que parecían elegantes cuadrigas flotando en el aire. ¡Ah, y el ruido! ¡Ese ruido tan encantador! Los carros de leche tirados por caballos al amanecer. El vendedor de escobas con sus mopas, y sus plumeros, y sus cepillos de cerdas duras. Los niños repartidores de periódicos con la última edición de *El Mundo* o *El Diario de la Marina*. Tía Alicia la llevó a los museos y a la sinfónica y a la anciana ceiba. Celia corría tres veces alrededor de su tronco por cada deseo pedido, hasta que el árbol parecía repetirse a sí mismo como un rápido barajeo de naipes.

Su tía no iba a misa y se burlaba de aquellos que sí lo hacían. Una vez llevó a Celia a la falda de la colina coronada por la iglesia de San Lázaro. Una procesión de suplicantes subía por la loma con las rodillas descubiertas y sangrantes —para mostrar su devoción, o para purgar sus penas, o para rogar el perdón—, mientras su carne y sus huesos iban desgarrándose lentamente. Apretaban rosarios y velos entre sus manos, se golpeaban el pecho y se arrancaban el pelo. Sus rezos se elevaban desde el pavimento como el ruido ensordecedor de los insectos en las tardes veraniegas.

Los sábados, Celia y su tía solían ir a ver la película que se estuviese proyectando. El organista, un hombre regordete que luchaba por seguir con sus teclas la acción de la pantalla, descansaba sólo cuando venían las escenas de amor. Tocaba un acorde menor o dos con su mano izquierda y, agitando la derecha, desplegaba un enorme pañuelo blanco y limpiaba su cara sudorosa. Tía Alicia consideraba las películas americanas ingenuas y exageradamente optimistas, pero demasiado divertidas como para pensar en resistirse a ellas. Llamó a sus dos canarios *Clara* y *Lilian,* en honor a Clara Bow y a Lilian Gish. Cuando *Clara* puso huevos, Tía Alicia cambió el nombre de *Lilian* por el de *Douglas,* en honor a Douglas Fairbanks. Sus crías eran *Charlie, Mary* y *Gloria.*

Hay un corte de luz en Santa Teresa del Mar. Celia camina por las calles tranquilas, oscuras, y respira el olor de la carne friéndose que sale por las ventanas, observa las llamas de las velas parpadeando sobre las sombras de las paredes de las cocinas. De repente decide que le gustaría vivir a la luz de las velas.

Las gemelas la sorprenden con una cena de arroz y tortilla. La besan con labios secos, le quitan los zapatos de salón y hierven varias ollas de agua para preparle un baño. No le preguntan nada sobre su hermano ni sobre su madre.

Celia se instala en su columpio de mimbre a observar el océano salteado de luces plateadas. ¿Serán peces voladores o delfines, o algún latido desconocido? El cielo está ardiendo de luz, alimentándose del calor de la tierra. ¿Cuántas estaciones ha pasado ella buscando señales en el horizonte? A Celia le parece que son muchas, muchas más de las que ha vivido.

El campo de olivos
se abre y se cierra
como un abanico.
Sobre el olivar
hay un cielo hundido
y una lluvia oscura
de luceros fríos.

Celia es aficionada a la poesía de Federico García Lorca. Le había escuchado una vez, hacía ya más de cuarenta años, leer sus poemas en el Teatro Principal de la Comedia. Era el último de los cinco recitales de poesía que tenía programados para La Habana, y Celia escuchó extasiada su melodiosa voz interpretando las tristes canciones de los gitanos. Lorca explicó que el cante jondo era un flamenco primitivo de su Andalucía natal, una región enriquecida por los invasores árabes, y que esas canciones habían servido de inspiración para sus propios romances gitanos.

Durante la audición, cayó una lluvia torrencial y los sonidos negros del duende se estremecieron en el aire con misterio, angustia y muerte. La muerte resultaba atractiva, seductora, y Celia deseó morir una y otra vez guardando esa sensación.

Esa noche Celia duerme nerviosa. Varias voces la llaman con palabras entrecortadas y cosidas con diferentes lenguajes, como pedazos disonantes de un edredón. Las sílabas flotan por encima de su cabeza, amontonándose en una blanca mancha de nieve. Celia se despierta y, sobre sus sábanas, la luz de la luna dibuja figuras siniestras. Llama gritando a sus nietas.

—¡Vayan corriendo a casa de Herminia! ¡Díganle que tiene que ir a La Habana ahora mismo!

Las manos de Celia aletean como un ave desorientada. No logran ponerse de acuerdo para abotonar su bata verde jade. Con piernas rígidas pasa corriendo frente al sofá cubierto con la mantilla desteñida, frente al piano de madera de nogal emblanquecida por el agua, frente al juego de comedor descabalado al que le falta una silla, y espera frente a la casa.

—Hija mía, hija mía, hija mía —repite, como si sus palabras pudiesen por sí solas salvar a Felicia.

La noche está estarcida de estrellas, pero Celia no lo nota. En una esquina del cielo cuelga una luna desolada en cuarto creciente. Celia huele el océano desde la carretera, lo huele a lo largo de todo su recorrido hacia La Habana.

CARTAS DE CELIA: 1942-1949

11 de diciembre de 1942

Querido Gustavo:

La guerra civil vino y se fue y ahora tenemos dictaduras en nuestros dos países. Medio mundo está en guerra, peor de lo que ha estado nunca. La muerte es lo único seguro.

Todavía te quiero, Gustavo, pero es un amor por costumbre, una herida en la rodilla que predice lluvia. El recuerdo es un hábil seductor. Te escribo porque debo hacerlo. No sé siquiera si estás vivo ni de quién estás enamorado ahora.

En una ocasión me preguntaba: «¿Cuál es la naturaleza de la obsesión?» Pero ya no me lo pregunto. La acepto de la misma manera que acepto a mi marido y a mis hijas y a mi vida sobre el columpio de mimbre, mi vida de seducciones cotidianas. He comenzado a aprender francés por mi cuenta.

Tu Celia

11 de noviembre de 1944

Mi amor:

¿Te has enterado del maremoto que hubo en Cuba? Cientos de personas perdieron sus casas, todo lo que poseían. En nuestro pueblo, un viudo, Néstor Paredes, se ahogó por negarse a abandonar su casa. Dijo que quería reunirse con su mujer, reivindicaba su derecho a morir. Néstor apartó a sus hijos con un bastón cuando intentaron sacarlo de su silla, y gritó con una ronquera tan lastimosa que finalmente decidieron dejarle en paz.

Nuestra casa todavía se está secando después de haber permanecido largo tiempo bajo el agua. Lo único que realmente me preocupa es el piano. Jorge me lo compró cuando nos mudamos aquí por primera vez. Su preciosa madera de nogal es ahora de un blanco calcáreo. Cuando presiono sus teclas sólo se escucha el sonido del fieltro mojado. Cuando lo reparemos, ya sé lo primero que voy a tocar. Debussy, por supuesto.

Con amor,
Celia

11 de abril de 1945

Querido Gustavo:

Los días llueven tiranía. Yo estudio mi interior de la misma forma que un general estudia un mapa, desapasionadamente, calculando las posibilidades. Recuerdo nuestros paseos primaverales por La Habana. Había mendigos por todas partes, desparramados sobre los bancos del Parque Central, dormidos sobre los periódicos del día anterior. ¿Te acuerdas de aquella chica, con su pierna de palo colgante y su único zapato de cordones estilo Oxford? ¿De las familias de indigentes que venían del campo a buscar trabajo en las mansiones enrejadas de hierro del Vedado? ¿De las parejas a la última moda que conducían sus descapotables de dos plazas sin volver la mirada? Recuerdo que en ese tiempo todos los hombres llevaban sombreros de paja. Hasta los más pobres de entre los pobres los llevaban —sucios, rasgados, sin ala—, cubriendo sus caras cuando dormían en el parque, pero sombreros de paja al fin y al cabo.

¿Por qué la mayor parte de la gente aspira a algo más que la mera comodidad?

Celia

11 de mayo de 1945

Gustavo:

Lo conocido es obstinado y pernicioso. Estudio las olas y detengo el tiempo desde mi columpio de mimbre. Si he nacido para vivir en una isla, al menos hay algo que debo agradecerle: que la marea cambie siempre el contorno de sus orillas. Así al menos tengo la ilusión del cambio, de la posibilidad. Estar encerrada entre límites trazados por sacerdotes y políticos es lo único que me resultaría insoportable.

¿Te das cuenta de cómo están ellos dividiendo el mundo,

Gustavo? ¿Cómo están robando nuestra geografía? ¿Nuestros destinos? Lo arbitrario ya no está en nuestras manos. Sobrevivir es un acto de esperanza.

Celia

11 de julio de 1946

Querido Gustavo:

Mi hijo ha nacido envuelto en la bolsa de las aguas. Jorge me dice que en cada una de las generaciones de los Del Pino sólo ha nacido un niño, y todos han nacido así. Me dice que es una señal de buena suerte, que los hombres Del Pino nunca han muerto ahogados. Lo he llamado Javier, como mi padre. Papá tenía la cara muy ancha y unos pómulos salientes sobre los que se podían colocar monedas. Sus labios eran cojines de felpa y sus dientes eran como los de una mujer, pequeños y uniformes. Era un hombre alto, musculoso, con unas manos que colgaban a sus costados como jamones. Esas manos conocían íntimamente a todas las mujeres del pueblo.

Yo veía su cara en la de mi tía Alicia. Por eso lo recuerdo tan claramente. Ella me contó que cuando yo tenía trece años unos cabrones con machetes lo asesinaron en una plantación de plátanos. Yo no lloré su muerte hasta que, justo antes de casarme, Tía Alicia murió, dejándome su apreciado broche azul pavo real.

De mi madre no recuerdo casi nada, sólo unos ojos penetrantes que parecían flotar como reliquias en su frente, y su voz, tan lánguida y ligera. Cuando me subió al primer tren de la mañana que salía hacia La Habana la llamé desde la ventanilla, pero ella no se dio la vuelta. Me quedé observando su espalda cubierta con un traje azul a rayas hasta que dio la vuelta a la esquina. El tren llevaba un retraso de un cuarto de hora. En el camino hacia La Habana, la olvidé. Sólo el nacimiento de mi hijo me hace recordarla.

Con amor,
Celia

11 de octubre de 1946

Gustavo:

Jorge dice que mi sonrisa le atemoriza, así que me miro en el espejo e intento ensayar viejas sonrisas. Mis amigas y yo solíamos pintarnos la boca como las estrellas americanas, rojo rubí y en forma de corazón. Nos cortábamos el pelo y nos poníamos sombreros acampanados inclinándolos seductoramente e intentábamos hablar como Gloria Swanson.

Los viernes, después de salir de trabajar, íbamos a Cinelandia. Recuerdo cuando vimos *Mujeres de Fuego*, con Bette Davis, Ann Dvorak y Joan Blondell. Eran tres —nosotras también éramos tres— y una de ellas tenía que morir. Bromeábamos sobre cuál de nosotras sería la primera en irse. Luego, cuando veía a las mujeres haciendo cola en las calles para comprar comida, mujeres delgadas con bufandas demasiado calientes para aquella temperatura, me sentía avergonzada de mis pensamientos.

Cuando tú me dejaste, Gustavo, me metí en la cama. Me quedé ahí durante meses recordando cada minuto que habíamos pasado juntos, viéndolo como veo las películas, intentando encontrar el sentido a aquellos días en que dilapidamos el amor. Jorge me salvó, pero de algo que aún no sé.

Tu Celia

11 de febrero de 1949

Mi querido Gustavo:

He estado leyendo las obras de Molière y preguntándome qué es lo que separa el sufrimiento de la imaginación. ¿Lo sabes tú?

Mi amor,
Celia

INVIERNO IMAGINADO

EL SIGNIFICADO DE LAS CARACOLAS

(1974)

Felicia del Pino no puede recordar por qué se encuentra marchando en Sierra Maestra en esta calurosa tarde de octubre. El casco de camuflaje es como un aro metálico que rodea su cabeza, y el rifle que cuelga de su hombro choca continuamente contra él, haciendo que toda su cara retumbe de dolor. Las botas rusas de mala calidad aprietan sin piedad sus pies mientras, pesadamente, y última en una columna de supuestos guerrilleros, asciende la ladera de una montaña intolerablemente fragante. «Hablemos en color verde», le diría su hijo, intentando distraerla de su miseria.

—¡Vamos, vamos! —vocifera una mulata pequeñaja situada unos diez metros por delante de Felicia. La teniente Xiomara Rojas tiene una mandíbula prognata y cuando grita se le ven un montón de dientes amarillentos—. ¡El Líder nunca aminoró su marcha en estas montañas! ¡Para él era una cuestión de vida o muerte, no una excursión de domingo! ¡No se detengan, muévanse!

Felicia mira la estela de hierbas húmedas y pisoteadas que van dejando al subir. Su cara está roja y sudorosa, y no sabe si la sal que siente en los ojos es del sudor o si son lágrimas involuntarias. La teniente Rojas debe de ser de esta zona, piensa Felicia, y por eso no suda. Nadie nacido en Santiago de Cuba suda jamás. Es un hecho conocido.

—¡Compañera del Pino, debe mantenerse firme a su izquierda! ¡Es la posición más vulnerable detrás de El Líder! —ruge la teniente Rojas, sin ser demasiado severa.

Felicia siente las pantorrillas como dos bolas de béisbol bajo sus rodillas. La tierra, fangosa y dúctil, succiona sus pies. Los tendones se le tensan, estirándosele como los músculos de las vacas de la carnicería que habían muerto aterrorizadas. Su carne nunca llegaba a ser tan tierna como la de los animales que no habían presagiado su muerte. Felicia manosea torpemente su cantimplora. Desenrosca el tapón, unido al cuello por una cadena. Sus manos son las de una extraña, hinchadas y ásperas. Tiene las uñas sucias.

—¡Patria o muerte! —grita la teniente Rojas mientras Felicia vierte el agua en su boca.

—¡Patria o muerte! —repiten todos los guerrilleros, todos excepto Felicia, que se pregunta si en una guerra real todo este griterío no terminaría alertando a los enemigos.

En un campamento improvisado, los guerrilleros levantan sus tiendas y abren botes de habichuelas pintas y de carne comprimida del color del excremento. Es el quinto día que comen lo mismo, y a algunos de los soldados ya les está provocando diarreas, a otros extreñimiento, y a todos gases. Sólo la teniente Rojas parece inmune y come con entusiasmo. Felicia echa un vistazo sobre los otros miembros de su brigada, la mayoría de mediana edad. Todos están allí por la misma razón, lo acepten o no lo acepten. Es una unidad de gente descontenta, una tropa de inadaptados sociales. La misión de la teniente Rojas es transformarlos en revolucionarios.

Felicia está aquí por haber estado casi a punto de suicidarse y de matar a su hijo. Ella no lo recuerda, pero todo el mundo se lo cuenta. «¿Por qué lo has hecho?», le preguntaba su madre con tristeza, extendiendo sus manos sobre la cama blanca y almidonada. «¿Por qué lo has hecho?», le preguntaba el psiquiatra enfundado en su severo traje de paje, como si Felicia fuera una niña voluntariosa. «¿Por qué, Felicia?», le suplicaba Herminia, su mejor amiga, mientras le frotaba la frente con hierbas, a escondidas de la enfermera.

Pero cada vez que Felicia intentaba recordar, una luz blanca se encendía y ocupaba el espacio del recuerdo.

Los médicos opinaron que Felicia estaba «incapacitada para ser madre», y la acusaron de haber perjudicado irreversiblemente a su hijo, que pasaba ese verano en la calle Palmas. Nadie sabe si Ivanito entiende lo que le ha pasado. El niño nunca habla de eso. Pero los médicos, su madre, e incluso sus colegas de la peluquería lograron finalmente convencerla para que enviara a Ivanito a un internado. Para endurecerlo, para que se relacionara con niños de su misma edad, para integrarlo. Esa era la palabra que todo el mundo empleaba. Integrar.

—¿Has dejado de quererme? —le decía Ivanito desde la ventanilla del autobús, con unos ojos que la bombardeaban de pena.

El primer domingo de cada mes, Felicia va a visitar a su hijo a la escuela, que está a las afueras de San Antonio de los Baños en medio de unos campos de patatas. Es muy poco lo que se dicen en las horas que tienen asignadas. La emoción de sus reuniones les deja agotados y por eso suelen echarse una siesta debajo de un árbol, o en la estrecha litera de Ivanito. Se hablan sobre todo con los ojos y con las manos, que nunca dejan de tocarse.

Todos dicen a Felicia que debe buscarle un sentido a la vida más allá de su hijo, que debe darle a la revolución una nueva oportunidad, que debe convertirse en una Nueva Mujer Socialista. Al fin y al cabo, como apuntaba su madre, lo único que había hecho Felicia por la revolución era arrancar unos dientes de león cuando la campaña de erradicación de la maleza, en 1962, y ya entonces a regañadientes. La falta de compromiso de Felicia es la fuente del tremendo rencor que existe entre su madre y ella.

Felicia intenta deshacerse de sus dudas, pero todo lo que percibe es un país que vive de eslóganes y agitación, una gente siempre en pie de guerra. Desprecia las palabras combativas que se anuncian a gritos en los tablones de expresión pública que están por todas partes. «VENCEREMOS ... COMO EN VIETNAM ... EL CAMBIO TRAE LA VICTORIA ...» Hasta los humildes arrancahierbajos a los que ella había pertenecido militaban bajo un nombre beligerante: la Brigada de Ofensiva Mecánica. Los jóvenes profesores son Luchadores de la Enseñanza. Los estudiantes que trabajan en el campo son la Columna Juvenil del Centenario. Los voluntarios para la alfabetización son la Brigada Patria o Muerte. Y así siguen esos nombres uno tras otro, entumeciéndola, socavando su buena voluntad de luchar por el futuro, por el suyo o por el de cualquiera. Si al menos pudiera tener a su hijo con ella.

Felicia saca de su macuto una lima de uñas oxidada y un bote pequeño de plástico con crema hidratante, y se pone manos a la obra. Con el borde redondeado de la lima empuja hacia atrás las cutículas, luego, con gran destreza, escarba y limpia sus uñas hasta dejarlas inmaculadas. Con unos toquecillos rápidos iguala la uña que se le había roto en el pulgar izquierdo. Luego echa un chorro de loción rosada sobre la palma de sus manos, se da masajes con movimientos circulares, y frota sus palmas una contra la otra hasta que sus manos vuelven a quedar suaves y ligeramente grasientas.

Los restantes miembros de la tropa, excepto la teniente Rojas que escucha una radio crepitante, observan atentamente a Felicia, como si estuviesen presenciando un complicado ritual que luego tendrían que repetir ellos, como el de desarmar y volver a armar sus rifles. Cuando Felicia termina, ellos se dan la vuelta y se van, agrupándose de dos en dos o de tres en tres para hablar.

—Fue mi propia hija quien me denunció, insistiendo en que en casa rezábamos al sentarnos a la mesa —se queja Silvia Lores—. Eso es lo que le enseñan en la escuela, a traicionar a sus padres. Ahora se me considera una «antisocial».

—Podría ser peor —le dice a manera de consuelo un simpático hombre llamado Paco—. Al hijo de mi vecino lo enviaron a las canteras de mármol, en Isla de Pinos, porque escuchaba *jazz* americano y llevaba el pelo demasiado largo. A decir verdad, yo no estoy a favor del pelo largo, pero ¿trabajos forzados?, ¿bajo ese sol?

—A los seminaristas los enviaron allí también. Dicen que la Iglesia es reaccionaria —dice Silvia Lores.

—Los líderes se han olvidado del aspecto que tenían ellos mismos hace quince años —declara el único joven que hay en el grupo—. Hoy los meterían a todos en la Unidad de

Degradados Sociales, con los drogadictos y los maricones. Miradme a mí. Dicen que soy un rebelde, ¡pero fueron rebeldes los que hicieron la revolución!

—Cálmate, chico, cálmate. Te puede oír —le advierte Paco, señalando hacia la tienda de la teniente Rojas.

—Qué más da. De todas formas, seguro que se entera aunque ahora no me esté escuchando. Uno de nosotros es un espía —dice el joven despectivamente—. Aquí es imposible esconderse.

Felicia escucha la conversación mientras lía un cigarrillo de tabaco negro y fuerte. Empezó a fumar otra vez en el hospital psiquiátrico. Le permitía hacer algo con sus manos. Ahora sigue haciéndolo por la satisfacción abrasadora que siente en lo más profundo de sus pulmones.

El resto de la tropa intentó hacerla hablar durante los primeros días en las montañas, pero Felicia se negó a decir una sola palabra. Ella no conoce a esta gente y no tiene ninguna razón para fiarse de ellos. Quizá piensen que ella es la espía.

Felicia se ofrece nuevamente de voluntaria para hacer la guardia nocturna. En la oscuridad, en la jungla sin luna, las fisuras no se ven, las hipocresías y las mentiras dañan menos. Ha decidido que sus ojos deben acostumbrarse a esta oscuridad. Quizá debió haber vivido toda su vida de noche, junto a los búhos y a los murciélagos y todas las demás criaturas nocturnas. Herminia le habló una vez de los dioses que rigen la noche, pero Felicia no logra recordar sus nombres. Eran estos dioses a quienes los esclavos rezaban para que protegieran al menos un trocito de sus almas. Rezar les daba fuerzas para poder soportar las injurias de cada día.

Hubo una época en la que Celia también pasaba la noche rezando, meciéndose en su columpio de mimbre hasta que llegaba el amanecer. Algunas veces, cuando Felicia era una niña y no podía quedarse dormida, se iba al porche a acompañar a su madre. Se sentaban juntas durante horas a escuchar el ritmo del mar y los poemas que su madre recitaba como si estuviese soñando.

Por las ramas del laurel
vi dos palomas oscuras.
La una era el sol,
la otra la luna.

Felicia adquirió su lenguaje florido durante esas noches. Lo iba tomando libremente de los poemas que escuchaba, ensartando las palabras unas con otras como si estuviese colgando la ropa recién lavada, conectando ideas y descripciones que ella jamás hubiese podido imaginar sola. Las palabras sonaban perfectamente correctas cuando ella las pronunciaba, aunque a menudo la gente comentaba que lo que decía no tenía ningún sentido. Felicia echa de menos aquellas noches tranquilas con su madre, cuando el mar medía sus pensamientos entrelazados. Ahora las dos discuten constantemente, especialmente sobre El Líder. ¡Cuánto le venera su madre! Tiene una foto enmarcada de él junto a su cama, donde antes había estado la de su marido. Pero para Felicia El Líder no es más que un vulgar tirano. Ni mejor ni peor que cualquier otro tirano del mundo.

De hecho, Felicia no puede dejar de pensar que hay algo antinatural en la atracción que siente su madre por él, algo sexual. Ha oído de mujeres que se le ofrecen a El Líder, atraídas por su poder, por sus ojos insondables, y se ha llegado a decir que ha engendrado muchos niños en la isla. Pero en El Líder hay una frialdad, una crudeza de la que Felicia desconfía. Dicen que su primera mujer, su único gran amor, le traicionó cuando él estaba encarcelado en la Isla de Pinos, después del ataque desafortunado a los cuarteles de Moncada. Su mujer aceptó dinero del gobierno, del gobierno que él estaba tratando de derrocar. El Líder nunca la perdonó, y se divorciaron. Es cierto que ha habido otra mujer en su vida, después de la época que él pasara en estas mismas montañas, pero todos saben que ella es una mera compañía: una madre, una hermana, no una amante. El Líder, al parecer, guarda sus pasiones más ardientes para la revolución.

No obstante, se pregunta Felicia, ¿cómo será él en la cama? ¿Se quitará la gorra y las botas? ¿Dejará la pistola sobre la mesilla? ¿Se quedarán los guardias esperando detrás de la puerta, montando guardia, hasta escuchar el intenso aullido de placer que anuncia el fin de su esparcimiento? ¿Cómo serán sus manos? ¿Su boca, la dureza de su entrepierna? ¿Se moverá dentro de ella lentamente, como a ella le gusta? ¿Seguirá con su lengua el contorno de su vientre y la chupará *ahí?* Felicia desliza su mano por la parte delantera de su pantalón militar de fajina. Siente la lengua de él moverse cada vez más rápido, su barba contra su muslo. «Te necesitamos, Compañera del Pino», le escucha susurrar con firmeza, mientras ella se corre.

(1975)

Es el primer jueves de diciembre. Cerca de trescientas personas se han agolpado en la única sala de cine que hay en Santa Teresa del Mar, compartiendo sillas, cigarrillos y bebidas sin alcohol. El pueblo ha venido para asistir a lo que promete ser un combate en directo: Ester Ugarte, la mujer del director general de Correos, ha acusado a Loli Regalado de haber seducido a su marido, acusación que Loli ha negado con vehemencia. En noches como ésta, a nadie le importa perderse alguna de las habituales películas cubanas de grano grueso.

Celia del Pino se sienta en una silla plegable, detrás de una mesa de juego colocada de cara a la audiencia. Es su tercer año como juez civil. Celia se siente complacida. Sus decisiones implican un cambio en la vida de los otros, y se siente parte de un importante proceso histórico. ¿Qué se habría esperado de ella veinte años atrás? ¿Que se meciese eternamente sobre su columpio de mimbre, envejecida antes de tiempo? ¿Que se quedase cuidando de sus nietos y esperando la muerte? Recuerda las cartas melancólicas que solía escribir a Gustavo antes de la revolución, y piensa lo distintas que serían si las estuviese escribiendo ahora.

Tras la muerte de su marido, Celia se ha entregado por completo a la revolución. Cuando El Líder necesitó voluntarios para construir guarderías en la provincia de Villa Clara, Celia se unió a una microbrigada, puso azulejos y manejó una grúa. Cuando él dispuso una cruzada para atajar un brote de malaria, Celia estuvo vacunando estudiantes. Y cada año, cuando llega la época de la recolección, Celia sale a cortar la caña de azúcar que, según las promesas de

El Líder, traerá la prosperidad a Cuba. Además, tres noches al mes, continúa protegiendo su extensión de costa contra los invasores extranjeros. Celia todavía se sigue arreglando para estas vigilias nocturnas, pintándose de rojo los labios y oscureciendo con lápiz negro el lunar de su mejilla, pensando que El Líder la estará observando y susurrará en su oído con su cálido aliento a puro. Celia haría con agrado cualquier cosa que él le pidiera.

Celia ha juzgado 193 casos desde que fuera elegida para el Tribunal Popular, desde hurtos menores y disputas de familia hasta delitos más serios de negligencia médica, incendios premeditados y actividades contrarrevolucionarias. Pero de todos, aquellos que más satisfacciones le reportan son los casos juveniles. Su *modus operandi* es reformar, no castigar, y Celia ha tenido éxito en volver a convertir a muchos jóvenes delincuentes en revolucionarios productivos. Magdalena Nogueras, una niña que fue sorprendida a los dieciséis años robando un cerdo y una llave inglesa a su vecino, es ahora una de las actrices principales de la Compañía Nacional de Teatro de Cuba. Más adelante, Celia se enteraría con tristeza que Magdalena había desertado en una gira por Oaxaca y que ahora estaba representando el papel de esposa psicótica en un culebrón mexicano.

Celia señala la apertura del caso de esta noche dando cuatro golpes con un martillo de cabeza tambaleante. Es su improvisado mazo de juez. Siente que su audiencia está dividida equitativamente entre los que apoyan a una mujer y los que defienden a la otra. Al parecer, todos tienen sus intereses particulares pendientes del resultado.

Desde que a principios de este año se aprobara el Código de Familia, cada vez son más las personas que llevan sus problemas ante el juez. Mujeres que acusan a sus maridos de no compartir el trabajo de la casa, o aquellas que quieren poner fin a una relación extramarital, recurren al Tribunal Popular. Sin embargo, son muy pocos los hombres que acuden con sus quejas a los juzgados por temor a ser tachados de débiles, o, todavía peor, de cornudos. A Celia le disgustan esos casos. En su opinión, los adulterios son asuntos privados y no deberían ser expuestos ante un público hambriento de entretenimiento. Además, después de pasar por todos los intentos de negociación posibles, la única solución casi siempre es el divorcio. Tal vez, si ella tuviera que escoger otra vez, seguiría el ejemplo de la Tía Alicia y no se casaría jamás.

—Yo estaba pidiendo prestada una taza de harina de maíz cuando su marido se quitó el albornoz y se abalanzó sobre mí —declara Loli Regalado. Es una mujer de curvas pronunciadas que debe andar por los treinta y pico cortos. Lleva el pelo rubio teñido recogido en una larga coleta que le cuelga por la espalda.

—¡Eso no es cierto! —grita Ester Ugarte—. ¡Ella estaba seduciendo a mi Rogelio! ¡Llevaba un vestido por aquí con un escote hasta aquí! —Ester señala su ombligo en ambas ocasiones.

—¿No es demasiado poco lo que nos deja para tratarse de un vestido, compañera Ugarte? —pregunta Celia, y la audiencia estalla en carcajadas.

Entonces Loli cuenta que Ester la había perseguido con una tabla de planchar hasta la escalera de su edificio, que la había golpeado contra la pared y que la había sujetado como si fuera una prisionera.

—Me llamó puta —se queja Loli rabiosamente.

—¡Yo nunca te he llamado puta! ¡Aunque Dios sabe que te lo mereces!

—Todos saben que tu marido no te aguanta porque eres una celosa —le dice Loli con sarcasmo—. Rogelio persigue y acosa a todas las mujeres del vecindario.

—¡Mentirosa!

Celia golpea su martillo contra la mesa de juego para acallar a los espectadores, que silban y gritan como si aquello fuera un combate de boxeo. Pero Celia sabe, como todos saben en Santa Teresa del Mar, que lo que está diciendo Loli es cierto. Rogelio Ugarte, como su padre, y como el padre de su padre, no puede dejar sus zarpas quietas. Es un rasgo genético, como su pico de viuda o sus ojos caídos de color marrón, o como el trabajo que heredó en la oficina de Correos. Celia recuerda los rumores sobre Rogelio, según los cuales éste había encargado a Chicago una caja de pequeñas caperuzas de goma que se colocaban sobre el pene y volvían locas de placer a las mujeres. Eso fue antes del bloqueo. Celia siempre se ha preguntado cómo era posible que esas caperuzas permanecieran en su lugar.

Varios testigos salen a declarar, pero su información es tan contradictoria que invalida las pruebas. Los brazos de Celia se cansan de dar golpes con el martillo y tiene la voz ronca de tanto llamar al orden. Le parece increíble escuchar en la parte de atrás de la sala a un desgraciado vendiendo cacahuetes. Antes de que Celia haya podido expulsarle de la sala, otra voz interrumpe el alboroto:

—¡Juzguemos al hijo de puta del director general de Correos! *¡Él* es quien debería estar aquí! —grita Nélida Grau desde la tercera fila, e inmediatamente los espectadores se ponen de pie y argumentan a favor o en contra de su propuesta.

Entretanto, Celia logra recuperar a duras penas la calma. Acaba de tomar una decisión.

—La compañera Grau tiene razón —comienza Celia, haciendo callar a una persona que interrumpe su discurso, un primo de Rogelio de aspecto violento—. Me parece, compañeras, que el problema que aquí se debate no es entre ustedes, sino con Rogelio.

—¿Cómo que no? ¿Qué puedes esperar de alguien como ella que viene a seducirlo? —protesta Ester—. ¡Rogelio es humano!

—¡Ja! —dice Loli, mofándose—. ¡Debería estar lamiendo sellos en lugar de otras cosas! ¡Tal vez así recibiríamos algo de correo por aquí!

—No juzgaré a alguien que no está presente en la sala —anuncia Celia por encima de los últimos enfrentamientos—. ¡Tú! —Celia apunta con el dedo hacia el primo de Rogelio, Ambrosio Ugarte, a quien rodea un círculo de mujeres furibundas—. Trae aquí a Rogelio. Tienes cinco minutos.

El auditorio vibra en disputas. Cada discusión crece y se extiende cada vez más. Maridos contra esposas. Mujeres casadas contra solteras y divorciadas. Los politizados contra los apolíticos. El enfrentamiento entre Loli Regalado y Ester Ugarte se convierte en una excusa para que cada cual libere sus frustraciones con respecto a los familiares, a los vecinos, al sistema, a sus vidas. Las viejas heridas se reabren, y otras tantas nuevas se infligen.

Celia observa la agitación que se ha producido en Santa Teresa del Mar. Está descorazonada. Siente que gran parte del éxito de Cuba depende de algo que aún no existe, o que existe en muy raras ocasiones. Un espíritu de generosidad.

Compromisos sin ataduras. ¿Será que estas condiciones ideales no se avienen con la naturaleza humana?

De repente todos los ojos se vuelven hacia la puerta de atrás. Rogelio Ugarte ha comparecido. Se detiene en la puerta de entrada, vacilando entre entrar o no entrar. Sus ojos caídos de color marrón intentan buscar amigos entre la audiencia.

—Por favor, acérquese al frente, compañero —le ordena Celia.

No queda nada del Rogelio fanfarrón de siempre, de sus modales desenvueltos, de sus burlas ni sus bromas. Parece una triste marioneta desplazándose rígidamente a lo largo del pasillo.

—¡Ahora llegaremos al fondo del asunto! —cacarea Ester, y el pandemónium se desata nuevamente.

Cuando Celia vuelve a aporrear la mesa de juegos, la cabeza del martillo cede finalmente y vuela hacia atrás, abriendo en la pantalla de cine un agujero del tamaño de un puño. Esto al menos se revela efectivo, y Celia consigue captar la atención de la audiencia.

—Compañero Ugarte, es usted responsable de haber provocado una gran división entre sus vecinos —resume Celia en voz alta—. Ha quedado claro ante este tribunal que es usted, y no su mujer o la compañera Regalado, quien nos debe una explicación. ¿Sedujo o no sedujo usted a la compañera Regalado en contra de su voluntad en la tarde del veintitrés de octubre?

—Sí.

—¿Sí qué?

—Traté de seducirla.

La audiencia vitorea, cada cual por sus propias razones.

Es como si la respuesta de Rogelio hubiese justificado cada una de las polémicas.

—¡Mentiroso! —grita Ester, sonrojada y temblorosa. Y entonces, dando un salto espectacular del cual nadie la hubiese creído capaz, golpea a su marido arrojándolo al suelo, le tira del pelo, y le muerde las mejillas. Cuando sus amigas consiguen arrancarla de él y arrastrarla hacia la puerta, Ester se sume en un llanto desconsolado.

Celia se sube sobre su silla plegable y se queda mirando a la audiencia hasta que por fin sólo se oye en la sala el constante jadeo de los sollozos de Ester Ugarte.

—He tomado una decisión —dice Celia pausadamente—. Rogelio Ugarte, le sentencio a un año de trabajo voluntario en la guardería estatal de Santa Teresa del Mar.

—¿Qué? —Rogelio alza su vista desde el suelo, aún aturdido por la embestida de su mujer.

—La guardería está escasa de personal, y nuestras compañeras necesitan ayuda para cambiar los pañales, calentar la leche y organizar el tiempo de juego de los niños. Será el primer hombre en trabajar allí, compañero, y me ocuparé de verificar que su comportamiento sea el de un socialista modelo con todas las de la ley. Se levanta la sesión.

La decisión de Celia recibe tantos bravos ensordecedores como opiniones disconformes expuestas a pleno pulmón.

—¿Por qué no lo envías a África? —grita Nélida Grau, con una mano sobre la cadera y la otra señalando hacia aquella dirección.

Loli Regalado, aún sintiéndose complacida por su exoneración, se queja de que mandar a Rogelio con las compañeras de la guardería estatal es lo mismo que poner una zorra en un corral de gallinas armada de cuchillo y tenedor.

Celia observa, deprimida, cómo sus vecinos van desalojando la sala, depositando de antemano sus expectativas en el «caso del motel», cuya vista está fijada para el mes siguiente. En enero, Hilario y Vivian Ortega se defenderán de los cargos que se les imputan: alquilar por horas dos de las habitaciones de su casa frente a la playa. Celia teme que los ciudadanos de Santa Teresa del Mar vayan a convertir nuevamente la sala de justicia en algo bastante parecido a un culebrón en directo.

A la salida de la sala, el vendedor de cacahuetes continúa abriéndose camino entre la multitud. Le ofrece a Celia un paquete, y ella lo acepta sin hacerle ningún reproche. Luego se dirige sin prisa alguna hacia su casa de ladrillo y cemento a orillas del mar, masticando los cacahuetes uno a uno.

* * *

Esa misma noche, más tarde, Celia se sienta a mecerse en su columpio de mimbre y a examinar el cielo estrellado, como si la caprichosa disposición de las estrellas pudiera revelarle algo. Pero esta noche está tan uniforme y tan opaco como una tiara.

Celia va a la cocina y pone a calentar un poco de leche y luego la endulza con un par de terrones de azúcar. ¿Cómo es posible que, pudiendo ayudar a sus vecinos, no sea en cambio de ninguna utilidad para sus hijos? Lourdes, Felicia y Javier son ahora adultos y están solos; solos, ciegos y sordos ante el mundo, ante sí mismos, ante ella. No existe consuelo para ellos, sólo un pasado infectado de desilusión.

Sus hijas no pueden entender su dedicación a El Líder.

Lourdes le envía fotos de sus pasteles y de su pastelería en Brooklyn. Cada uno de los resplandecientes *éclairs* que allí aparecen es una granada dirigida contra las creencias políticas de Celia, cada tarta de fresas es una prueba —elaborada con harina, mantequilla, leche y huevos— del éxito de Lourdes en América, y un recordatorio de la progresiva escasez de Cuba.

Felicia no es menos exasperante. «¡La seguridad nos está *matando!»,* se lamenta cuando Celia intenta destacar los méritos de la revolución. A nadie le falta la comida ni le son negados los servicios médicos, nadie duerme en las calles, todo el que quiere trabajar, trabaja. Pero su hija prefiere el lujo de la incertidumbre, del tiempo sin planificar, del desperdicio.

Celia cree que si Felicia pusiera al menos algún interés en la revolución tendría expectativas más altas, la oportunidad de participar en algo que vaya más allá de ella misma. Después de todo, ¿no forman parte ellos del mayor experimento social de la historia contemporánea? Pero su hija lo único que hace es sumirse en sus propias preocupaciones.

Nada sacude la arraigada indiferencia de Felicia. Ni siquiera las dos semanas que pasó en las montañas entrenándose como guerrillera. Ni tampoco el día y medio que estuvo cortando caña de azúcar. Felicia regresó del campo quejándose de su espalda dolorida, de sus manos destrozadas, de los terrones de tierra sucia que había tragado. Después de la experiencia, juró beberse el café sin azúcar. No más azúcar.

Los médicos de Felicia recomendaron que entrara a formar parte de algún grupo de teatro, pensando que las tablas la llevarían finalmente a hacer las paces con la revolución. Pero Felicia no mostró inclinación alguna por el escenario. Celia llegó a la triste conclusión de que el talento histriónico de su hija estaba consagrado por entero a la insuperable pieza teatral que ella representaba día tras día ante el mundo. Felicia era capaz de recibir ovaciones y lluvias de claveles rojos en la oficina de Correos, en la plaza, o en la peluquería donde trabajaba.

Celia busca desesperadamente en el cajón de su mesilla de noche la foto preferida de su hijo. Javier es alto y pálido como ella, y tiene un lunar en la mejilla izquierda idéntico al suyo. Lleva puesto su uniforme de los Pioneros, tan reluciente y nuevo como lo era entonces la revolución, tan radiante entonces de optimismo como la cara de su hijo. No puede imaginar a Javier con más edad de la que tiene en esta foto.

Su hijo tenía casi trece años cuando la revolución triunfó. Esos primeros años fueron difíciles, no por las penurias y racionamientos que Celia suponía necesarios para poder redistribuir las riquezas del país, sino porque tanto Celia como Javier tenían que callar su entusiasmo por El Líder. Su marido no toleraba que en su casa se aclamase la revolución.

Javier nunca discutió con su padre abiertamente. Su guerra era un desafío silencioso. Se marchó secretamente a Checoslovaquia en 1966, sin despedirse de nadie.

Javier le había enviado una extensa carta hacía tres años, después de morir Jorge. En ella le decía que finalmente se había convertido en profesor de bioquímica de la Universidad de Praga, y que impartía sus clases en ruso, alemán y checo. No mencionaba a su mujer, ni siquiera de pasada, pero decía que le hablaba en español a su hijita, para que algún día pudiese hablar con su abuela. Esto le llegó a Celia al alma, y le escribió a Irinita una nota especial estimulándola para que siguiera con su español y prometiéndole que le enseñaría a nadar.

En todos estos años, su hijo sólo le había escrito muy de vez en cuando, y unas notas que, según pensaba Celia, habían sido redactadas a la ligera entre clase y clase. Raras veces escribió algo con sustancia, como si las noticias superficiales fueran las únicas que Celia estaba capacitada para asimilar. Mucho más esclarecedora que estas notas era la información que Celia extraía de la foto familiar que su nuera, Irina, le enviaba religiosamente todas las Navidades. A través de estas fotos, Celia notaba cómo le iban cayendo los años a su hijo, y observaba cómo su boca iba adquiriendo la expresión obstinada de su padre. En su mirada todavía quedaba un ápice de vulnerabilidad que enternecía a Celia, que le hacía recordar a su niñito.

Al irse a la cama, Celia acomoda sus pechos para poder dormir cómodamente sobre su estómago. Todas las mañanas, sin embargo, se despierta boca arriba, con los brazos y las piernas estiradas y la frazada tirada en el suelo. No puede dar cuenta de su inquietud. Sus sueños le parecen meros destellos de color y electricidad, fragmentos de su vida presente.

Celia cierra los ojos. No le gusta reconocer ante sí misma que, a pesar de su febril actividad, de vez en cuando se siente sola. No la soledad de años atrás, la soledad de haber vivido a orillas del mar una vida en contra de su voluntad, sino la soledad producida por la imposibilidad de compartir su alegría. Celia recuerda las tardes en el porche cuando su nieta, siendo aún una niña, parecía leerle sus propios pensamientos. Durante años, Celia estuvo manteniendo conversaciones con Pilar en lo más oscuro de la noche, pero luego repentinamente perdieron la conexión que las unía. Celia ahora cree que entre ellas se había cerrado entonces un ciclo, y que aún no había comenzado otro nuevo.

Luz Villaverde
(1976)

Para ser un hombre de manos tan grandes, mi padre, no obstante, sabía manipular con destreza cosas muy delicadas: un hilo suelto en su chaqueta, una cerilla retorcida, los broches más diminutos. Sus dedos tenían la misma agilidad táctil que los de una niña pequeña. Una vez le vi coser un botón minúsculo a un traje que yo llevaba puesto, y, más adelante, le vi quitar una máscara negra a una prostituta.

Mi padre fue un hombre guapo. Tengo un retrato que da prueba de ello. Fue Mamá quien lo destruyó.

Ahora sus uñas están incrustadas de suciedad, y su cara y su cuello tienen la textura del cuero curtido. Tiene una camisa de lunares, que se arremanga hasta los hombros, y un par de pantalones grasientos que le cuelgan en los fondillos. Da la impresión de que cada línea de su cara ha sido dejada allí por una determinada calamidad, más que por una lenta acumulación de tristeza. Sus dientes están ennegrecidos y se sostienen dolorosamente. Sólo come purés, como un bebé. Guarda su alianza en una caja de terciopelo azul, cerrada con un elástico apretado. Recuerdo que solía ponerse y quitarse el anillo del dedo con tanta facilidad como si estuviese engrasado. Las cosas que hacía cuando no lo tenía puesto no contaban: mi padre era un hombre que no podía rechazar una aventura.

Después de que Mamá le prendiera fuego, supimos que nunca regresaría. De hecho, no volvimos a verle en nueve años. Pero yo fantaseaba pensando que volvería para llevarnos a Milagro y a mí lejos de Mamá y de sus cocos. Guardábamos los fulares de seda con grullas estampadas que él nos había traído de China cuando teníamos dos años. Nos daba igual que fuéramos demasiado pequeñas para poder llevarlos, lo único que importaba era que él pensara que sí podíamos. Yo me imaginaba montada sobre el lomo de esas grullas, volando hacia donde estuviera él, fuese donde fuese.

Milagro y yo mentíamos sobre él a nuestros amigos. «Volverá a buscarnos», les decíamos. «Ha sufrido un retraso en Australia.» Pero después de un tiempo, dejamos de hacerlo. ¿Para qué? Por aquel entonces, los padres de todos los demás niños estaban también divorciados y aquello no parecía importar demasiado.

Afortunadamente, Milagro y yo nos tenemos la una a la otra. Somos una hélice doble, compacta e impenetrable. Por esto Mamá no puede entrar en nosotras.

«¿Sabes cúal es el significado de las caracolas? —le preguntó una vez a Milagro, con voz melosa—. Son las joyas de las diosas del mar. Traen buena suerte, y no mala como dice todo el mundo. Tú eres mi pequeña joya, Milagro.»

Y luego Mamá se volvió hacia mí, y dijo: «Tú, Luz, eres la luz que en la noche guía nuestros sueños. Tú proteges lo más preciado».

Esto era lo único que era ella. Hermosas palabras. Palabras sin sentido que no nos nutrían, que no nos reconfortaban, que nos mantenían prisioneras dentro de su mundo de letras.

Mi hermana y yo llamamos a nuestra madre «Anti-Mamá». Por ejemplo: Anti-Mamá ha carbonizado el pollo y está blasfemando en la cocina. O: Anti-Mamá está escuchando el mismo disco otra vez y bailando consigo misma en la oscuridad. Ella quiere que le digamos que la queremos. Cuando no lo hacemos, su mirada nos atraviesa como si hubiese otro par de niñas detrás de nosotras, unas niñas que pudieran decirle lo que ella quiere escuchar.

Ivanito piensa que somos crueles con ella, pero él nunca llegó a ver lo que nosotras vimos, nunca llegó a escuchar lo que nosotras escuchamos. Nosotras intentamos protegerle, pero él no quiere ser protegido. Él es su títere tonto.

Desde el verano de los cocos, Milagro y yo hemos hecho un pacto para no hacerle el más mínimo caso, para mantenernos lo más lejos posible de ella. Estamos estudiando duro para que cuando seamos mayores podamos conseguir buenos trabajos y largarnos donde nos apetezca. Abuela Celia nos dice que, antes de la revolución, las niñas brillantes como nosotras no iban a la universidad. Se casaban y tenían niños cuando todavía eran unas niñas también. Me alegro de que eso no nos vaya a pasar a nosotras. Yo seré veterinaria, y trabajaré con los animales más grandes del planeta: elefantes, rinocerontes, jirafas, hipopótamos. Probablemente me tendré que ir a África para hacerlo, pero Milagro dice que se vendrá conmigo. Ella quiere ser micóloga y especializarse en hongos tropicales. Tiene unos especímenes peludos en el acuario de la escuela. Yo le digo que mientras se mantengan lejos de nuestra habitación, por mí no hay problema.

Mi hermana es más sentimental que yo. Por eso, cuando comienza a sentir pena por Mamá, le recuerdo la fiesta de nuestro noveno cumpleaños, cuando toda la clase de cuarto curso vino a nuestra casa de la calle Palmas. Había un pastel glaseado y sombreros de cucurucho que habíamos hecho en casa. Mamá llevaba puesta una capa satinada, se había pintado destellos brillantes en la cara y nos hizo trucos de magia. Sacaba sortijas de detrás de nuestras orejas y arañas de goma de un cuenco en el que flotaban gardenias. Del techo colgaba una piñata en forma de burro con ojos de botones.

Mamá me vendó los ojos y me dio una escoba. Al principio di vueltas a lo loco, atizando escobazos a Manolo Colón, el empollón de la clase, un niño tímido al que yo le gustaba. Casi se vuelve a su casa corriendo, pero Mamá le limpió la cara con un trapo húmedo y le sirvió el mejor trozo del pastel. Luego me volvió a tapar los ojos y sacudí el aire con la escoba hasta que la piñata reventó y se abrió, dejando al descubierto unos tentáculos largos, chorreantes y viscosos de huevo crudo.

Huevos. Mamá había rellenado la piñata con huevos.

Todos rieron y gritaron y comenzaron a untarse yema de huevo unos a otros, persiguiéndose de arriba a abajo por toda la casa, haciendo que los cimientos se tambalearan con los golpes que daban sus pies en el suelo.

—¡Vuelvan pronto! —les gritaba Mamá cuando corrían hacia sus padres, que se quedaron tan pasmados con el huevo que impregnaba el pelo y las ropas de sus niños, que ni siquiera notaron cómo mi madre se partía de risa.

Milagro y yo nos fuimos a nuestra habitación sin decir ni una sola palabra a Ivanito ni a Mamá. Nos ayudamos la una a la otra a quitarnos del pelo los pedacitos de cascarones de huevo, y lloramos.

Recibimos la primera postal de Papi el verano pasado. Luego nos enteramos de que nos había enviado unas cuantas más y que Mamá las había quemado como había quemado su cara. Era un día muy soleado y el cartero tuvo que hacer un segundo viaje a nuestra casa para entregar la postal, que se le había olvidado. Mamá no estaba en casa.

La postal era de una fábrica de tabaco: filas y filas de mujeres apilando las bronceadas hojas convertidas en puros. El epígrafe de la parte de atrás ponía: «Cuba... alegre como su sol». Papá decía que había regresado de sus viajes y que se había establecido en un hotel en los muelles. Decía que tenía muchas ganas de vernos y de llamarnos sus «dos hermosos frijoles». Decía que jamás nos había olvidado.

Milagro y yo cogimos nuestros fulares de grullas y volamos con ellos alrededor de la habitación, viendo revolotear a las aves en el aire detrás de nosotras. Doblamos y volvimos a doblar nuestra ropa y esperamos el momento de la escapada.

Unos días más tarde, cuando Mamá estaba a punto de salir para una de esas reuniones suyas de vudú que duran de un día para otro, Milagro y yo la convencimos para que nos dejara quedarnos solas en La Habana en lugar de enviarnos a casa de Abuela Celia. Cuando se fue, Milagro y yo metimos nuestra ropa en una bolsa de lona y nos enrollamos los fulares de grullas en el cuello. Esperamos un taxi en la plaza, y no volvimos la vista atrás.

La luna, ya alta en el cielo, esperaba con impaciencia a que cayese la noche. Parecía como si hubiese extraído su luz de un sol menguante. Recorrimos un callejón y luego otro, pegando botes sobre los adoquines y sobre los muelles chirriantes del taxi. Esta espera se hacía más larga que todas las esperas anteriores. ¿Sería posible que lográramos escapar?

Cuando nos detuvimos, eché una mirada sobre el deteriorado hotel, eché una mirada sobre nuestro futuro.

Milagro parecía saber hacia dónde debíamos dirigirnos, así que seguí sus pasos a lo largo de la arcada de hierro forjado y luego subimos la empinada escalera de caracol que apestaba a mugre. La barandilla se tambaleaba al apoyar nuestras manos sobre ella mientras íbamos subiendo los tramos de la escalera, uno tras otro.

—Está aquí. —Milagro apuntó hacia una puerta de madera que no tenía número. Se abalanzó sobre ella como si viniera a cobrar el alquiler, y tocó fuerte dos veces seguidas.

La cara de nuestro padre estaba cubierta de unas arrugas horribles, blanduzcas, que presionaban sobre sus ojos hasta dejarle los bordes enrojecidos, que presionaban sobre el muñón de su nariz y sobre sus orejas erosionadas, que tensaban su cráneo hasta dejarlo al descubierto. Y antes de que pudiéramos gritar o salir huyendo, Papi extendió sus brazos, sus manos que en un tiempo fueron hermosas, y nos llamó por nuestros nombres.

Milagro y yo continuamos viendo a nuestro padre en secreto cada vez que podíamos. Si Mamá lo hubiese descubierto, quién sabe lo que habría sido capaz de hacer. La habitación de nuestro padre, que antiguamente era la de los criados, tenía una única ventana que daba hacia un callejón donde peleaban los perros chuchos. Decía Papi que en la noche escuchaba los lamentos de los barcos que salían de La Habana. Esto le hacía sentirse solo.

Contaba Papi que después de que Mamá le quemara, un capitán de la marina mercante se apiadó de él y falsificó sus papeles para que pareciera como si sus heridas hubiesen ocurrido durante una explosión en cubierta. La pensión de Papi por incapacidad era bajísima. No tengo ni idea de dónde sacaba el dinero para los regalos que nos hacía —muñecas enormes de piel cremosa y lazos de terciopelo, bolsos de plástico con los personajes de los dibujos animados, pasadores de colores para el pelo—, y que nosotras escondíamos de nuestra madre. Es como si ahora que habíamos crecido, Papi quisiera dar marcha atrás al reloj. Nos quería ver más niñas, más pequeñas, tamaño bolsillo. Es posible que él hubiese comprado los regalos hace ya mucho tiempo, pero necesitaba desesperadamente que aún nos hicieran ilusión, que nos hiciera ilusión estar con él.

Al cabo de un tiempo ya no se nos hacía tan difícil ver la cara de nuestro padre. Encontrábamos en sus ojos hundidos el lenguaje que estábamos buscando, un lenguaje más elocuente que el collar de palabras de cuentecillas baratas que nos ofrecía mi madre.

Llevábamos a Papi comida hecha puré y limpiábamos las arrugas de su cara mutilada. Yo me quedaba haciendo horas extras en el limonar de la escuela y ahorré los cupones suficientes para un radiocassette. Milagro le compró una cinta de *jazz* del grupo *Irakere* que él ponía una y otra vez y otra vez. No nos decía qué hacía cuando nosotras no estábamos allí, pero sospecho que no salía nunca de su habitación.

—Yo era el corredor más veloz cuando estaba en la escuela superior —nos contó en una ocasión. Tenía tan vivo el pasado que podía convocarlo cada vez que quería. Era hijo único y había nacido cuando ya sus padres habían dejado de rezar para tener un niño, y fue mimado y protegido como si hubiese sido el primer nieto—. Gané la carrera de los 100 metros aún siendo más pesado que los demás niños. La hice en trece segundos.

También nos contó que había durado tan sólo una mañana en las minas de níquel antes de decidir entrar en la marina mercante. Pero cuando regresó de su primer viaje por África, sus padres habían muerto.

Un día, Papi nos pidió que trajéramos a Ivanito con nosotras. Quería verle, no sé por qué razón. Milagro y yo le advertimos que posiblemente no vendría, que lo único que había escuchado sobre él eran mentiras y más mentiras. Quizá sentimos celos. Queríamos tener a Papi para nosotras solas.

Pero luego cambiamos de parecer. Queríamos que Ivanito viera lo que Mamá le había hecho a nuestro padre, lo que nos había hecho a todos nosotros.

Ese día había aviso de huracán. El viento había revolcado la basura en las calles y el aire estaba tan húmedo que cuando chocaba contra los edificios los hacía brillar. Abajo, en el puerto, el océano se agitaba y se alzaba tempestuoso contra los muelles. No se veían las marcas del agua. Los tres corrimos cogidos de los brazos, agarrándonos por nuestras chaquetas, y sentimos las primeras gotas de lluvia cuando llegamos al hotel de Papi.

—No creo que esté en casa —dijo Ivanito. Milagro me echó una extraña mirada. Nuestro hermano comenzó a brincar nerviosamente, a dar unos brinquitos como si quisiese entrar en calor.

Si no hubiese sido por la lluvia que se puso a caer copiosa y repentinamente, no habríamos subido aquellas escaleras. Si no hubiéramos sentido miedo por los perros que peleaban en el callejón, nos habríamos llevado a Ivanito de allí. Si no hubiésemos visto los barcos, los enormes barcos con sus rizadas letras rusas anclados en los muelles como si fuesen Gulliveres, habríamos venido otro día. Pero no lo hicimos.

La puerta de mi padre estaba ligeramente abierta y escuchamos un gruñido bajo, como el de los cerdos recién nacidos cuando maman de las tetas de su madre. Ivanito abrió la puerta de un empujón y vimos a mi padre: su cara terrible, hinchada y morada como su sexo, su boca ampliamente abierta y estremecida, su leche salpicando sobre los pechos de la mujer enmascarada y desnuda que tenía a sus pies.

Ahora hemos vuelto al internado. Nos gusta estar aquí. Milagro y yo nos hemos ofrecido voluntarias para dar de comer a los caballos en el establo y luego los montamos por el bosque y por el limonar, los caballos, con su dentadura saliente, felices.

Ivanito está también en el internado. Sus maestros dicen que es muy inteligente pero inadaptado, que llora todas las noches e interrumpe el sueño de los demás niños. Ivanito se siente culpable por visitar a Papi. Teme que Mamá lo descubra y que luego ya nunca más le deje regresar a casa. Pero le decimos que nadie, excepto nosotras, sabe lo que sucede, y le hemos jurado guardar el secreto para siempre. Los tres nos hemos pinchado un dedo y hemos unido nuestras sangres para sellar este pacto de silencio.

Lo que mi hermano no logra entender todavía es que nada de lo que haga Mamá tiene algo que ver con él, ni con Abuela Celia, ni con ninguno de nosotros.

EL ÁNIMO NECESARIO

(1975)

Lourdes Puente va andando a su ritmo. Es una plaza de cinco lados rodeada de *brownstones* y de tilos, considerada poco conflictiva dentro de los márgenes de seguridad que ofrecen los vecindarios de este lado de la Avenida Atlántico. Lourdes es policía auxiliar, la primera de su barrio. Aprobó con un diez el examen escrito contestando «c» en las preguntas objetivas de las que no estaba muy segura o que no entendía. El capitán Cacciola la felicitó personalmente. Quería asegurarse de la firmeza y del rigor de Lourdes en cuanto al crimen respecta. Lourdes dijo que los traficantes de droga deberían morir en la silla eléctrica. Su respuesta complació al capitán, y a Lourdes se le encomendó patrullar las calles martes y jueves, entre las siete y las nueve de la noche.

Lourdes disfruta patrullando las calles con sus zapatos negros de suela gruesa. Según ella, estos zapatos son una especie de «igualador». Con ellos puede correr si es necesario, puede saltar barreras y recorrer las accidentadas e irregulares aceras de Brooklyn sin temor a torcerse los tobillos. Estos zapatos son poderosos. Si las mujeres llevaran zapatos como éstos, piensa Lourdes, no tendrían que preocuparse tanto por otras igualdades más abstractas. Se unirían al cuerpo de reserva militar o a la policía auxiliar como ella, y protegerían lo que les pertenece. En Cuba nadie estaba preparado para los comunistas y mira lo que ha pasado. Ahora su madre estará vigilando la playa con unos binoculares y una pistola contra los posibles ataques de los yanquis. Si al menos Lourdes hubiese podido tener un arma cuando la necesitaba.

Es jueves, pasadas las nueve. La luna cuelga del cielo llena y encerada, rayada de sombras.

—En noches como ésta salen todos los locos de Nueva York como de debajo de las piedras —le ha advertido uno de los policías regulares.

Pero hasta ahora todo parece tranquilo. Hace demasiado frío para los merodeadores. De repente Lourdes se acuerda de Pilar ridiculizando las primeras palabras de Armstrong al pisar la Luna: «Ha tenido meses para pensarlo, ¿y eso es todo lo que puede decir?» Pilar tenía sólo diez años por aquel entonces y ya se burlaba de todo lo divino y lo humano. Lourdes la abofeteaba por irrespetuosa, pero sus castigos no consiguieron que su hija cambiara en absoluto. Pilar se mostraba inmune a las amenazas. No concedía ningún valor a las cosas corrientes, con lo cual era imposible castigarla. Incluso ahora, Pilar no le teme al dolor ni a la pérdida. Es precisamente esta indiferencia lo que resulta exasperante.

Los últimos judíos que quedaban en el barrio se han ido. Sólo quedan los Kellners. Los otros se han trasladado a Long Island o a Westchester o a Florida, dependiendo de sus edades y de sus cuentas bancarias. Pilar piensa que Lourdes es una intolerante. ¿Qué puede saber su hija sobre la vida?

La igualdad es una más entre todas sus abstracciones. La realidad habla por sí misma. «Yo no soy quien calcula las estadísticas —le dice a Pilar—. No soy yo quien pone el color sobre las caras del barrio.» Caras negras, caras puertorriqueñas. De vez en cuando, una cara irlandesa o italiana, perdida, atemorizada. Lourdes prefiere enfrentarse a la realidad: los *brownstones* convertidos en bloques de viviendas en cuestión de meses, la basura en las calles, los ojos envidiosos de los hombres mirando inexpresivamente desde los portales. Ni siquiera Pilar podría acusarla de ser una hipócrita.

Mientras camina, Lourdes siente el suelo firme bajo sus sólidos zapatos negros. Respira un aire helado que hiere sus pulmones, como si estuviese compuesto de filamentos de vidrio que raspan y limpian su interior. Llega a la conclusión de que no tiene paciencia para los soñadores, para la gente que vive entre negros y blancos.

Lourdes desliza su mano sobre su porra de madera y la acaricia de arriba hacia abajo. Es la única arma que el Departamento de Policía parece dispuesto a darle. Eso y las esposas. Lourdes ha utilizado la porra sólo una vez durante sus dos años de patrulleo, para interrumpir una pelea entre un niño puertorriqueño y tres italianos en el campo de juegos. Lourdes conoce bien a la madre del puertorriqueño. Había trabajado una tarde en su pastelería. Lourdes la pilló metiéndose en el bolsillo los 50 centavos que le habían pagado por dos buñuelos de canela, y la echó de allí sin contemplaciones. No es de extrañar que su hijo sea un delincuente. Vende marihuana en bolsas de plástico, detrás de la licorería.

El hijo de Lourdes habría tenido más o menos la misma edad que el niño Navarro. *Su* hijo hubiese sido distinto. Nunca le habría replicado, ni habría tomado drogas ni bebido cervezas envueltas en bolsas de papel como los demás adolescentes. *Su* hijo la hubiese ayudado en la pastelería sin poner ninguna pega. Le hubiese pedido consejos, habría apretado la mano de ella contra su mejilla, y le habría dicho que la quería. Lourdes hablaría a su hijo de la misma forma que Rufino le habla a Pilar, como compañeros. Saber todas estas cosas la hace sufrir.

En la calle, los árboles están encerrados equidistantemente dentro de unos cuadrados rellenos de tierra polvorienta. El resto es cemento. Lourdes recuerda haber leído en alguna parte que una plaga había exterminado todos los olmos holandeses de la Costa Este, a excepción de un árbol solitario rodeado de cemento que había en Manhattan. Se pregunta si ésta será la fórmula de la supervivencia.

Al poco tiempo de mudarse con Rufino a Nueva York, Lourdes tuvo claro que él nunca se adaptaría. Algún tipo de trastorno en su mente le incapacitaba para trabajar de una forma convencional. Había una parte de él que nunca podría dejar la finca ni el bienestar que encontraba en los ciclos de la tierra, y sus recuerdos le impedían acceder a cualquier otro tipo de vida. No podía ser trasplantado. Por consiguiente, Lourdes tuvo que ponerse a trabajar. Las mujeres cubanas de una cierta edad y una cierta posición consideran que trabajar fuera de casa es rebajarse. Pero Lourdes nunca lo creyó.

Aunque es cierto que había crecido acostumbrada a los privilegios que le otorgaba su unión matrimonial con la familia Puente, Lourdes nunca aceptó la manera de vivir que ésta había diseñado para sus mujeres. Incluso ahora, despojadas de su opulencia, hacinadas en apartamentos de dos habitaciones en Hialeah y la Pequeña Habana, las mujeres Puente se aferraban a sus rituales de la misma manera en que habían hecho grabar su cubertería de plata, sucumbiendo a sus nostalgias empalagosas. Doña Zaida, que en una época había sido una tremenda matriarca que gobernaba a sus hijos con mano de hierro, se pasa ahora las tardes enteras viendo los culebrones en la televisión y perfumándose las arrugas, cada vez más gruesas.

Lourdes siempre supo que nunca llegaría a ser como ellas. Al regresar de su luna de miel, consideró que tenía el derecho de inmiscuirse en la hacienda de los Puente. Revisó las cuentas, echó al contable tramposo, y tomó las riendas de los libros. Alegró con paisajes de acuarela las paredes de la mustia mansión de techo artesonado, retapizó los sofás con tejidos campestres y sustituyó las cortinas de cretona por unas puertas corredizas de cristal que atraían la luz de la mañana. Fuera quedaron las baratijas recargadas de adornos, el mobiliario austero tallado con la heráldica de la familia. Lourdes volvió a llenar con agua dulce la fuente decorada con franjas de mosaico, y construyó una pajarera en el jardín que llenó de tucanes y cacatúas, cotorras, un guacamayo y canarios que cantaban en octavas altas. A veces, durante la noche, escuchaba los gritos de las codornices y de los pájaros solitarios entremezclados con los cantos de la pajarera.

El día en que un criado disgustado decidió informar a doña Zaida de los cambios ocurridos en su casa de campo, su suegra bajó a la hacienda hecha una furia y devolvió a la villa su antiguo estado. Lourdes, desafiante, reconstruyó la pajarera y la repobló de pájaros. Nunca volvió a dirigirle la palabra a su suegra.

Lourdes echa de menos los pájaros que tenía en Cuba. Piensa ingresar en una sociedad de Observadores de Pájaros, pero ¿quién cuidará de la pastelería en su ausencia? De Pilar no se puede fiar y Rufino no sabría distinguir entre un suizo y un donut. Es una lástima. Los únicos pájaros que consigue ver en Brooklyn son algunos reyezuelos lerdos o esas palomas inmundas que tiene en el patio trasero. Desde que Rufino vio *La ley del silencio*, le ha dado por criar palomas en jaulas de tela metálica, como hacía Marlon Brando en la película. Escribe mensajes en trocitos de papel y los sujeta con aros metálicos a las patas de las palomas, luego les da un beso a cada una en la cabeza y las deja ir gritándoles «¡hurra!». Lourdes no sabe ni le importa lo que escribe su marido, o para quién lo escribe. Ahora ya ha aprendido a aceptarlo de la misma forma que acepta el clima. ¿Qué otra cosa puede hacer?

Rufino ha dejado de confiarle sus cosas. Lourdes se entera de sus proyectos por las noticias recibidas indirectamente a través de Pilar, y sabe que está intentando desarrollar un carburador revolucionario capaz de alcanzar los 100 km. con poco más de un litro de combustible. También sabe que Rufino sigue dándole vueltas a lo de inteligencia artificial. Lourdes no entiende muy bien qué es eso, aunque Rufino le estuvo explicando una vez que gracias a la inteligencia artificial la mente humana podrá ir más lejos y más rápido de lo que es capaz de hacer por sí misma, lo mismo que hace el teléfono con la voz. Lourdes no comprende por qué todas esas cosas tienen que ser tan complicadas. Recuerda cuando, hace diez años, ella, Rufino y Pilar visitaron la Feria Mundial. Vieron a los robots y comieron en una nave espacial que se anunciaba como restaurante con vistas. La comida era detestable. La vista era de Queens.

Últimamente Rufino es para ella un extraño, aunque le sean familiares su cara, su pelo rojizo y cada vez más escaso, las bolsas acresponadas bajo sus ojos. Le mira de la misma manera que miraría una foto de sus propias manos, las cuales, tras una exhaustiva inspección, le parecerían igualmente ajenas.

Sólo cuando está con su padre Lourdes se siente ella misma. Ni siquiera la muerte ha podido con ellos: continúan entendiéndose perfectamente, como siempre lo han hecho. Jorge del Pino no acompaña a Lourdes durante sus rondas porque no quiere interferir en el trabajo de su hija. Se siente orgulloso de ella, de su postura rigurosa a favor de la ley y el orden, idéntica a la suya propia. Fue él quien la animó a ingresar en el Cuerpo de Policía Auxiliar, considerando que en sus filas Lourdes podría adquirir el adiestramiento necesario para luchar contra los comunistas cuando llegase el momento. «Observa cómo El Líder moviliza a la gente para que apoyen su causa —le decía Jorge del Pino a su hija—. Utiliza las técnicas del fascismo. Todos están armados y listos para el combate ante la más mínima señal de alarma. ¿Cómo vamos a recuperar Cuba si por nuestra parte no nos preparamos para luchar?»

Pilar se burla de Lourdes y de su uniforme, de la manera en que ella golpea la porra contra la palma de su mano.

—¿Quién te crees que eres, Kojak? —dice, riéndose, y

le pone en la mano una piruleta. Así es su hija, despreciativa e insolente.

—¡Hago esto para enseñarte algo, para que aprendas una lección! —le grita Lourdes, pero Pilar no le hace ni el más mínimo caso.

En las últimas Navidades, Pilar le regaló un libro de ensayos sobre Cuba titulado *Una sociedad revolucionaria*. En la portada aparecía un grupo de niños alegres y de aspecto saludable frente a un retrato del Che Guevara. A Lourdes se le subió la sangre a la cabeza.

—¿Lo leerás? —le preguntó Pilar.

—¡No tengo que leerlo para saber de lo que trata! ¡Mentiras, venenosas mentiras comunistas! —aulló Lourdes. El rostro del Che Guevara había provocado en ella un violento estremecimiento, como si hubiese tocado un cable eléctrico suelto.

—Haz lo que quieras —soltó Pilar a modo de respuesta.

Lourdes sacó el libro de debajo del árbol de Navidad, lo llevó al cuarto de baño, llenó la bañera con agua hirviendo y lo arrojó dentro. La cara del Che Guevara palideció y se hinchó como la de la niña muerta que Lourdes había visto arrojarse a la playa de Santa Teresa del Mar con una nota prendida al pecho. Nunca vino nadie a reclamarla. Lourdes pescó en la bañera el libro de Pilar con unas pinzas de barbacoa y lo puso en una fuente de porcelana que utilizaba para poner las patas de cerdo asadas. Luego le pegó una nota con un imperdible en la portada: «¡Por qué no te vas a Rusia si piensas que todo es allí tan estupendo!». Y la firmó con su nombre completo.

Todo esto lo dejó sobre la cama de Pilar. Pero no logró provocar a su hija. Al siguiente día, la fuente regresó al armario y *Una sociedad revolucionaria* se secaba en la cuerda de la ropa.

El radioteléfono de Lourdes emite sonidos crepitantes mientras realiza su recorrido a lo largo del río, que delimita la frontera occidental del territorio que le corresponde patrullar. La noche está tan clara que el agua refleja todos y cada uno de los ángulos más dispersos de luz. Sin las interrupciones de los barcos ni del ruido, el río es un espejo. Le hace recordar una fotografía que ella había visto una vez donde aparecía el famoso Salón de los Espejos de Versalles, con sus infinitas luces rebotantes.

De pronto, en la periferia de su visión, la oscuridad cambia de forma. A Lourdes se le tensa la espina dorsal y su corazón late con fuerza dentro de sus oídos. Se vuelve y mira de reojo, pero no logra identificar la figura que está al lado del río, agachada y quieta. Lourdes agarra su porra con una mano y la linterna con la otra. Cuando vuelve a mirar, la figura salta sobre la verja de poca altura y se lanza al río, quebrando la luz.

—¡Detente! —grita ella, corriendo hacia ese punto como si estuviese persiguiendo una parte de sí misma. Lourdes alumbra el río con su linterna, penetrando su superficie ondulada, y luego se sube sobre la verja—. ¡Detente! —grita nuevamente hacia la nada.

Lourdes saca su radioteléfono de la funda y grita con el altavoz demasiado cerca de la boca. No se acuerda de lo que debía decir, de los códigos que había memorizado cuidadosamente. Una voz le habla calmosamente, con tono oficial:

—Dinos tu localización —dice— …tu localización.

Pero, sin responder, Lourdes se lanza al río. Escucha el lamento de las sirenas mientras el frío la va envolviendo, entumeciendo su cara y sus manos, sus pies con zapatos de suela ancha. El río huele a muerte.

Sólo un dato más: Lourdes sobrevivió, el niño Navarro murió.

Pilar
(1976)

La familia va en contra de lo individual. Es esto lo que pienso mientras oigo a Lou Reed cantar que tiene el ánimo necesario para matar a todas las personas de Nueva Jersey. Estoy en un club en el Village, con Max, mi novio. Creo que yo también tengo el ánimo necesario para matar unas cuantas personas, lo único que ocurre es que no lo pongo en práctica con los que debiera.

«¡Yo soy de Brooklyn, colega!», grita Lou, y la multitud enloquece. No obstante, a mí me deja fría. Me quedaría igual de fría aunque Lou dijera: «Esta va por Cuba.» Cuba. El planeta Cuba. ¿Dónde diablos queda eso?

El verdadero nombre de Max es Octavio Schneider. Canta y toca el bajo y la armónica con Los Maniqueos, una banda de *blues* que había formado en San Antonio, de donde es él. Tocan temas de Howlin'Wolf y Muddy Waters y también sus propias canciones, la mayoría de *rock* duro. A veces acompañan a ese loco del *blues,* el reverendo Billy Hines, que canta siempre con los ojos cerrados. Max dice, que años atrás, el reverendo había sido un predicador de esos que se paran a la entrada de las tiendas y entonan el *Panhandle*, y que ahora está intentando volver a aquello. El propio Max había obtenido en Texas un éxito modesto con su *Moonlight on Emma*, una canción que trataba sobre una ex-novia suya que le había dejado tirado y se había largado a Hollywood.

Conocí a Max hace unos meses en un club instalado en un sótano, en el centro de la ciudad. Se acercó y empezó a hablarme en español (su madre es mexicana) como si me conociera de toda la vida. Cuando lo llevé a casa para que conociera a mis padres, Mamá echó un vistazo sobre la banda de cuentecillas que llevaba en la cabeza y la trenza que le caía por la espalda, y dijo en español: «Sácalo de aquí.» Cuando le dije que Max hablaba español, ella simplemente repitió en inglés lo que acababa de decir.

Sin embargo, Papá se mantuvo tranquilo.

—¿Qué significa el nombre de tu grupo? —le preguntó a Max.

—Verás, los maniqueos eran los seguidores de un hombre persa que vivió en el siglo tercero. Creían que el hedonismo era la única forma de librarse de sus pecados.

—¿Hedonismo?

—Sí, a los maniqueos les iba la marcha. Se montaban buenas orgías y bebían muchísimo. A pesar de ello, fueron aniquilados por otros cristianos.

—Muy mal —dijo mi padre, mostrando simpatía por ellos.

Papá, más adelante, buscó información sobre los maniqueos en la enciclopedia y descubrió que, al contrario de lo que afirmaba Max, los maniqueos creían que el mundo y todas las cosas habían sido creadas por fuerzas inicuas, y que la única manera de luchar contra ellas era llevando una vida ascética y pura. Cuando le conté esto a Max, lo único que hizo fue encogerse de hombros y decirme: «Bueno, supongo que eso también está bien.» Max es un tipo tolerante.

Lo que más me gusta de los conciertos de Lou Reed es precisamente su carácter impredecible, la expectación que despiertan en uno: nunca sabes qué hará a continuación. Lou tiene como unas veinticinco personalidades. Me gusta porque sus canciones tratan de personas a las que nadie más canta: drogadictos, travestis, marginados. Lou se ríe de las discusiones que se traen sus *alter egos* durante la noche. Siento como si cada día naciera y muriera una nueva persona dentro de mí.

Cuando estoy pintando escucho a Lou y a Iggy Pop, y a ese nuevo grupo, los Ramones. Me encanta su energía, su violencia, los chirridos increíbles de sus guitarras. Es como si dieran forma artística al asalto. Intento traducir lo que escucho en colores y volúmenes y líneas que provoquen a la gente, que digan: «¡Oye tío, que también estamos aquí, y que lo que pensamos cuenta!» O mejor aún: «¡Jódete!» A Max los Ramones no le entusiasman tanto como a mí. Creo que es bastante más tradicional. Lo pasa muy mal cuando se comporta rudamente, aunque la gente lo merezca. Yo no. Si no me gusta alguien, lo demuestro. Es la única cosa que tengo en común con mi madre.

Ni mi madre ni mi padre son muy melómanos que digamos. Su colección completa de discos consiste en *Los grandes éxitos de Perry Como*, dos álbumes de Herb Alpert y los Tijuana Brass, y *Alvin y los Chipmunks cantan sus villancicos favoritos*, que me habían comprado cuando yo era una niña. Hace poco, Mamá trajo un album de Jim Nabors con canciones patrióticas dedicadas al bicentenario. O sea, después de Vietnam y Watergate, ¿quién coño tiene estómago para escuchar *El Himno de Lucha de la República?*

Del 4 de julio me gustan los fuegos artificiales. Bajo hasta el East River y los veo salir disparados desde los remolcadores. Las girándulas parecen un encaje llameante contra el cielo. Pero esta mierda bicentenaria me está volviendo loca. Mamá no ha hablado de otra cosa en meses. Ha comprado una segunda pastelería y tiene planes de vender magdalenas tricolores y mazapanes con figura del Tío Sam. Tartas de manzana también. Está convencida de que puede combatir al comunismo desde detrás del mostrador de su pastelería.

El año pasado ingresó en el cuerpo de policía auxiliar del barrio llevada por un sentido equivocado del deber cívico. Mi madre —toda ella, con sus 1,52 metros de altura y sus 99 kilos de peso— sale de noche a patrullar las calles de Brooklyn con un uniforme ceñido, haciendo sonar todo el equipo antidisturbios que carga y con el cual podría llegar a sofocar una nueva Ática sin necesitar nada más. Ensaya frente al espejo molinetes con la porra, y luego la golpea firmemente contra su palma, amenazante, como ha visto hacer a los polis de la televisión. Mamá está molesta porque en el Departamento de Policía no le van a dar un revólver. Vale. Si le dan un revólver, yo me largo ya mismo de este Estado.

Hay más cosas en la vida de Mamá. Para los que se hayan apuntado ahora, mi madre se ha mantenido en contacto con Abuelo Jorge desde que él murió. Él le da consejos comerciales y ella le cuenta quién le está robando en la pastelería. Mamá dice que Abuelo me espía y que luego le pasa el parte. ¿De qué va esto? ¿De la patrulla fantasma? Mamá teme que yo me esté acostando con Max (que no lo estoy haciendo) y esta es su manera de controlarme.

A pesar de esto, a Max le gusta Mamá. Dice que ella padece una «condición imperiosa».

—¿Quieres decir que es una tirana frustrada? —le pregunto.

—Más bien una diosa malvada —aclara él.

Los padres de Max se separaron antes de que él naciera y su madre limpia las habitaciones de los moteles cobrando el salario mínimo. Creo que Mamá, en comparación, le debe parecer exótica.

Pero en realidad no lo es. Prepara comida que sólo la gente de Ohío podría comer, figuras de gelatina con malvaviscos en miniatura o recetas que recorta del *Family Circle*. Y cualquier cosa que cae en sus manos la echa a la barbacoa. Luego nos sentamos detrás del taller y nos miramos los tres sin decir nada. ¿Y la cosa iba de esto? ¿Estamos viviendo el sueño americano?

Lo peor de todo son los desfiles. El día de Acción de Gracias, Mamá nos despierta temprano y nos arrastra hacia la calle cargados con neveritas de plástico, como si fuéramos a morir de hambre ahí mismo, en la Quinta Avenida. El día de Año Nuevo se sienta frente a la televisión y hace un comentario sobre cada una de las carrozas del Desfile de las Rosas. Creo que sueña con llegar a ser algún día la patrocinadora de alguna de ellas.

Como, por ejemplo, una gigantesca efigie en llamas de El Líder.

Max me da coba, pero sin mala intención. Dice que le gusta mi estatura (mido 1,72) y mi pelo (negro, hasta la cintura) y la blancura de mi piel. Su boca es una pequeña sauna, caliente y húmeda. Cuando bailamos música lenta, se aprieta contra mí y siento contra mis muslos cómo se endurece. Dice que yo podría tocar bien el bajo.

A Max le he hablado de Abuela Celia en Cuba, de las conversaciones que manteníamos en la distancia, avanzada la noche, y de cómo hemos ido perdiendo el contacto a través de los años. Max quiere ir a Cuba a seguirle la pista, pero le cuento lo que ocurrió cuatro años atrás, cuando huí a Florida y mis planes para ver a mi abuela se vinieron abajo. Me gustaría saber lo que está haciendo Abuela Celia justo en este momento.

La mayor parte del tiempo, Cuba, para mí, es como si hubiese muerto, aunque de vez en cuando un ramalazo de nostalgia me golpea y tengo que reprimirme para no secuestrar un avión hacia La Habana o algo así. Siento rencor contra ese infierno de políticos y generales que fuerzan los acontecimientos que estructurarán nuestras vidas, y que controlan los recuerdos que tengamos cuando seamos viejos. Cada día que pasa, Cuba se desvanece un poco más dentro de mí, mi abuela se desvanece un poco más dentro de mí. Y el lugar que debería estar ocupado por nuestra historia, está ocupado tan sólo por mi imaginación.

No ayuda en nada el que Mamá se resista a hablar de Abuela Celia. Se molesta cada vez que le pregunto por ella y me manda callar de inmediato, como si yo estuviese intentando sonsacarle un alto secreto de Estado. Papá es más abierto, pero él no puede contarme lo que yo necesito saber, como, por ejemplo, las razones por las que Mamá casi nunca le dirige la palabra a Abuela, o por qué ella aún continúa conservando la fusta que usaba en Cuba cuando montaba a caballo. Él se pasa la mayor parte del tiempo intentando actuar de moderador en nuestras peleas, y el resto del tiempo está flotando dentro de su propia órbita.

Papá se siente un tanto perdido aquí en Brooklyn. Creo que se pasa la mayor parte del día en su taller porque de lo contrario se deprimiría o se volvería loco. A veces pienso que nosotros debimos habernos instalado en un rancho, en Wyoming o en Montana. Él se hubiese sentido feliz allí, con sus caballos y sus vacas, sus cerdos y un gran cielo abierto sobre él. Papá sólo parece vivir cuando habla sobre su pasado, sobre Cuba. Pero últimamente no hablamos de eso tampoco. Las cosas no han vuelto a ser iguales desde que yo lo vi con esa rubia escultural. Nunca se lo he mencionado, pero es como una llaga en mi lengua que nunca sanará.

* * *

Mamá ha decidido que quiere que le pinte un mural para su segunda pastelería Yankee Doodle.

—Quiero una pintura grande, como las que hacen los mexicanos, pero pro-americana —especifica.

—¿Quieres encargarme a *mí* que pinte algo para *ti?*

—Sí, Pilar. ¿No eres una pintora? ¡Pues pinta!

—Te estás quedando conmigo.

—Una pintura es una pintura, ¿no?

—Oye, Mamá, creo que no me has entendido. No me *especializo* en pastelerías.

—¿Te resulta embarazoso? ¿Es que mi pastelería no te parece lo suficientemente buena para ti?

—No es eso.

—Esta pastelería paga tus clases de pintura.

—Tampoco tiene nada que ver con eso.

—Si Miguel Ángel viviera todavía, se sentiría muy orgulloso de realizarlo él mismo.

—Créeme, Mamá, Miguel Ángel *no* estaría pintando pastelerías.

—No estés tan segura. La mayoría de los artistas son unos muertos de hambre. No tienen las ventajas que tienes tú. Se meten heroína para olvidar.

—¡Dios mío!

—Pilar, esto podría ser una buena oportunidad para ti. En mi tienda entra mucha gente importante. Jueces y abogados del Tribunal, ejecutivos de la Unión de Gas de Brooklyn. Ellos verían tus pinturas. Te harías famosa.

Mi madre continúa habla que te habla, pero yo bloqueo cada una de sus palabras. Por alguna razón me da por pensar en Jacoba Van Heemskerck, una pintora expresionista holandesa que he descubierto hace poco. Considero que sus pinturas son orgánicas, como suspiros abstraídos en colores. Se negó a darle un título a sus cuadros (¡habría que verla ante la idea de pintar murales patrióticos para la pastelería de su madre!) y, en lugar de ello, decidió identificarlos con números. ¿Quién necesita de palabras cuando los colores y las líneas pueden construir un lenguaje propio? Eso es lo que quiero hacer con mis pinturas, encontrar un lenguaje único, acabar con los clichés.

Pienso en todas las mujeres que a través de la historia, y a pesar de todo lo que tenían en su contra, se las arreglaron para poder pintar. La gente aún sigue preguntándose dónde están las grandes pintoras en lugar de echar un vistazo a sus obras y tratar de entender sus circunstancias. Hasta los más entendidos y sensibles reaccionan ante el arte realizado por mujeres como si se tratase de algo anómalo, como si fuese el producto de una rareza o el resultado directo de su relación con algún pintor o con algún mentor. Nadie ha escuchado hablar de feminismo en las escuelas de arte. Todavía sigue recayendo sobre los profesores la mayor parte del peso académico y son los alumnos de sexo masculino los que continúan recibiendo mayor atención y a quienes se reserva la mayor parte de las becas para poder completar sus estudios. Debe ser que las mujeres tenemos que ganarnos la vida posando desnudas. ¿Qué clase de revolución mierdera se supone que es ésta?

—Mira, Pilar. Te lo pido como un favor. Puedes pintar algo simple, algo elegante. Algo así como la Estatua de la Libertad. ¿Es que te pido demasiado?

—Vale, vale, pintaré algo —le digo a posta, dispuesta a jugarme la última carta—. Pero con una sola condición. No podrás verlo hasta el día en que se descubra.

Pienso que esto la hará recapacitar. Nunca aceptará semejante condición, ni en un millón de años. Siempre tiene que tener la sartén bien agarrada por el mango. Es la reina del control.

—Me parece bien.

—¿Qué?

—He dicho que me parece bien, Pilar.

Debo haberme quedado inmóvil con la boca abierta, porque de pronto noto que me mete dentro un dulce almendrado al tiempo que zarandea la cabeza diciendo: «¿Ves como siempre me has subestimado?» Pero eso no es cierto. La había sobreestimado. La experiencia me lo ha enseñado. Mamá es arbitraria e inconsistente pero, a la vez, siempre cree que está en lo correcto. Es una combinación bastante irritante.

Mierda. ¿Cómo me he metido en este lío?

Nuestro almacén está tan sólo a dos manzanas del río, y desde él la Estatua de la Libertad se ve a lo lejos. Yo estuve cuando era una niña, antes de establecernos en Brooklyn. Mamá y Papá me llevaron en un barco hasta allí y subimos hasta los ojos de la Libertad, y desde allí pudimos ver el río, la ciudad, y el origen de todas las cosas.

Un barco turístico de la Línea Circular navega alrededor de la punta de Manhattan, optimista como un pastel de boda. En la cubierta superior hay alguien con unos binoculares apuntando hacia Brooklyn. Me puedo imaginar lo que está diciendo el guía turístico: «... a su izquierda, damas y caballeros, está el barrio de Brooklyn, antigua casa de los Dodgers y el lugar donde nació Clara Bow, la famosa niñita de *It*». Lo que no dicen es que en Brooklyn nadie muere nunca. Aquí lo que muere es la vida misma.

Esa misma noche me pongo a trabajar. Decido que en lugar de un mural haré un cuadro. Extiendo un lienzo de cuatro metros por dos y medio y le pongo una capa de aguada iridiscente de color azul, el mismo azul que lleva la túnica de la Virgen María en esas pinturas chillonas que ponen en las iglesias. Quiero que el fondo brille, que quede radiante, como el estallido de una bomba nuclear. Me toma un buen rato conseguir ese mismo efecto.

Cuando la pintura se seca, la emprendo con Libertad propiamente dicha. En el centro del lienzo, tirando un poquillo hacia la izquierda, hago una réplica perfecta de ella cambiándole tan sólo dos detalles: primero, pongo la antorcha flotando en el aire, algo más allá del alcance de su mano; y segundo, le pinto la mano derecha doblada hacia arriba, cubriéndose el pecho izquierdo, como si estuviese recitando el himno nacional o alguna consigna patriótica cualquiera.

Al día siguiente me parece que el fondo todavía está algo soso para mi gusto, así que cojo un pincel mediano y pinto una figuras negras alargadas que vibran en el aire alrededor de Libertad, una especie de cicatrices espinosas que parecen alambre de púas. Quiero llevar esto hasta sus últimas consecuencias, quiero dejar de perder el tiempo en estupideces y hacer lo que quiero hacer. Así que decido escribir en la base de la estatua la expresión de burla que más me gusta de los *punks*: «SOY UNA PORQUERÍA». Y luego pinto cuidadosamente, muy cuidadosamente, un imperdible atravesando la nariz de Libertad.

En mi opinión, es el broche de oro perfecto. *SL-76*. Ese será mi título.

Retoco y repaso a Libertad durante un par de días más, por simples nervios más que por cualquier otra razón.

Me da el pálpito de que Mamá va a entrar a espiar mi trabajo. En cualquier caso, su currículum no inspira demasiada confianza que digamos. Así que antes de salir de mi estudio le dejo preparada una trampa: una doble fila muy cerrada de latas de pintura, justo detrás de la puerta. Mamá tropezará con ellas si de noche intenta abrir el pestillo y merodear a gatas por ahí. Además así aprenderá que no puede ir rompiendo sus promesas e invadiendo mi intimidad cada vez que sienta las malditas ganas de hacerlo.

Normalmente tengo el sueño muy pesado, pero en estas últimas noches el más mínimo ruido me hace saltar de la cama. Podría jurar que he escuchado sus pasos, o a alguien abriendo la cerradura de mi estudio. Pero cuando me levanto a investigar, encuentro siempre a mi madre dormida, con esa mirada de inocencia que tienen a veces las personas que se sienten terriblemente culpables. Luego voy hasta la nevera, cojo algo de comer y me quedo mirando las frías colillas de sus cigarros sobre la mesa de la cocina. Por las mañanas, mis latas de pintura continúan allí, sin haber sido tocadas, y en ninguna de las prendas de mi madre que saco de la bolsa de la ropa sucia aparecen manchas sospechosas. Dios mío, debo estar volviéndome completamente paranoica.

Max me ayuda a preparar la pintura en la pastelería la noche antes del gran acontecimiento, y la cubrimos con unas sábanas unidas con costuras. Mi madre, sorprendentemente, continúa sin haber intentado siquiera echar un vistazo rápido a la obra. Sé que se siente orgullosa por la confianza ciega que ha depositado en mí. Sin duda debe estar radiante de magnanimidad. Cuando esa noche regreso a casa, Mamá me enseña el anuncio a toda plana que había mandado insertar en el *Brooklyn Express*:

LA PASTELERA YANKEE DOODLE
invita
A NUESTROS AMIGOS Y VECINOS
a la
GRAN INAUGURACIÓN
de
NUESTRA SEGUNDA TIENDA
y a la
DEVELACIÓN
de una
IMPORTANTE OBRA DE ARTE
en honor del
BICENTENARIO DE AMÉRICA
DOMINGO, 12 DE LA MAÑANA
(refrigerio gratuito)

¡Bebida y comida gratis! La cosa parece más seria de lo que yo había pensado. Mamá nunca regala nada si puede evitarlo.

Ahora ya no puedo dormir pensando que esta vez he ido demasiado lejos. Después de todo, me ha parecido que Mamá no tenía ningún motivo secreto, al menos ninguno que yo pueda imaginar. Pienso que, por una vez, ha querido ofrecerme sinceramente una oportunidad. Intento calmarme recordándome a mí misma que fue *ella* quien me arrinconó para que hiciera este cuadro. ¿Qué esperaba?

A las cinco de la mañana me acerco a la habitación de

mis padres. Están durmiendo espalda contra espalda, como si fueran unos excéntricos gemelos hechos de crema pastelera. Quería advertirla: «Oye, yo quería pintar algo convencional pero no pude, sencillamente no pude. ¿Lo comprendes?»

Ella cambia de postura, su cuerpo rollizo se acurruca boca arriba. Extiendo mis manos intentando tocarla pero las vuelvo a bajar rápidamente.

—¿Qué ha pasado? ¿Qué ocurre? —Mamá se despierta de repente, y se sienta con la espalda recta. Su camisón de dormir se pega a los suaves pliegues de sus pechos, de su estómago, de sus muslos.

—Nada, Mamá. Yo sólo quería... No podía dormir.

—Pilar, son los nervios.

—Sí, bueno.

—No te preocupes, mi cielo —Mamá me coge la mano y la acaricia dando palmaditas—. Vuelve a la cama.

A la mañana siguiente, la pastelería amanece adornada con banderas y serpentinas y un grupo de Dixieland toca *When the Saints Go Marching In*. Mamá lleva puesto su nuevo conjunto rojo, blanco y azul, y un bolso a juego de mango rígido que cuelga de su codo. Distribuye entre la gente tartaletas de manzana y bizcochitos de chocolate y les sirve una taza de café tras otra.

«Sí, mi hija lo creó —la oigo vanagloriarse, haciendo que la «r» vibre, recortando las vocales con una precisión que excede de lo normal, como si su acento se sintiera responsable en parte por la pintura—. Es una artista. Una brillante artista.» Mamá está señalando hacia mí, y siento que el sudor desciende por el canalillo de mi espalda. Alguien del *Brooklyn Express* me hace una foto.

A mediodía, Mamá se sube sobre un escaloncillo e intenta cautelosamente mantener el equilibrio sobre sus pies diminutos del número 34. El tambor suena incesantemente al tiempo que ella va levantando la sábana. El silencio es absoluto cuando Libertad, toda una belleza *punk*, deslumbra a la audiencia. Por un breve instante, imagino el sonido de los aplausos, los gritos de la gente aclamando mi nombre. Pero mis pensamientos cesan cuando comienzo a escuchar los odiosos murmullos. Es como si el enjambre de figuras alargadas hubiese cobrado vida sobre el fondo azul y amenazaran con salir volando del cuadro y anidar entre nuestros pelos. La sangre se ha escurrido de la cara de mi madre y sus labios se mueven, como si quisieran decir algo pero sintiéndose incapaces de articular palabra alguna. Se queda allí, de pie, inmóvil, agarrando la sábana contra su camisa de seda, cuando alguien grita en un brooklyniano estridente: «¡Bassssura! ¡Qué pedazo de basssura!» Un necio se carga a Libertad con una navaja, repitiendo sus palabras como un grito de guerra. Antes de que nadie pueda reaccionar, Mamá hace oscilar su bolso nuevo y aporrea al hombre hasta dejarlo inconsciente casi a los pies del cuadro. Luego, como a cámara lenta, se deja caer hacia delante, en una aplastante avalancha de patriotismo y maternidad, y sepulta a tres espectadores y una mesa repleta de tartas de manzana.

Y yo, en ese momento, quise a mi madre un montón.

CESTAS DE AGUA

Ivanito

Comencé a aprender inglés con los viejos manuales de gramática de Abuelo Jorge. Los encontré en el armario de Abuela Celia. Estaban fechados en 1919, el mismo año que él había comenzado a trabajar para la Compañía Americana de Aspiradoras Eléctricas. En la escuela sólo a unos pocos niños se les permitía aprender inglés, y además necesitaban para ello un permiso especial. El resto teníamos que aprender ruso. Me gustaban las curvas de las letras cirílicas, sus sonidos insospechados. Me gustaba cómo se veía escrito mi nombre: ИВАН. Recibí clases de ruso en la escuela durante casi dos años. Mi maestro, Serguei Mikoyan, me elogiaba entusiásticamente. Decía que yo tenía un buen oído para los idiomas, y que si estudiaba duro podría llegar a ser el traductor de los grandes líderes. Era cierto que yo era capaz de repetir cualquier cosa que él dijera, hasta trabalenguas tales como *kolokololiteyshchiki perekolotili vïkarabkavshihsya vïhuholey*, «los fundidores de la campana de la iglesia exterminaron la plaga de ratones que se había propagado». Decía que yo tenía un don, como el de tocar el violín o el de los expertos en ajedrez.

Solía hacerme sentir vergüenza delante de los otros niños. Me mandaba ponerme frente a la clase y recitar algún poema que hubiésemos leído una sola vez. Yo disimulaba diciendo que no lo recordaba, pero él insistía hasta que yo me ponía a ello, y me sentía secretamente satisfecho. Las palabras venían a mí unidas unas a otras, como un manojo de llaves que fueran abriendo cerrojos. Luego mis compañeros de clase se burlaban de mí: «¡Mascota del profe!» «¡Exhibicionista!», y me daban empujones en los pasillos.

El señor Mikoyan era un hombre de baja estatura, con las mejillas relucientes y rojizas como las de un bebé. Ponía sobre su mesa un cuenco de porcelana lleno de hielo. De vez en cuando cogía con su pañuelo uno de los cubitos y lo presionaba contra sus sienes. «Las naciones más civilizadas son las más frías —nos repitió muchas veces—. El exceso de calor pudre la mente.»

Yo solía quedarme después de clase y le limpiaba la pizarra con un trapo mojado. Me hablaba de las carreras en trineo a las afueras de la ciudad, de los lagos que se helaban tan sólidamente que se podía incluso saltar encima de ellos, y de la nieve que caía del cielo como si fuese cristal. Me contaba historias sobre el zarevitz en San Petersburgo, enfermo de hemofilia, cuyo destino había estado controlado por fuerzas malignas. En determinado momento, el hielo del cuenco comenzaba a agrietarse, crujiendo, como si quisiera afirmar lo que él estaba diciendo.

Yo sentía que había nacido para vivir en ese mundo helado, un mundo que conservaba la historia. En Cuba todo parecía temporal, todo parecía estar deformado por el sol.

Luego el señor Mikoyan me leía citas de Tolstoi, el más grande de todos los escritores rusos según él, para que yo las copiara en el pizarrón. Mi favorita era la primera línea de *Anna Karenina*: «Todas las familias felices se parecen; sólo las familias infelices son distintas en su infelicidad única.»

«¡Perfecto, perfecto!», diría el señor Mikoyan. Daría palmadas de júbilo, encantado con Tolstoi y con mi ortografía. Me gustaba agradarlo, ver su dentadura de leche y mármol. Me contó que su mujer era química y que trabajaba con unos científicos cubanos en proyectos sumamente secretos, desarrollando productos derivados de la caña de azúcar. No tenían hijos.

Una tarde, cuando yo estaba limpiando la pizarra, el señor Mikoyan se me acercó por detrás y me dijo que regresaba a Rusia. Y que escucharía decir cosas viles sobre él.

Me di la vuelta para mirarlo. Sus labios estaban secos y se pegaban el uno al otro cuando hablaba. Sentí las pequeñas ráfagas de su aliento acre sobre mi cara. Parecía como si quisiera decir algo más, pero de repente me abrazó y acarició mi pelo, al tiempo que repetía mi nombre. Me escabullí de él golpeando accidentalmente el cuenco de porcelana que estaba sobre su mesa. Se deshizo en mil pedazos y crujió bajo mis pies cuando salí corriendo.

Seguí pensando en el señor Mikoyan durante mucho tiempo, en sus mejillas rojizas de bebé y en las cosas que me había advertido que oiría sobre él. Un niño de un curso por encima del mío lo acusó de haber cometido ciertas indiscreciones. Todos se referían al tema como si se tratase de un asesinato o de una traición, con fascinación y repugnancia. Luego comenzaron las bromas, cada vez más y más crueles. Decían que yo era su favorito, que me quedaba con él después de clase. «¡Vete con él a Siberia! —se mofaban—. ¡Se calentarán el uno al otro!» Yo no quise entender.

(1978)

El *oddu*, la predicción oficial de la santería para este año, resulta contradictorio. Sí, los creyentes están de suerte, porque cualquier acción que emprendan cuenta con el favor de los muertos, que este año se inclinan generosamente hacia los vivos. Pero, por otro lado, nada podrá darse por sentado porque los vivos tendrán dificultades para averiguar qué es lo que realmente desean. Felicia del Pino, por fortuna, sabe exactamente lo que quiere: un nuevo marido. Al menos a este respecto, estará doblemente bendecida.

En la segunda semana de enero Felicia va a visitar a un santero, famoso por la gracia que le ilumina y por su poder para interpretar las caracolas de la adivinación. Los dioses le hablan a través de las bocas de los cauris con voces claras, sin ambigüedades. El santero sumerge el dedo corazón en agua bendita y la esparce por el suelo para refrescar las caracolas. Comienza a rezar en yoruba, pidiendo la bendición de los *orishas*, y rindiéndoles homenaje, uno por uno. Luego, con los dieciséis cauris en la mano, toca la frente, las manos y las rodillas de Felicia, para que los dioses puedan captar el ansia que hay entre sus piernas, el hambre que tienen sus labios y las puntas de cada uno de sus dedos y de sus pechos, endurecidos de deseo. Los dioses le dirán lo que debe hacer.

El santero echa los caracoles una y otra vez, pero lo único que predicen son infortunios. Busca la ayuda de la *ota*, la piedra sagrada, y también de la muñeca de cabeza encogida, de la bola de cascarones de huevo pulverizados, y del *eggun*, la vértebra de la columna de una cabra. Pero la lectura no cambia.

—El agua no puede transportarse en una cesta —le dice el santero moviendo la cabeza—. Lo que deseas, hija, no lo puedes tener. Es la voluntad de los dioses.

Instruye a Felicia para que ponga en práctica un ritual de limpieza que logre curarla de las malas influencias. Según él, no tiene dificultad alguna: se unta un trozo de carne o un hueso de sopa con aceite de palma, luego se le rocía de ron, se cura con el humo de un puro y finalmente se mete dentro de una bolsa de papel, con la que ella deberá frotarse todo el cuerpo, de pies a cabeza.

—La bolsa absorberá ese diablo que tienes aferrado —le dice el santero—. Llévala hasta las puertas del cementerio y allí la dejas. Cuando lo hayas hecho, regresa aquí para hacerte una limpieza final.

Felicia tiene toda la intención de seguir los consejos del santero. Pero de camino a casa se enamora.

No todas se hubiesen sentido atraídas por Ernesto Brito. Su rasgo más destacado, aparte de su palidez, una palidez que borraba cualquier tipo de expresión, era su pelo. Ernesto peinaba meticulosamente sus mechones rubios desde abajo, partiendo del lado izquierdo de su cabeza, y subiendo luego hacia arriba, en dirección a la sien derecha, para completar el circuito con varias vueltas de peine que los enroscaban sobre la calvicie de su coronilla, fijando por último todo el conjunto con una pomada aceitosa. Cuando alguna brisa violenta lograba despeinar sus mechones lacados, Ernesto era presa del pánico, casi como si hubiese acabado de ver a su propio fantasma.

Felicia vio por vez primera a su futuro segundo marido cuando éste, montado sobre una bicicleta rusa de fuerte sonido metálico, irrumpió pedaleando hacia donde ella se encontraba, con el pelo vertical como la vela de un barco.

Al final del callejón y convertido en un saco de nervios, Ernesto Brito intentó un giro hacia la derecha, y cayó estrepitosamente contra el suelo.

Felicia se acercó a ese montón descolorido y arrugado que habría de convertirse en su marido. Su aspecto era el de un gusano incoloro, metido dentro de un traje beis sintético y con calcetines exactamente del mismo color, con sus gafas de acero estrelladas contra el pavimento, retorciéndose sobre su estómago. Felicia se sintió culpable. Le ayudó a ponerse en pie, sin decir una sola palabra, y le colocó el pelo como pudo, palmoteándoselo sobre el cráneo, hasta que su cara se puso roja como una remolacha. Lo cogió de la mano y lo llevó hasta donde tenía aparcado su *De Soto* de 1952, a un par de metros de distancia.

Terminaba la tarde. Una mujer de enorme papada tendía su ropa recién lavada en una cuerda de movimiento rotativo. Un granjero patizambo descargaba en la carnicería una caja de pollos del país. Dos mecánicos jóvenes vestidos con unos monos holgados se fumaban unos cigarros con las manos llenas de grasa. Felicia abrió la puerta trasera de su viejo coche americano y se deslizó por el asiento posterior arrastrando a Ernesto junto con ella. Las ventanillas estaban bajadas y una mosca circulaba y zumbaba sobre ellos. Tiró de él hacia su cuerpo y comenzó a llover, una fuerte lluvia vespertina que resultaba rara para ser invierno.

Cuatro días despúes, antes de que Ernesto hubiese trasladado sus pertenencias del apartamento de su madre a la casa de la calle Palmas, antes de que la madre de Felicia, o sus hijos, o su mejor amiga, Herminia, hubiesen podido oponerse a su apresurada decisión de casarse, antes de que Felicia hubiese prestado atención a las directrices del santero —cuyos consejos no había olvidado del todo—, antes de que ella y su marido hubiesen podido festejar su unión por todo lo alto, Ernesto muere trágicamente en un hotel frente al mar, abrasado en un incendio.

Ernesto, su tierno Ernesto, había sido inspector de restaurantes, célebre por negarse a ser sobornado (ni el dinero ni los lomos de cerdo lograban corromperle) y por sus rigurosas campañas en contra de los excrementos de ratones. En sus funerales, de escasa asistencia, Felicia aúlla como una loba. «¡Lo has matado porque era honesto! —grita tirándose de los pelos—. ¡Nunca hubiese tolerado ni la más mínima cagarruta!»

Felicia rememora el breve tiempo que habían pasado juntos. La piel pálida de Ernesto salpicada de excitación. Sus manos indecisas que, incentivadas por Felicia, muy pronto adquirieron seguridad, su forma de recostar la cabeza vellosa entre sus pechos y de quedarse así dormido, tan a gusto como si fuese un bebé bien alimentado. Ernesto había sido virgen hasta el momento en que Felicia le sedujo en el asiento trasero de su coche, y con su desbordamiento expresó su profunda gratitud. Estuvieron tres días uno en brazos del otro, voraces e inseparables, meciéndose mutuamente, diciéndose pocas palabras, pero sabiendo todo lo que tenían que saber.

Después de morir Ernesto, Felicia aprendió de su madre que todos volvíamos a nacer a los pocos minutos de haber muerto, en ese mismo día de ese mismo año.

Felicia escribe una carta de protesta a El Líder, exigiéndole una investigación completa de la muerte de su marido. Al no recibir respuesta alguna, ella confirma sus sospechas de que El Líder es el culpable, y además la luz blanca que ilumina su mente corrobora su intuición. Sí, él debió ordenar personalmente el asesinato de su marido. Hay además otros involucrados. Ellos la observan. Desde detrás de sus gafas negras de moldura cuadrada observan sus ojos nublados, carraspeando y chasqueando los dedos para hacerse señales entre ellos. Ahora todo cobra sentido. Por supuesto. Todo ha quedado claro finalmente. Por eso la luz es tan brillante. Ellos la refractan desde sus gafas para que ella no pueda ver, para que ella no pueda identificar a los culpables. Son, en todo momento, espectadores de su tristeza.

Felicia sabe que Graciela Moreira es una de sus espías. «Por eso vuelve continuamente a la peluquería, una y mil veces, a que le quememos los rizos», concluye. Ella también lleva gafas. Ella también adora el fuego. La engañará para que confiese. Felicia espera a que la luna entre en la fase propicia, luego llama a Graciela por teléfono y la invita a hacerse una permanente gratuita en la peluquería.

—Es una promoción especial, un nuevo gel rizador —le dice Felicia con voz persuasiva—. Quiero que seas mi modelo.

Una hora más tarde aparece Graciela, y Felicia lo tiene todo a punto para ella. Mezcla lejía con su propia sangre menstrual hasta conseguir una pasta cáustica de color marrón, y luego embadurna espesamente la cabeza de Graciela. La cubre con una bolsa transparente de plástico que sujeta con seis pinzas dispuestas a intervalos idénticos. Felicia imagina la mezcla derritiéndose sobre el frágil cuero cabelludo de Graciela, penetrando en las raíces y en los huesos de su cráneo como si fuese ácido, hasta comerse su mente viciosa. Graciela grita y se tira del gorro, que ahora está duro como un casco. Pero Felicia lo vuelve a encajar en su lugar a puñetazos.

—¡Tú, zorra mentirosa! ¡Le mataste tú!, ¿verdad que sí? —le grita Felicia arrancándole las gafas de la cara.

Ese es su último recuerdo, en meses y meses.

* * *

Lo primero que ve Felicia es el calendario fuera de fecha. Los distintos meses aparecen pegados al techo con cinta adhesiva. Está acostada boca arriba en una cama que no es la suya, en una habitación que no reconoce.

En el centro del techo, y fijada con un celo amarillento, se ve la hoja correspondiente a enero de 1959, el primer mes de la revolución. Las páginas glaseadas de los meses que le siguen florecen alrededor de ésta: paisajes de montañas con estrías para 1964; una curiosa colección de *setters* irlandeses y dogos falderos para 1969; doce variedades de jazmines para cada uno de los meses de 1973. Las páginas susurran ligeramente con la brisa. Felicia levanta su cabeza de la almohada. Tres ventiladores de cuello giratorio la recorren con su aire. La luz del sol atraviesa las persianas de papel que cubren las ventanas. De repente, la habitación comienza a vibrar bajo un ruido ensordecedor, atravesado por los chillidos dopplerizados de unos niños. Se oye una música cascabelera y el aire que rodea a Felicia se carga con las rebotantes voces de vendedores ambulantes que anuncian maíz tostado y cohetes de juguete.

Es como si los sentidos de Felicia se estuviesen poniendo en marcha uno a uno. Primero la vista, luego el oído, luego la vista otra vez.

Abre una de las persianas y comienza a parpadear incrédula ante el carnaval que ve debajo de ella. El torbellino de colores resulta insoportable, una coreografía ebria, desquiciante. Es verano, hace calor y es por la tarde, es todo lo que Felicia puede decir. Un adolescente con gorra de béisbol le sonríe nerviosamente, y Felicia cae en la cuenta de que está desnuda frente a la ventana. Se deja caer sobre sus rodillas, se envuelve en una de las sábanas de la cama, y baja la persiana.

Las ropas de trabajo de un hombre, tiesas de mugre, cuelgan, extrañamente hinchadas, del armario. Hay dos juegos de barras con pesas, un saco de arpillera relleno de arena, y un saco de boxeo en forma de pera clavado al techo del armario. En una esquina ve un montón de revistas americanas apiladas con pulcritud, donde aparecen, página tras página, hombres sensacionalmente esculturales en poses contorsionadas. En una de las fotos desplegables, alguien llamado Jack La Lanne arrastra un bote tirando de una soga que muerde con los dientes. Las palabras que componen el pie de foto parecen insectos encrespados. Felicia no las entiende.

Hay un bolso de pajilla en un perchero, y Felicia, con las uñas rotas de sus manos, escarba en su interior intentando dar con alguna clave. Encuentra once centavos incrustados, una barra de labios oxidada de color naranja y, detrás de la rajadura del forro a cuadros, una postal mugrienta con una oración a la Virgen de la Caridad del Cobre. Nada que pueda decirle quién es ella, o de dónde ha salido.

Felicia se pone los pantalones azul marino. Le ajustan bien en las caderas, aunque el dobladillo le llega por las espinillas. La camisa ondula sobre sus pechos. Se prueba un par de chanclas de playa que le quedan exactas. Felicia decide freírse un huevo sobre una placa caliente de la cocinilla. Se come sólo la yema, mojando ligeramente en ella un pan rancio que consigue en el armario. En el anular derecho lleva un anillo de oro. Le resulta familiar. De hecho, todo el lugar le resulta familiar, pero no sabe por qué. Sin embargo, no siente miedo. Es como si su cuerpo hubiese habitado en este espacio durante un tiempo y lo hubiese declarado seguro para su mente.

Felicia abre la única puerta que hay en la habitación y recorre el pasillo hasta llegar al cuarto de baño, que queda en la otra punta. Se mira en el espejo y se encuentra bronceada y descansada, casi guapa. Esto la tranquiliza. Se peina el pelo, localiza una larga cana y se la arranca de un tirón.

Fuera el aire está denso y húmedo y cargado de ruido. ¿La gente la estará observando? Se le hace difícil decirlo. Se alisa los pantalones con ambas manos y continúa caminando decidida, no sabe muy bien hacia donde.

—Perdona, por favor —le pregunta a una niña gordinflona—, ¿dónde estamos?

—En Cienfuegos, señora.

—¿Y que día es hoy?

—Veintiséis de julio de mil novecientos setenta y ocho —recita obediente, como si Felicia fuese una maestra poniendo a prueba sus conocimientos de historia.

Luego, señalando hacia el hombro izquierdo de Felicia, la niña pregunta tímidamente:

—¿Es ese tu nombre?

Pero Felicia no le contesta. Donde apuntaba la niña unas letras cosidas proclaman: «Otto».

Hay muchos hombres con ropa de trabajo azul marino como la de ella. La saludan con las manos y tiran besos al aire desde sus puestos de caramelos o desde sus casetas de tíquets o desde las pistas de patinaje hechas con parachoques de coches. Todos conocen su nombre. Felicia les sonríe tristemente, y devuelve sus saludos. Al fondo, la montaña rusa flota por encima de las demás atracciones, ninguna tan rítmica como ella. Trácata, trácata, trácata, frufrú. Trácata, trácata, trácata, frufrú.

—¡Ven acá, mi reina, ven acá!

Un hombre de pecho ancho la llama desde la parte trasera de un cobertizo. Tiene una voz chillona e ineficaz, que se traga sílabas completas.

Felicia se dirige hacia él, hacia su cara grande, osuna. Entre los botones superiores de su camisa asoma una elipse de pelo negro rizado.

—¿No has podido resistirte a salir, eh? —ríe el hombre, al tiempo que la palmotea con sus manos sólidas e indefinidas como zarpas. Su pelo crespo enmarca de lana unos carrillos de barba oscura, incipiente. Felicia, sobresaltada, comprueba que está recubierto por una alfombra de piel húmeda. Se lo imagina sobreviviendo a heladas temperaturas sin llevar otra cosa que un simple jersey.

—Es cierto lo que te decía anoche —le dice el hombre, bajando el tono de voz—. Nos iremos a Minnesota. Es el estado más frío de los Estados Unidos. Abriremos una pista de patinaje. Dormiré desnudo sobre el hielo. ¡Mi propio hielo!

La obliga a acercarse tanto a él que Felicia llega a sentir su aliento cálido en la garganta.

—He hablado hoy con Fernando y me ha dicho que nos puede conseguir un bote a medias con otra familia, para este domingo que viene no, el siguiente —prosigue el hombre—. Saldremos por la noche desde la costa norte. Hay sólo ciento cuarenta y cinco kilómetros de distancia hasta Key West. Dice que allí tratan a los cubanos como reyes.

—¿Dónde está mi ropa? —le interrumpe Felicia bruscamente. Repara en las letras cosidas sobre su uniforme manchado de sudor, en el anillo de oro de su dedo que hace juego con el de ella.

—En la lavandería, mi reina. ¿Recuerdas que me dijiste que lo llevara todo allí? Estará listo para esta tarde. No te preocupes, te lo llevaré.

Durante las semanas siguientes, Felicia comienza a recomponer los trocitos de su pasado. Se amontonan en su mente, pesada, arbitrariamente, y ella los ordena como si, tras una inundación, fuesen éstas sus pertenencias más queridas. Traza en su mente secuencias y acontecimientos con lápices de colores, barajando los diagramas que va formando hasta que éstos cobran sentido, hasta alcanzar la posibilidad del relato. Pero la gente continúa sin rostro, sin nombre.

Una noche, justo después de la cena, cuando Otto le está haciendo el amor, el rostro de su hijo aparece en una visión sobre el techo, sobreimpuesto en el mes más reciente del calendario.

—¿Cuándo volverás a casa, Mami? ¿Cuándo volverás a casa? —implora Ivanito con voz temblorosa.

Felicia recuerda el cuerpo larguirucho de su hijo, sus primeros y entumecidos pasos de baile, y comienza a llorar. Otto, confundiendo los sollozos de su mujer con jadeos de placer, aprieta sus musculosas caderas contra ella y se estremece de satisfacción.

Esa noche, más tarde, ya cerrado el parque de atracciones, Felicia anima a su marido a montar en la montaña rusa.

Otto Cruz considera que su mujer está loca, y que es bella y misteriosa, y está dispuesto a hacer cualquier cosa que le pida. No puede creer la suerte que ha tenido al encontrarla. El invierno pasado la descubrió deambulando sola detrás del almacén de piezas de recambio. Un ángel. Una enviada de Dios. Y él que sólo iba a buscar tornillos de repuesto para la noria.

«Estoy aquí», le dijo ella simplemente. Luego agitó su pelo oscuro y ondulado, y comienzó a desabotonarse la blusa. Sus pechos brillaban como lunas de mármol pulido. La sangre de Otto latía tan fuerte que pensó que iba a explotar.

Otto supo que nunca se recuperaría de su amor por ella y se casó con Felicia a la mañana siguiente. Ella lo miraba con inocencia cada vez que él le preguntaba de dónde era o dónde vivía su familia. «Ahora eres tú mi familia —solía responderle—. Y yo he venido para ti.»

Al pensar en la noche que conoció a Felicia, Otto vuelve a empalmarse. Enciende el interruptor de la montaña rusa y empuja el primer carro, pintado con payasos sonrientes, por las ranuras diligentemente cuidadas. La plataforma queda más alta que el nivel del suelo y el generador de electricidad vibra y cruje debajo de los carriles giratorios.

Los carros comienzan a dar bandazos hacia delante y Otto salta dentro de uno junto a su mujer. La piel de ella es suave y blanca bajo su pelo. Desliza la mano por debajo de su falda diáfana y frota sus muslos cálidos. El carro sube más alto cada vez, haciendo crujir los desvencijados carriles de madera. Otto se pone de pie, se baja torpemente la cremallera de sus pantalones, y se aprieta contra los labios de Felicia, contra su lengua maravillosa. El carro se detiene durante medio segundo en la cima de la primera cresta, la más empinada. El cielo está negro, de un negro intenso y sin nubes. Debajo de ellos, la montaña rusa es un revoltijo de ángulos.

Felicia cierra los ojos cuando el carro comienza a caer. Cuando los vuelve a abrir, su marido ha desaparecido.

(1978)

El día después de que Felicia hubiese quemado con lejía el cuero cabelludo de Graciela Moreira, el hijo de Celia regresa de Checoslovaquia. Javier llega antes de que salga el sol, llevando puesto un traje de *tweed* que se le deshace encima. La cara se le hunde en ángulos planos, y se desploma en la parte de atrás del porche de su madre.

Celia se arroja a los brazos de su hijo como si fuera un amante, le besa la cara y los ojos y las manos de nudillos rotos. Su pelo espeso y encanecido está pegajoso y enredado por el salitre, y en la parte posterior del cuello tiene un bulto del tamaño de una bola de béisbol. Javier llora con un llanto profundo y silencioso que estremece su cuerpo delgado como un ramo de hojas sacudidas por el viento. Celia medio arrastra a su hijo hasta su cama, la cama donde lo concibió, y allí duerme Javier durante tres días, envuelto en mantas y con el pijama de franela de su padre. Celia va reconstruyendo su historia a partir de los tormentos que él revive cuando delira, entre fiebres, escalofríos y un doloroso catarro.

Esto es lo que Celia descubre: que su hijo regresaba a su casa desde la universidad cuando encontró una nota sobre la mesa de la cocina; que el sobre era de un amarillo mantequilloso y la escritura larga, sinuosa y segura; que sus dos pantalones colgaban del armario con las rayas impecablemente planchadas; que su mujer había hecho el amor con él la noche anterior para que él no sospechara nada; que ella lo había abandonado por el profesor visitante de matemáticas, que había venido de Minsk; que el profesor era una especie de hombre jirafa, larguirucho, con la cabeza rapada y perilla, que gustaba de hacerse pasar por Lenin; que la hija de Javier, su querida nieta para quien el español era el idioma de las canciones de cuna, se había ido para siempre con su madre.

Celia palpa el bulto del cuello de su hijo y la curiosa cicatriz de su espalda, una línea pulposa justo bajo la paletilla de su hombro izquierdo. Celia encuentra sobre el traje de su hijo la fortuna de 1.040 dólares americanos en billetes de veinte, repartidos equitativamente entre sus cuatro bolsillos, y un recibo por nueve gemelos.

Durante las siguientes semanas, Celia le prepara a su hijo caldos espesos de pollo y se los da a beber cucharada a cucharada. Javier come por instinto, sin comprender lo que hace, y ella le lee poemas de los libros que tiene amontonados en su vestidor, intentando consolarle.

Me he perdido muchas veces por el mar
con el oído lleno de flores recién cortadas,
con la lengua llena de amor y de agonía.
Muchas veces me he perdido por el mar,
como me pierdo en el corazón de algunos niños.

Celia se pregunta si su hijo habrá heredado de ella su inclinación hacia la pasión destructiva. ¿O será que la pasión es indiscriminada, que se incuba como un cáncer, fortuitamente?

Celia tiene la esperanza de que el mar, con sus ritmos sustanciosos y sus brisas de tierras lejanas, logre tranquilizar el corazón de su hijo tal y como lo hizo una vez con el de ella. Avanzada la noche, mientras Javier duerme, Celia se sienta a mecerse en su columpio de mimbre, y se pregunta por qué da tanto trabajo ser feliz.

De sus tres niños, Celia simpatiza más con su hijo. Al menos la angustia de Javier tiene un nombre, aunque su cura no sea nada segura. Celia entiende de sobra su sufrimiento. Tal vez por eso le inquieta su presencia.

También entiende la razón por la cual la angustia de Javier atrae la atención de las mujeres casaderas de Santa Teresa del Mar, que le traen cazuelas cubiertas con trapos almidonados y que miran los ojos de cielo nocturno de su hijo, imaginándose a sí mismas como sus resplandecientes constelaciones. Incluso las mujeres casadas se acercan a preguntar por la salud de Javier, a cogerle las manos, calientes como la sangre, e intentan reconfortarle con su rezo continuo: «¡Ah, qué daría yo por ser la amada de este niño hermoso y triste!»

Celia se acuerda de sus propios ojos, que habían sido una vez como los de su hijo, cuencas huecas que atraían la desesperación como si fuesen imanes. Pero, en su caso, los vecinos habían mantenido las distancias, creyéndola predestinada a una muerte precoz y temiendo que cualquiera a quien ella tocara se vería forzado a acompañarla. Temían a su enfermedad como si ésta fuese mortal, como si fuese tuberculosis, pero peor, mucho peor.

Celia se dio cuenta más adelante de que a lo que más temían era a que la pasión pudiese consumirles por completo, que ellos morirían de una forma convencional, sin haber nunca saboreado su negrura, que morirían pegados a sí mismos y sin meta alguna.

Después de haber pasado dos meses en la cama de su madre, Javier emerge de la habitación de Celia. Quita el polvo a la botella de ron que se guardaba en la vitrina del comedor, se lava un vaso, pica hielo del congelador y se sirve un trago largo. Luego se recuesta de la silla del comedor como si estuviese esperando que de ella saliera una descarga eléctrica, y se bebe la botella de una sentada.

Al día siguiente se pone su traje remendado de *tweed*, saca un billete de su escondite de dinero americano y compra una botella de ron a uno de los comerciantes del mercado negro, a las afueras de la ciudad. Visita a este comerciante con frecuencia, a pesar de la creciente subida de precios, y le compra una botella tras otra y tras otra. «Javier puede darse el lujo de ser un alcohólico», escucha Celia cotillear por casualidad a sus vecinos. Con sus cupones mensuales y sus escasos ahorros, el precio de un litro de ron deja a la mayor parte de ellos tan sobrios como una piedra helada.

A medida que va deteriorándose la condición de su hijo, Celia se ve forzada a reducir, en contra de su voluntad, las actividades revolucionarias. Soluciona un último caso antes de dimitir como juez del Tribunal Popular. Simón Córdoba, un niño de quince años, había escrito una serie de cuentos denunciados como antirrevolucionarios. Sus personajes escapan de Cuba en balsas de cañas y neumáticos, se niegan a recoger las cosechas de toronjas, sueñan con cantar en bandas de *rock and roll* en California. Una de las tías de Simón había encontrado los cuentos escondidos debajo de los cojines de un sofá y había informado al comité de barrio.

Celia sugiere al niño que guarde su pluma durante seis meses y que se vaya a trabajar como aprendiz con el Teatro Escambray, orientado a educar campesinos en zonas rurales. «No quiero que renuncies a tu creatividad, Simón —le dice con ternura—. Sólo quiero reorientarla hacia la revolución.» Después de todo, pensaba ella, los artistas juegan un papel vital ¿no? Posiblemente más adelante, cuando el sistema haya madurado, se permitirán políticas más liberales.

La vida de Celia recupera un aire caduco que le resulta familiar. Ya no vuelve a ofrecerse más como voluntaria para las microbrigadas y ahora vigila su extensión de costa tan sólo una vez al mes. El resto del tiempo lo dedica a atender las necesidades de su hijo. No pensó que la enfermedad de Javier fuese a tomar este rumbo, y se siente impotente y furiosa, como en la época en que Jorge tiranizaba a su hijo siendo niño. De hecho, Javier ha vuelto a ser un niño pequeño. Celia le ayuda a vestirse y le peina el pelo, le recuerda que se cepille los dientes y le ata los cordones de los zapatos. De noche le mete en su propia cama, acariciando distraídamente su frente. Pero cuando Celia toma la cara de su hijo entre sus manos, lo único que siente es un opaco resentimiento. Se pregunta si será el de él o el suyo propio.

A pesar de sus cuidados, la piel de Javier se torna cetrina y se afina hasta tal punto que Celia piensa que podría llegar a pelarse como tiras de papel. Los nudillos se le curan malamente y sujetan con torpeza cualquier cosa que no sea su vaso de ron. Desde que Javier ha vuelto a casa, Celia rara vez ha pensado en Felicia, desaparecida desde el invierno, o en las gemelas, o en Ivanito, metido ahora en el internado, o en la lejana Pilar. Algo le dice a Celia de que si no puede salvar a su hijo, no será capaz de salvarse a sí misma, o a Felicia, o a ninguno de sus seres queridos.

Con la ayuda de algunos amigos de la microbrigada de la capital, Celia localiza a la santera del este de La Habana que la había tratado en 1934, cuando se moría de amor por el español.

—Sabía que eras tú —le dice la santera, palmoteando con sus manos de dedos quebradizos como ramitas de árboles, cuando alcanza a ver a Celia en el portal. Su cara es ahora negra, arrugada y cerosa, y parece como si respirara bombeando toda ella a la vez, como una criatura del fondo del mar. Pero cuando sonríe, su piel tira hacia atrás como una cortina, estirando sus facciones hasta el punto de dejarlas tan lisas como las de una mujer joven.

Coloca sus manos pecosas sobre el corazón de Celia, y

asiente con su cabeza solemnemente como si quisiera decirle: «Aquí estoy, hija. Háblame.» Escucha atentamente a Celia, y deciden viajar juntas a Santa Teresa del Mar.

La santera levanta su vista hacia la casa de cemento y ladrillo, emblanquecida por el sol y por el aire del océano, y se coloca debajo del papayo. Reza una tras otra todas las oraciones católicas que conoce, con calma y rapidez. Avemarías, padrenuestros y el credo de los Apóstoles. Su cuerpo comienza a balancearse, y sus manos entrelazadas se mecen debajo de su barbilla hasta parecer toda ella un manojo de ángulos sueltos, oscilantes. Y luego, en presencia de Celia, los ojos húmedos de la diminuta santera se quedan en blanco metidos dentro de su cabeza reducida, y se estremece una vez, dos veces, y se va escurriendo hacia abajo contra el cuerpo de Celia, hacia abajo, hacia la acera, y allí se queda hecha un montoncillo que humea como si fuese fuego mojado, hasta que de ella no queda nada, sólo su chal de algodón a rayas.

Celia, sin saber muy bien qué hacer, dobla el chal de la santera, lo guarda en su bolso, y entra en casa.

Sabe, por el silencio que hay dentro, que Javier ya se ha marchado. Había hablado de irse a las montañas, de plantar café en las laderas pobladas de árboles. Dijo que bajaría a Santiago para los carnavales y que bailaría al ritmo de los pífanos y del *melé*, de los tambores y de los *batá*, que moriría (vestido de plumas y lentejuelas) al frente de una fila de congas en el Parque Céspedes.

Celia se toca y siente un bulto en su pecho, sólido como una nuez. Una semana más tarde, los médicos le extirpan el seno izquierdo. En su lugar le dejan una cicatriz rosada, pulposa, como la que ella había descubierto en la espalda de su hijo.

CARTAS DE CELIA: 1950-1955

11 de febrero de 1950

Querido Gustavo:

Berta Arango del Pino me maldijo incluso en su lecho de muerte. El mes pasado agarró un catarro de pecho que se convirtió en neumonía, y antes de que pudiésemos enterarnos ya había muerto. Jorge me pidió que le acompañara a la calle Palmas porque su madre había jurado que quería hacer las paces conmigo. Pero cuando llegué, me tiró una garrafa que se hizo añicos a mis pies y la absenta me manchó el dobladillo de verde.

«¡Me has robado a mi marido! —me gritó, y luego se fue acercando a Jorge, tendiendo patéticamente sus manos hacia él y moviendo los dedos como si fueran gusanos—. Ven para acá, amor mío. Vente a mi cama.» La boca de Ofelia se abrió inmensa, como una pala mecánica, y entonces su madre se volvió hacia ella y le grito: «¡Puta! ¿Qué estás mirando?» Y diciendo esas palabras doña Berta se dejó caer sobre sus almohadas, se le torció la boca, los ojos se le salieron de las cuencas como los de un ahorcado, y murió. El pobre Jorge se quedó terriblemente afectado.

Celia

11 de abril de 1951

Querido Gustavo:

¿Eres buen padre? Te pregunto esto pensando en Jorge. Existe algo de aspereza, algo de inflexibilidad cuando de nuestro hijo se trata. Javier nunca corre a saludar a su padre como sus hermanas porque sabe que las lecciones, las amonestaciones comenzarán en el mismo instante en que su padre le vea. Es increíble, Jorge está forzando a nuestro hijo a que estudie contabilidad. «¡Por el amor de Dios! —le digo—. ¡Sólo tiene cinco años!»

Hasta Felicia sale en defensa de su hermano, pero Jorge no nos hace el menor caso. Le atormentan las pesadillas de aquel accidente que tuvo hace años contra un camión de leche y teme que nos quedemos en la miseria si Javier no aprende a administrar el dinero de la familia. Los trocitos de cristal que Jorge tiene incrustados en la espina dorsal todavía le siguen causando grandes molestias, pero esto no es excusa para su irracionalidad. Yo trato de compensar al niño cuando Jorge se marcha, le preparo natillas, su postre favorito, pero Javier siente mi debilidad y también se está tornando frío conmigo.

Dales un beso a tus hijos si los tienes, Gustavo. Dales un beso de buenas noches.

Siempre tuya,

Celia

11 de marzo de 1952

Gustavo mío:

Ese cabrón de Batista nos ha robado el país justo cuando parecía que las cosas comenzaban a cambiar. Está claro que los americanos lo querían en el Palacio Nacional. ¿De qué otra forma si no lo habría conseguido? Temo que mi hijo esté aprendiendo a hacerse hombre con este tipo de hombres.

Debes estar orgulloso de mí, mi amor. El mes pasado hice campaña a favor del Partido Ortodoxo. Felicia me ayudó a pegar propaganda en la plaza, pero la gente nos gritaba y arrancaban los papeles en nuestra cara.

Ese mismo día, más tarde, Felicia me llevó a casa de Herminia, su mejor amiga. Su padre, Salvador, es un sacerdote de la santería, un hombre modesto de hablar suave, negro como el africano más negro. Me sorprendió verle sirviendo té y ofreciendo unas galletas caseras. No estaba segura de lo que debía esperar, ¡había escuchado tantas historias espeluznantes sobre él! Cuando hablé de que teníamos que luchar contra Batista, me dijo que era inútil, que el canalla estaba protegido por Changó, el dios del fuego y del relámpago. El destino de Batista, me dijo Salvador, está escrito. Huirá de Cuba con una fortuna en su maleta, y morirá por causas naturales.

Si lo que dice es cierto, para Batista no habrá justicia. Pero para el resto de nosotros, Gustavo, habrá esperanza.

Con amor,

Celia

11 de agosto de 1953

Querido Gustavo:

Ayer cogí el autobús a La Habana para unirme a la protesta. Nos manifestamos por la liberación de los rebeldes que habían sobrevivido al asalto a Moncada. Su líder es un joven abogado, como lo habías sido tú una vez, Gustavo, idealista y seguro de sí mismo. Jorge llamó ayer desde Baracoa, y cuando Lourdes le dijo adónde había ido yo, se puso muy enfadado. Esa niña es una extraña para mí. Cuando me acerco a ella, se queda petrificada como si al verme quisiera morir. Veo lo diferente que es Lourdes con su padre, tan viva y tan alegre, y me duele, pero no sé qué hacer. Aún continúa castigándome por los años anteriores.

Mi amor,

Celia

11 de mayo de 1954

Gustavo:

Estoy muy preocupada por Felicia. Ha dejado la escuela superior y dice que quiere encontrar un trabajo. Coge el autobús a La Habana todas las tardes y no regresa a casa hasta bien entrada la noche. Me dice que está buscando empleo. Pero tan sólo existe un trabajo en la ciudad para las niñas de quince años como ella.

Felicia es temperamental e impredecible, y esto me atemoriza. He escuchado muchas historias sobre chicas adolescentes que se han estropeado con lo que en este país suelen llamar turismo. Cuba se ha convertido en el hazmerreír del Caribe, un lugar en el que todo y todos están a la venta. ¿Cómo hemos podido permitir que pase esto?

Tu Celia

11 de octubre de 1954

Querido Gustavo:

Javier ha ganado el Premio Nacional Infantil de las Ciencias con un experimento de genética. Sus maestros me dicen que es un genio. Me siento muy orgullosa de él, pero no sé exactamente por qué. Lourdes saca para él textos científicos de la biblioteca de la universidad y él se encierra en su dormitorio durante días y días. También me saca libros a mí. Ahora me estoy leyendo *Madame Bovary* en francés, con pena, con mucha pena.

Tuya siempre,

Celia

P.D.: Felicia ha conseguido un trabajo en la papelería de El Encanto, donde yo trabajé. Todas las chicas de la buena sociedad van allí y encargan sus invitaciones de boda. No obstante, no sé cuánto tiempo durará. Felicia no tiene demasiada paciencia con esas niñas frívolas.

11 de abril de 1955

Mi querido Gustavo:

Hoy había un trío en el Parque Central que interpretaban sus baladas con tanto sentimiento que mucha gente se quedó para escucharles. La voz del cantante sonaba como la de Beny Moré en sus mejores tiempos. Una canción me hizo llorar, y vi que otros también lloraban mientras depositaban sus monedas en el sombrero de los músicos.

Mírame, miénteme, pégame, mátame si quieres
Pero no me dejes. No, no me dejes, nunca jamás...

¡Y todo esto en el parque que está junto al Hotel Inglaterra! Perdóname, Gustavo. Es abril, estoy melancólica, y han pasado veintiún años.

Tuya siempre,

Celia

11 de junio de 1955

Gustavo:

¡Han liberado a los rebeldes! Ahora la revolución está tan cerca que se puede oler. Nos libraremos de Batista de la misma manera que lo hicimos con ese tirano de Machado. ¡Pero esta vez, mi amor, dejaremos que se tueste bien tostado en el fondo de la cazuela, como el buen arroz!

Con amor,

Celia

UNA LUZ MATRIZ

(1977)

Lourdes Puente da la bienvenida a la pureza, al vacío de su estómago. Hace un mes que ha dejado de comer y ya ha perdido 15 kilos. Imagina las paredes musculosas de su estomágo encogiéndose, contrayéndose, resbaladizas y limpias gracias al ayuno y a los litros y litros de agua mineral que ingiere. Se siente transparente, como si se estuviesen desintegrando los rotundos contornos de su figura voluminosa.

Amanece, un amanecer otoñal. Lourdes camina. Camina un kilómetro tras otro, moviendo los brazos enérgicamente y con la vista al frente. Avanza por la calle Fulton enfundada en su chándal aterciopelado color malva, pasa junto al lamentable almacén May's y sus maniquíes trasnochados, pasa tiendas cerradas y rebasa los bancos de las paradas de autobuses, alfombrados de vagabundos durmiendo. Lourdes gira y pasa a zancadas frente al ayuntamiento de Brooklyn, cubierto de hollín, deja atrás el edificio del Tribunal Supremo donde tendrá lugar el juicio del Hijo de Sam. Lourdes no logra entender el caso del Hijo de Sam, sólo sabe que existe y que tiene un perro que le ordenaba matar. Sus víctimas eran jovencitas de pelo oscuro y suelto, como el de Pilar. Pero daba igual lo que Lourdes dijera. Su hija se negaba a sujetarse el pelo o a ponerse un gorro de punto, como las otras niñas. No, Pilar dejaba que su pelo se meciera libremente, incitando a la muerte.

Pilar está ahora estudiando fuera, en una escuela de arte en Rhode Island. Le habían ofrecido becas para Vassar y Barnard, pero no, ella tenía que meterse en una escuela de *hippies* sin futuro, de hombres delicados con labios de mujer y mirada hipócrita. El simple hecho de imaginarse a su hija yéndose a la cama con uno de esos hombres lleva a Lourdes a la desesperación, le repugna hasta decir basta.

Lourdes era virgen cuando se casó, y está orgullosa de ello. El dolor de sus caderas desgarrándose, la sangre en el lecho conyugal, daban prueba de su virtud. Hubiese colgado gustosamente sus sábanas para que todo el mundo las viera.

Pilar es como su abuela. Desprecia las leyes, la religión, cualquier cosa importante. Ninguna de las dos siente respeto por nada ni por nadie, y mucho menos por sí mismas. Pilar es irresponsable, egocentrista, una mala semilla. ¿Qué ha podido hacer ella para merecer esto?

Lourdes avanza por la calle Montague. Sus codos sobresalen detrás de ella como pistones. La fonda griega está abierta y en la última mesa hay un hombre de hombros encorvados que fija la vista sobre su plato de huevos con beicon. Lourdes piensa que las yemas están demasiado anaranjadas. Imagina su espesura pegajosa bañando la garganta del viejo. Imaginarlo la pone enferma.

—Un café, solo —dice Lourdes al camarero uniformado, y luego se dirige hacia la cabina de teléfonos. Marca el número de su hija en Rhode Island. El teléfono suena cuatro, cinco, seis veces antes de que Pilar conteste medio dormida.

—Sé que hay alguien ahí contigo —grazna Lourdes ásperamente—. No me engañes.

—Mamá, otra vez no. Por favor.

—¡Dime su nombre! —Lourdes exprime las palabras entre sus dientes—. ¡Puta! ¡Dime su nombre!

—¿Qué dices? Mamá, son las cinco de la mañana. Déjame en paz, ¿vale?

—Te llamé anoche y no estabas ahí.

—Había salido.

—¿A dónde? ¿A la cama de tu amante?

—A comprar un *sandwich* de pastrami.

—¡Mentirosa! ¡Nunca has comido pastrami!

—Voy a colgar ya, Mamá. Ha sido un placer hablar contigo, como siempre.

Lourdes arroja 50 centavos encima del mostrador y deja humeando el tazón blanco de café. No había vuelto a tener relaciones con Rufino desde que su padre había muerto. Era como si en aquellos días hubiese estado poseída por otra mujer, por una puta, una puta insaciable, una puta de toda la vida, que se alimentaba de los asquerosos grumos de leche amarillenta de su marido.

Lourdes levanta un brazo, luego el otro, se los lleva hasta la cara y los olfatea con suspicacia intentando detectar en ellos el olor a grasa y a pan tostado.

El olor a comida le repugna. No puede ni siquiera mirarla sin que la boca se le llene de la saliva acre que precede al vómito. En estos días le resulta casi imposible soportar incluso su propia pastelería: las agusanadas curvas de los *croissants* de mantequilla, los panecillos gomosos de miel con sus nueces robustas atrapadas entre las grietas de canela como si fuesen cucarachas.

Lourdes no se había propuesto dejar de comer. Simplemente ocurrió, de la misma manera que había aumentado aquellos 54 kilos en los días en que su padre agonizaba. Ahora, sin embargo, Lourdes anhela un vacío profundo, quedarse limpia y hueca como una flauta.

Avanza por Brooklyn Promenade. Los astilleros abandonados exhiben sus techos corrugados como si fuesen cicatrices infectadas. El East River, reuniéndose con el Hudson cerca de su desembocadura, está silencioso e inmóvil como la niebla. Al otro lado del río, las torres de Wall Street se alzan hacia el cielo con arrogancia. Lourdes recorre ocho veces el paseo de 400 metros que bordea el río. Una persona hace *jogging* llevando a su lado un gran danés de color rojizo. Los coches zumban en la autovía que pasa por debajo de ella en dirección a Queens.

Lourdes llega a la conclusión de que en cada amanecer hay un instante que se disfraza de crepúsculo, y durante ese breve instante el día ni comienza ni termina.

* * *

Lourdes ha perdido 37 kilos. Ahora está tomando proteína líquida, un fluido azulado que viene en tubos, como la comida de los astronautas. Sabe a químico. Lourdes se ha comprado una bicicleta estática en Sears, y pedalea sobre ella hasta que de sus ruedas flamantes saltan chispas. Ha puesto en su habitación un mapa de carreteras de los Estados Unidos sobre el que va trazando su recorrido diario en kilómetros con un rotulador de felpa verde. Su objetivo es llegar a San Francisco antes del día de Acción de Gracias, que es cuando regresará su hija de la escuela. Mientras pedalea y suda, Lourdes se figura ver un arroyuelo de grasa rezumando de sus poros —como el líquido amarillo que sale a borbotones de los pollos y de los pavos asados— a medida que su bicicleta va atravesando Nebraska.

Jorge del Pino está preocupado por su hija, pero Lourdes insiste que todo va bien. Su padre la visita con regularidad durante el crepúsculo, cuando ella regresa a casa dando un paseo largo después de cerrar la pastelería, y le cuchichea cosas al oído desde detrás de los troncos de los robles y de los arces. Sus palabras le palpitan sobre el cuello como tiernas respiraciones de bebé.

Comentan muchos temas: el empeoramiento de la criminalidad en las calles de Nueva York; la muerte de los Mets a partir de las gloriosas temporadas de 1969 y 1973; los asuntos cotidianos de la tienda. Fue su padre quien le aconsejó que abriese una segunda pastelería.

—Pon también tu nombre en el rótulo, hija, para que esos americanos se enteren que nosotros los cubanos estamos a la altura de ellos, que no todos somos puertorriqueños —le insistió Jorge del Pino.

Lourdes encargó para sus pastelerías rótulos en rojo, blanco y azul, con su nombre impreso en la esquina inferior derecha: «LOURDES PUENTE, PROPIETARIA». A ella le agradaba particularmente el sonido de la última palabra, la manera en que las erres ruedan en su boca, la explosión de las pes. Lourdes percibía un lazo espiritual entre ella y los magnates americanos, entre ella y la inmortalidad de hombres como Irénée du Pont, cuya mansión en la playa de Varadero, al norte de Cuba, había visitado en una ocasión. Imagina una cadena de pastelerías Yankee Doodle extendiéndose a lo largo de América, en St. Louis, Dallas, Los Ángeles, sus tartas de manzana y sus bizcochitos en las calles principales y en los centros comerciales de todos los suburbios.

Cada tienda llevaría su nombre, su legado: «LOURDES PUENTE, PROPIETARIA».

Por encima de todo, Lourdes y su padre continúan denunciando la amenaza comunista en América. Cada día se convencen más de que la escasez de malas noticias sobre Cuba es producto de una conspiración de los medios de comunicación izquierdistas para fortalecer el apoyo internacional a El Líder. ¿Por qué los americanos son incapaces de ver que tienen a los comunistas en su propio patio, en sus universidades, corrompiendo las mentes maleables de sus jóvenes? Los demócratas son los responsables, los demócratas y esos dos mentirosos, los Kennedy, cada cual en su momento. Lourdes y su padre coinciden en que lo que América necesita es otro Joe McCarthy que vuelva a poner las cosas en su sitio. *Él* nunca los hubiese abandonado en la bahía de Cochinos.

—¿Por qué no van y hacen un reportaje sobre las cárceles en Cuba? —espetó Lourdes socarrona a unos periodistas que habían ido a entrevistarla. Aquello fue el año pasado, a raíz de la trifulca que se organizó cuando la inauguración de su segunda pastelería Yankee Doodle—. ¿Por qué pierden el tiempo conmigo?

Lourdes no dio su aprobación a la pintura de Pilar, al menos no del todo, pero no por ello toleraría que la gente le dijera lo que tenía que hacer dentro de su propiedad.

—Así comenzó todo en Cuba, hija —le dijo su padre con voz baja y ronca desde los árboles, aconsejándola—. Debes detener el cáncer en el umbral, antes de que infecte tu propia casa.

Desde que Pilar se ha marchado a la universidad, Lourdes, noche tras noche, observa el cuadro de su hija antes de regresar a casa. Si Pilar no le hubiese puesto el imperdible a la Estatua de la Libertad ni esos bichos en el aire, la pintura habría quedado bastante mona. Esos insectos arruinaron el fondo. Sin ellos, habría quedado de un azul muy bonito, un azul respetable, reluciente.

¿Por qué Pilar ha tenido que llegar tan lejos siempre? Lourdes está convencida de que es algo patológico, algo que ha heredado de su Abuela Celia.

* * *

Es el día de Acción de Gracias. Lourdes ha perdido 54 kilos. Su metamorfosis se ha completado. Hoy, por primera vez en muchos meses, volverá a comer. El aroma a comida le vuelve a resultar atractivo, aunque Lourdes teme que la tentación la aparte demasiado del líquido azul, de las jarras purificadoras de agua con hielo. Hay en ella una pureza, un cuidadoso equilibrio enzimático que no desea alterar.

Anteayer Lourdes se compró un conjunto Chanel rojo y negro de la talla 36, con monedas doradas por botones. «¡Con ese cuerpo puedes ponerte cualquier cosa!», le piropeaba la dependienta de Lord & Taylor's mientras ella se miraba y se remiraba por un lado y por el otro frente al espejo del probador. Lourdes se gastó las ganancias de una semana en el conjunto. Pero no se arrepiente, ¡vaya cara de asombro pondría Pilar cuando se enfrentara a su pérdida de peso!

—¡Por Dios! —exclama Pilar cuando atraviesa el portal del taller y ve la fracción de madre que tiene ante ella—. ¿Cómo lo has hecho?

Lourdes sonríe.

—Ha pasado hambre —apostilla Rufino con irritación. Lleva puesto sobre la cabeza un sombrero de mujer, una especie de clavel blanco y grandón. Lourdes le manda callar levantando sus brazos esbeltos, recién estrenados.

—Simplemente he decidido hacerlo. Fuerza de voluntad. La fuerza de voluntad, Pilar, puede jugar un papel importantísimo en el logro de tus objetivos —dice Lourdes.

El rostro de su hija refleja una cierta sospecha, como si temiera que Lourdes fuese a emprender un sermón. Pero a Lourdes ni se le ha pasado por la cabeza. Acompaña a su hija hasta la mesa, servida con porcelana pintada a mano y decorada con un centro de hojas otoñales.

—Tu padre ha estado aprendiendo a cocinar desde que dejé de comer —le explica Lourdes—. Lleva metido en la cocina desde el domingo pasado, preparándolo todo.

—¿Vas a comer hoy, Mamá?

—Voy a picar un poco. El médico ha dicho que tengo que volver a acostumbrarme a la comida. Pero, si por mí fuera, nunca volvería a comer. Me siento purificada, absolutamente limpia. Y tengo más energía de la que nunca había tenido antes.

Lourdes comienza a acordarse de las comidas instantáneas que ella preparaba recién llegada a Nueva York. El puré de patatas que reconstituía con agua y un polvo ceniciento, los muslos de pollo que sacudía en bolsas llenas de pan rallado sazonado con especias y que luego asaba a 150 grados, las zanahorias congeladas que cocía en agua y servía con mantequilla artificial. Pero muy pronto las patatas y el pollo y las zanahorias comenzaron a saberle iguales, un sabor pálido, ceroso y gris.

—Creo que la emigración altera el apetito —dice Pilar, sirviéndose una batata dulce—. Algún día regresaré a Cuba y no comeré más que bacalao y chocolate.

Lourdes se queda mirando a su hija fijamente a los ojos. Quisiera decir que sólo un degenerado podría querer regresar a esa isla-prisión. Pero no lo hace. Es un día de fiesta y se supone que todos deben sentirse felices. Tragándose el comentario, Lourdes desvía su atención hacia la pequeña tajada de pavo que tiene en su plato. Prueba un trocito. Está jugosa y bien sazonada y le llega directo a sus venas. Decide tomarse un trozo más.

Al instante su boca comienza a trabajar febrilmente, como si fuese un horno terrorífico. La atiborra con más trozos de pavo y de batata dulce. Se sirve un monte de crema de espinacas, y moja en ella una rebanada del pan de masa fermentada que va disminuyendo con rapidez. A continuación viene la tarta de puerro y mostaza con toques de cebolleta.

—¡Mi cielo, realmente te has superado! —felicita calurosamente Lourdes a su marido, entre bocado y bocado.

De postre, manzanas y ruibarbos bañados en *crème anglaise* de canela. Lourdes devora hasta el último trozo.

A la mañana siguiente, Lourdes escudriña los periódicos a la caza de catástrofes mientras remoja panecillos pegajosos en su café con leche. Un avión bimotor se estrella contra los pliegues sombríos del Adirondacks. Un terremoto en la China rural entierra a miles de personas bajo los escombros de sus casas. En el Bronx, dos hermanos mueren calcinados: el mayor, un estudiante de matrícula; el menor, un bebé que dormía en su cuna. En la primera plana aparece una foto de la madre, destrozada por la pérdida. Había salido un momento a la tienda de la esquina a comprar un paquete de tabaco.

Lourdes se aflige por las víctimas desconocidas como si fuesen sus parientes queridos. Con cada una de estas calamidades ajenas Lourdes revive sus propios duelos, mantiene fresco su propio dolor.

Pilar sugiere que vayan a ver una exposición al Museo Frick. Lourdes se introduce con dificultad en su conjunto Chanel, con los botones de monedas doradas presionando su cintura, y se van a Manhattan en metro. En la Quinta Avenida, Lourdes se para a comprar perritos calientes (con mostaza, condimento, *sauerkraut*, cebollas fritas y salsa de tomate), dos batidos de chocolate, un *knish* de patata, un *shish kebab* de cordero con más cebollas, un *pretzel* fofo y un granizado de cerezas de San Marino. Lourdes come, come y come, como una diosa hindú de ocho brazos, come, come y come, como si el hambre fuese algo inminente.

En el museo todas las pinturas le parecen iguales, grasientas y sosas. Su hija la lleva al patio interior, bañado de luz invernal. Se sientan en un banco de cemento al lado de la fuente reflectante. Lourdes se deja hipnotizar por el agua verdosa, por el triste salpicar de la fuente, y dentro de ella se reabre una herida. Recuerda lo que le habían dicho los médicos en Cuba. Que el bebé que llevaba dentro había muerto. Que le tenían que inyectar una solución salina para que expulsara los restos de aquel niño. Que no podría tener más hijos.

Lourdes ve la cara del niño que no nació, pálida y blanca como un huevo, flotando sobre las aguas de la fuente. Su hijo la llama, la saluda levantando una ramita desnuda. Al verlo, Lourdes siente que el corazón le va a estallar. Se acerca y le llama por su nombre, pero él desaparece antes de que ella pueda rescatarlo.

Pilar
(1978)

Mi madre me dijo que Abuela Celia era atea antes de que yo pudiese entender lo que significaba esa palabra. Me gustaba como sonaba, el deje burlón con que mi madre la pronunciaba, y supe de inmediato que era eso lo que yo quería ser. No sé exactamente cuándo dejé de creer en Dios. A la edad de seis años, mi propósito de convertirme en atea no tenía toda la deliberación que precede a las decisiones, sino que era más bien como un desprendimiento imperceptible de capas. Un día me di cuenta de que ya no había más piel para pelar, sólo aire donde antes había artificio.

Hace unas semanas encontré unas fotos de Abuela Celia en el cajón de medias de mi madre. Había una foto de 1931 donde se la veía de pie bajo un árbol, con sus zapatos de trabillas en forma de T y con un vestido de volantes, de mangas vaporosas y con un lazo de lunares. Los dedos de Abuela Celia eran afilados y delicados y descansaban sobre sus caderas. El pelo le llegaba más abajo de los hombros y lo llevaba peinado con raya a un lado, acentuando el lunar de su mejilla. En las comisuras de su boca había una cierta tensión que, según hacia donde se inclinase, podía variar entre la tristeza y la alegría. En sus ojos se veía una experiencia que ella aún no tenía.

Había más fotos. Abuela Celia en Soroa con una orquídea en el pelo. En un conjunto de lino beis bajando de un tren. En la playa, con mi madre y con mi tía. Abuela Celia carga en sus brazos a Tía Felicia, una cría regordeta y tan rosada como una tableta de medicina. Mi madre, seria, flaca y con la piel tostada por el sol, aparece un poco apartada.

Conozco un truco para hacer pública la cara privada de las personas. Si una persona es zurda, como Abuela Celia, el lado derecho de su cara revela sus verdaderos sentimientos. Puse mi dedo sobre el lado izquierdo de la cara de mi abuela y, foto tras foto, fui descubriendo la verdad.

Yo me siento más cercana a Abuela Celia que a Mamá, aunque no haya visto a mi abuela en diecisiete años. Ya nunca más hemos vuelto a hablarnos de noche, pero, sin embargo, me ha dejado su legado: el amor al mar y la suavidad de las perlas, la apreciación de la música y de las palabras, la compasión por los desvalidos y el no hacer caso alguno a los límites. Aún en su silencio, me da la confianza suficiente para hacer lo que considero correcto, para creer en mis propias percepciones.

Esto, para mi madre, representa una lucha constante. Ella reescribe la historia para que ésta se ajuste a su visión del mundo. Esta reconfiguración de los hechos ocurre docenas de veces a lo largo del día, como respuesta a la realidad. No es una cuestión de decepción premeditada. Mamá cree firmemente que su versión de los hechos es la correcta apoyándose en detalles que yo, por ejemplo, sé de antemano que son incorrectos. Por ejemplo: hasta la fecha, mi madre continúa insistiendo que yo huí de ella en el aeropuerto de Miami cuando salimos de Cuba. Pero fue *ella* quien se dio la vuelta y salió corriendo cuando creyó haber escuchado la voz de mi padre. Yo anduve perdida hasta que un piloto me recogió y me condujo a las oficinas de su línea aérea, y me dio una piruleta.

No es sólo nuestra historia personal la que ha sido deformada. Mamá filtra la vida de la gente a través de su lente distorsionante. Quizá se deba a su ojo estrábico. La hace ver sólo lo que quiere ver en lugar de ver lo que de verdad está ahí. Como el caso del señor Paresi, un leguleyo chulesco entre cuya selecta clientela se incluye, como al final ha terminado sabiéndose, una lista impresionante de mafiosos. Mi madre le considera el mejor criminalista de Nueva York. Y todo porque entra en su tienda todas las mañanas y compra dos donuts glaseados de chocolate para desayunar.

Los montajes y medias verdades de mi madre le proveen, no obstante, de las herramientas necesarias para poder contar buenas versiones. Y su inglés, su inglés de inmigrante, tiene un toque de otredad que les confiere una cierta precisión involuntaria. Quizá los hechos, al fin y al cabo, no sean lo más importante, sino la verdad que a ella le interesa subrayar, y de la cual quiere convencer a los demás. Contar su verdad es para ella contar la verdad, aunque con ello se esté cargando nuestro pasado.

Supongo que yo, en cierto sentido, debo confesarme culpable de una o dos transformaciones creativas. Como, por ejemplo, la pintura de la Estatua de la Libertad que causó aquella conmoción en la pastelería Yankee Doodle. Tiene gracia que el año pasado los Sex Pistols terminaran haciendo lo mismo con la foto de la reina Isabel que aparece en la portada de su sencillo *God Save the Queen*. Atravesaron con un imperdible la nariz de la Reina y el país se levantó en armas. La anarquía del Reino Unido me encanta.

Mamá está fomentando su propia forma de anarquía en el vecindario. Sus pastelerías Yankee Doodle se han convertido en el lugar de reunión de esos cubanos sospechosos y extremistas que vienen desde Nueva Jersey y el Bronx a comentar su política dinosáurica y a beber los expresos asesinos que mi madre les prepara. El mes pasado comenzaron una campaña telegráfica en contra de El Líder. Instalaron una línea caliente sin cargo al usuario para que los cubanos en el exilio llamaran y seleccionaran uno de entre tres mensajes mordaces, que eran enviados directamente al Palacio Nacional exigiendo el rendimiento de El Líder.

En una ocasión, escuché a uno de los correligionarios de mi madre vanagloriándose de una llamada que había hecho el año pasado al Metropolitan Opera House un día que actuaba Alicia Alonso, la *prima ballerina* del Ballet Nacional de Cuba y una de las abanderadas de El Líder, para avisar que había una bomba. «¡Retrasé *Giselle* setenta y cinco minutos!», decía en tono jactancioso. Si me hubiese enterado de su hazaña en aquel momento, le hubiese echado el FBI encima.

Hace tan sólo una semana, la mayoría de ellos celebraban —con cigarros puros y sidra burbujeante— el asesinato en Miami de un periodista que abogaba por el restablecimiento de los lazos con Cuba. Esos desgraciados se pasaban el periódico español de uno a otro y se daban palmadas en la espalda como si ellos mismos hubiesen sido los autores de tan rotundo golpe contra las fuerzas del mal. Las fotos de la primera plana mostraban el brazo del reportero colgando de una poinciana en Cayo Vizcaíno, donde había ido a parar tras explotar la bomba que alguien había puesto en su coche.

Me pregunto cómo será posible que Mamá sea hija de Abuela Celia. Y qué pinto yo siendo la hija de mi madre. Sin duda ha debido producirse alguna terrible confusión temporal.

* * *

Fuera, la luz de la tarde es de un púrpura húmedo, oscuro. Es una luz matriz, primigenia, una luz que rehace las formas, que desintegra las líneas y los planos más rotundos y reduce los objetos a su mínima expresión. Normalmente detesto a los artistas que se obsesionan demasiado con la luz, pero ésta tiene algo distinto. Es la luz que me gusta pintar.

El semestre pasado, cuando me fui a estudiar en Italia, encontré la misma luz en los carnavales de Venecia. Rodeaba a una persona altísima disfrazada de negro que llevaba una máscara blanca de mirada neutra. La figura se bañó en la luz y ésta le rodeó en una plaza que queda detrás de la Piazza San Marco. Me daba miedo quedarme, pero más aún temía irme. Finalmente la luz lo siguió por un callejón, y me liberé de su maleficio.

La luz estaba también en el anochecer de Palermo el Jueves Santo. Los corderos sacrificados, despellejados y transparentes como la piel de un niño, colgaban uniformemente en ganchos oxidados. Eran hermosos, y yo deseaba ansiosamente acercarme a ellos y exponerme a aquella luz. Cuando regresé a Florencia, comencé a posar desnuda en mi escuela de arte, algo que yo había jurado no hacer nunca. Mientras posaba, pensaba en los corderos transparentes bajo la luz púrpura.

A veces me pregunto si la suma de mis aventuras, tal y como se han ido sucediendo, equivalen a la experiencia. Pienso en Flaubert, que pasó la mayor parte de su vida adulta en el mismo pueblo francés, o en Emily Dickinson, cuyos poemas evocaban la cadencia de las campanas de la iglesia de su pueblo. Me pregunto si las distancias más lejanas a las que habré de trasladarme estarán en mi mente. Pero entonces pienso en Gauguin o en D. H. Lawrence o en Ernest Hemingway, quien casualmente solía salir a pescar con mi abuelo Guillermo en Cuba, y me convenzo de que uno debe vivir en el mundo para tener algo importante que decir sobre él.

Estoy sentada en mi mesa de la segunda planta de la biblioteca de Barnard, observando desde la ventana un rectángulo de hierba muerta y, un poco más allá, los coches corriendo a lo largo de Broadway. Todo lo que pienso en este preciso instante me parece una preparación para algo. Para qué, no lo sé. Todavía estoy esperando a que mi vida comience.

Mi novio, Rubén Florín, es peruano, y su familia, igual que la mía, está dividida por razones políticas. Sus tías y tíos, padres y abuelos, están enfrentados los unos contra los otros. Rubén se trasladó a Nueva York con sus padres cuando tenía dos años, como yo. La diferencia es que él al menos puede regresar a Lima cada vez que quiera. Esto hace que yo anhele tener esa misma posibilidad.

Rubén tiene un sueño recurrente en el que aparezco yo. Llevo puestas ropas azul agua entretejidas de oro, y avanzo hacia el sol atravesando puertas trapezoidales. No me ocurre nada, pero parezco infeliz, muy infeliz. «Sigue durmiendo», le digo, pero el sueño nunca continúa.

Conocí a Rubén el primer día que llegué a Barnard. Me había trasladado aquí después de haber pasado un semestre en la Escuela de Arte de Rhode Island y otro semestre en Florencia. Volver a Providence después de haber estado en Italia se me hacía insoportable, así que decidí darle una oportunidad a las corrientes principales de la academia. La Escuela de Arte, en cualquier caso, se estaba convirtiendo en un lastre, sanguinaria y maldiciente, y donde todos buscaban acaparar los elogios de los profesores. Yo no quería terminar dependiendo de personas que no me inspiraban demasiado respeto, y por ello decidí venir aquí y especializarme en antropología.

Cuando se gradúe en Columbia, Rubén quiere ingresar en el Servicio de Extranjería y marcharse al Tercer Mundo, saltando de sitio en sitio. Disfruto cuando estoy con él. No nos exhibimos por el *campus* como las demás parejas, que están siempre manoseándose o queriendo comerse con la mirada. Damos por supuesto que ambos conocemos nuestras necesidades más profundas. Lo que más disfruto son las primeras horas de la tarde, cuando estoy lo suficientemente cansada para poder apreciar la lentitud de la boca y de las manos de Rubén. Cuando hacemos el amor hablamos en español. El inglés parece ser un idioma imposible para la intimidad.

Pensar así en Rubén me hace guardar los libros, cepillarme el pelo rápidamente y atravesar Broadway de un extremo a otro. Es la hora punta y la gente sale a borbotones de la estación de metro de la Calle 116 como si hubiesen gritado «¡fuego!». Alguien toca la guitarra en las escalinatas de la Biblioteca Low, una canción de música *folk*, pero nadie le escucha. Aquí la gente reacciona negativamente ante cualquier manifestación llena de sentimiento. Y siempre cabe la posibilidad de que se trate de un soñador más. En estos días abundan en los *campus*.

Quiero sorprender a Rubén, entrar en su habitación antes de que regrese de su última clase para que me encuentre dentro al llegar. Al abrir la puerta, me lo encuentro follando con una estudiante que él mismo me había presentado la semana pasada, una holandesa que había venido de intercambio. Es una mujer pálida, con unos pechos grandes de enormes pezones rosados. Me quedo mirando sus pezones mientras Rubén habla. Ella ni siquiera se echa la sábana por encima. Me da la impresión de que se está exhibiendo, de que me está dando la oportunidad de calibrar la competencia. Se da cuenta de que tiene un cierto encanto.

No entiendo ni una sola palabra de lo que está diciendo Rubén. Debo haberme quedado ahí parada durante un tiempo considerable porque Rubén no parece encontrar nada más que decir y la mujer comienza a toser delicadamente cubriéndose la boca con una mano. Cuando tose, sus pechos se tambalean como girasoles en la brisa.

—Lo mejor será que te vayas —me dice Rubén en español, con una voz débil. Y yo me voy.

Una hora más tarde, bebiendo la sexta taza de café en

la pastelería húngara de la Avenida Amsterdam, ojeo los mensajes personales del *Village Voice*, deteniéndome en los que me resultan verdaderamente más retorcidos, como el que dice: «Pareja de profesionales heterosexuales busca Amazona Bisexual. Absoluta seriedad». Leer los anuncios no me impide seguir pensando en lo que Rubén y esa vaca lechera estaban haciendo en la habitación. En una ocasión escuché a un psicólogo describir en un programa de radio las cuatro fases de la angustia. He olvidado si la venganza era o no una de sus fases. En cualquier caso, sé que estoy fuera de la secuencia.

Un anuncio mal colocado logra atraer mi atención. Debajo de MUJER BUSCA MUJER, veo que pone: «Se vende bajo acústico. Estudiante necesita dinero urgente. $300 o mejor oferta. Mick. 674-9981». Me acuerdo de que Max, mi antiguo novio, solía decirme que yo podría llegar a tocar muy bien el bajo, y las cosas comienzan a aclararse. Llamo al número. Es en la calle Bleecker y desde aquí puedo llegar en media hora justa.

Un chico delgado que lleva puesta una camisa de franela remetida por dentro de su chándal, cuenta el efectivo y me entrega el bajo. Es un armatoste, un jodido armatoste *gigantesco*. Me siento como si me estuviese comprando a mí misma esa reliquia familiar que se lega de padres a hijos. En una especie de trance, cruzo la ciudad con el bajo a cuestas.

Cuando finalmente llego a mi habitación me duele todo el cuerpo, pero no hay tiempo que perder. Voy directamente al disco que quiero escuchar: *The Velvet Underground & Nico*. Quito la pegatina del plátano de Andy Warhol y pongo un *rock and roll* de los buenos y de los más estrepitosos. La vibración de las cuerdas gruesas atraviesa mis dedos, sube por mis brazos y baja hasta mi pecho. Sin saber exactamente lo que estoy haciendo, comienzo a aporrear con todas mis fuerzas las cuerdas del instrumento, que parece más bien un antiguo tocador de diseño elegante, a restallar y restallar una y otra vez mis dedos sobre ellas, hasta sentir que mi vida comienza.

LA VOLUNTAD DE DIOS

Herminia Delgado
(1980)

Conocí a Felicia en la playa cuando ambas teníamos seis años. Ella estaba llenando un cubo con conchas de cauri y de *dentaliums*. A Felicia le gustaba recoger conchas de caracolas, y luego, antes de volverse a casa, las devolvía a la playa porque su madre no le permitía entrar con ellas. Felicia dibujaba grandes círculos sobre la arena poniendo las conchas unas sobre otras, como si alguien desde la luna, o su padre desde aquí, pudiese descifrar su significado. Le dije que en mi casa teníamos muchas caracolas, que predecían el futuro y que eran las preferidas de Yemayá, diosa de los mares. Felicia me escuchó con interés, y luego me dio su cubo.

—¿Me salvarás? —me preguntó. Sus ojos eran grandes y miraban con curiosidad.

—Por supuesto —le respondí. ¿Cómo hubiese podido saber yo en aquel momento lo que acarrearía mi promesa?

Los padres de Felicia temían a mi padre. Él era un *babalao*, el sumo sacerdote de la santería, y saludaba al sol cada mañana con los brazos extendidos. El día de su santo, sus ahijados recorrían kilómetros y kilómetros para venir a verle y le traían semillas de cola y gallinas negras.

En Santa Teresa del Mar la gente contaba mentiras siniestras sobre mi padre. Decían que degollaba cabras con los dientes y que cortaba en filetes a los bebés de ojos azules antes del amanecer. Yo tenía que pelearme en la escuela. Los demás niños huían de mí y me llamaban «bruja». Se burlaban de mi pelo, engrasado y peinado en hileras de trenzas bien marcadas, de mi piel, negra como la de mi padre. Pero Felicia me defendía. Siempre le estaré agradecida por eso.

Felicia tenía prohibido visitar mi casa, pero aun así lo hacía. En una ocasión vio a mi padre utilizar el *obi*, el coco divino, para contestar a las preguntas de un ahijado que había venido a pedirle consejo. Recuerdo que las cáscaras cayeron en *ellife*, dos por el lado blanco y dos por el marrón, lo cual significaba un sí incuestionable. El ahijado se fue muy complacido, y la fascinación de Felicia por los cocos comenzó ese día.

Nunca he dudado del amor de Felicia. O de su lealtad. Cuando mi hijo mayor murió en Angola, Felicia no se separó de mí durante todo un mes. Me preparaba carne asada y me leía las obras escogidas de Molière, que había pedido prestadas a su madre. Felicia hizo las gestiones necesarias para que los restos de Joaquín fueran repatriados y pudiesen ser enterrados decentemente, y luego permaneció conmigo hasta que pude volver a reírme de tonterías.

Felicia, sin embargo, podía llegar a ser muy obstinada, pero tenía un don especial que compensaba su obstinación, un don que, por cierto, yo admiraba mucho. Se podría decir que sabía adaptarse a sus sufrimientos con imaginación. Felicia se mantenía fuera de los márgenes de la vida porque allí la malicia no penetraba. Era mucho más digno permanecer allí.

Hay algo más, algo muy importante. Felicia es la única persona que he conocido para quien el color de la piel no cuenta. Hay gente blanca que sabe cómo comportarse con propiedad frente a los negros, pero en el fondo sabes que se sienten incómodos. Son peores, y bastante más peligrosos, que esos que te hacen saber claramente lo que piensan, porque de los otros desconoces lo que son capaces de hacer.

Durante muchos años, nadie ha hablado en Cuba sobre el problema entre negros y blancos. Ha sido considerado un tema un tanto incómodo para sentarse a discutirlo. Pero mi padre ha hablado lo suficientemente claro como para que yo haya comprendido lo que pasó con su padre y con sus tíos durante la pequeña guerra de 1912, para que yo haya sabido cómo fueron perseguidos nuestros hombres noche y día como si fuesen animales, hasta terminar colgando de sus genitales en las farolas de Guáimaro. La guerra que mató a mi abuelo y a mis tíos abuelos y a otros miles de negros más, es tan sólo una nota a pie de página en nuestros libros de historia. ¿Por qué, entonces, debo creerme todo lo que leo? Creo solamente en lo que veo, en lo que sé de corazón, y en nada más.

Las cosas han ido a mejor durante la revolución, y eso es lo único que puedo decir. En los viejos tiempos, cuando llegaba la época de elecciones, los políticos nos decían que todos formábamos parte de lo mismo, que todos éramos una misma familia. Sin embargo, el día a día era otra historia. Cuanto más blanco fueras, mejor lo tenías. Cualquiera podía darse cuenta de eso. En la actualidad, existe mucho más respeto. Hace veinte años que trabajo en una fábrica de baterías, justo desde que comenzó la revolución, y tengo a mi cargo cuarenta y dos mujeres. Quizá esto no sea demasiado, pero es mejor que fregar suelos o que cuidar de los niños de otra mujer en lugar de los míos propios.

Una cosa no ha cambiado: los hombres aún continúan ejerciendo el poder. Cambiar eso tomará mucho más de veinte años.

Pero comencemos nuevamente. Después de todo, esta historia es sobre Felicia y no sobre mí.

Después de su desaparición en 1978, Felicia regresó a nuestra religión con gran vehemencia. Se presentó un día en mi casa, esbelta y bronceada, como si regresara de una cura en un balneario extranjero. «Llévame donde La Madrina», me dijo, y yo lo hice. Luego, en medio de un trance, Felicia habló sobre la temporada que había pasado en un pueblo de las afueras. Dijo que se había casado con un hombre huraño en un parque de atracciones y que él había hecho planes para huir de Cuba en algún barco pesquero que se dirigiera hacia el Norte, para irse a patinar sobre hielo. No sé si esta parte de la historia es cierta, pero luego Felicia contaba que había empujado a su tercer marido desde la cima de una montaña rusa y que lo había visto morir sobre un lecho de cables de alto voltaje. Felicia decía que su cuerpo se había reducido a cenizas, y que la brisa las había hecho volar hacia el Norte, justo donde él había deseado ir.

Nunca volvió a hablar de ello.

En tan sólo una semana Felicia logró recuperar el trabajo que antes tenía en la peluquería. Trabajó duro para poder ganar nuevamente la confianza de sus antiguas clientas, la de todas excepto la de Graciela Moreira, por supuesto, a quien ahora le había dado por llevar pelucas sintéticas importadas de Hungría. Envié a Felicia un par de clientas de la fábrica. Esas niñas *necesitaban* una manicura después de haberse pasado el día entero ensamblando baterías.

Por las noches, Felicia asistía a nuestras ceremonias. No se perdía ni una. Para ella eran como una especie de poesía que le permitía conectar con mundos más extensos, mundos llenos de vida, mundos infinitos. Nuestros ritos la curaron, la hicieron volver a creer. Mi padre decía que existían fuerzas en el universo que podían transformar nuestras vidas si nosotros estábamos dispuestos a entregarnos. Felicia se entregó y halló su recompensa.

La madre de Felicia intentaba hacerla desistir de su devoción hacia los dioses. Celia tenía sólo unas vagas nociones sobre las posesiones espirituales y los sacrificios de animales, y sospechaba que nuestros ritos habían sido la causa de la misteriosa desaparición de su hija. Celia veneraba a El Líder y quería que Felicia se diera por entero a la revolución, confiando en que sería lo único capaz de salvarla. Pero Felicia no iba a poder ser apartada de los *orishas*. Tenía una verdadera vocación por lo sobrenatural.

Al poco tiempo, La Madrina inició a Felicia en los *elekes* y le entregó los collares de santos que la protegerían de las fuerzas malignas. No era fácil hacerlos. A partir de la revolución se ha hecho cada vez más difícil conseguir las cuentas adecuadas. La Madrina me contó que ella había tenido que hacer los collares de Felicia con las cuentecillas de una cortina que había en un restaurante de La Habana Vieja.

A esta iniciación le siguieron muchas otras, pero a mí no me permitieron estar en la última de ellas, su «asiento».

Esta ceremonia ha sido secreta desde el tiempo en que los primeros esclavos llegaron a la isla para trabajar en las plantaciones de caña. Pero Felicia me contó lo que pudo.

Dieciséis días antes del «asiento», Felicia se fue a vivir con La Madrina, quien le consiguió siete vestidos blancos, siete conjuntos de ropa interior y siete camisones de dormir, siete juegos de ropa de cama, siete toallas, pequeñas y grandes, y otros detalles especiales, todos blancos.

Felicia se cambiaba todos los días para mantenerse pura.

La mañana de la iniciación, dieciséis santeras tiraron de las ropas de Felicia, desgarrándolas en jirones hasta desnudarla, y luego la bañaron en agua de río, frotándola con un jabón cubierto de fibras vegetales hasta que su piel brilló. Las mujeres vistieron a Felicia con una túnica blanca de tela fresca y peinaron y trenzaron su pelo, tratándola como si fuese una recién nacida.

Esa noche, después de purificarla con un champú de coco, llevaron a Felicia a una habitación sin ventanas, donde estuvo sentada durante horas sobre un banquillo, sola. La Madrina puso en el cuello de Felicia el sagrado collar de Obatalá. Felicia me contó que poco a poco fue adormeciéndose como si estuviese cayendo desde los cielos; que sentía como si fuera un planeta viéndose a sí mismo desde una de sus lunas.

Después de muchas más ceremonias y del baño final en el *omiero*, las santeras acompañaron a Felicia hasta el trono de Obatalá. La adivina de las caracolas le rasuró la cabeza mientras todas emitían cánticos en la lengua de los yorubas. Pintaron círculos y lunares sobre su cabeza y sus mejillas —blancos para Obatalá, rojos y amarillos y azules para los demás dioses— y la coronaron con las piedras sagradas.

Fue en ese momento cuando Felicia perdió el conocimiento, cayendo en un vacío sin historia y sin futuro.

Supo más adelante que, estando poseída por Obatalá, había caminado por la habitación como si llevase un objetivo determinado. Las santeras abrieron en su lengua ocho heridas con una navaja de afeitar para que por ellas pudiesen hablar los dioses, pero Felicia no podía divulgar lo que habían dicho. Cuando Obatalá abandonó finalmente su cuerpo, ella abrió sus ojos y emergió del vacío.

Felicia fue llevada hasta el trono una vez más. Las cabras que iban a ser sacrificadas marchaban de una en una, formadas en filas y entrelazadas con tiras de seda y oro. Antes de que el *babalao* cortara sus cuellos, Felicia les untó los ojos, las orejas y las frentes con coco y pimienta que ella había mascado. Probó la sangre de las cabras y la escupió hacia el techo, y luego tuvo que probar la sangre de otras muchas criaturas.

Cuatro horas más tarde, el *babalao*, bañado en sudor y en la sangre de inmolaciones infinitas, acercó su cabeza a la de ella.

—*Eroko ashé* —murmuró él. Se ha hecho con la bendición de los dioses.

Cuando al día siguiente fui a visitarla, Felicia llevaba puesta su túnica de coronación, su corona y sus collares. Estaba sentada en un trono rodeada de gardenias, y su cara estaba tan serena como la de una diosa. Hasta hoy he creído que ella, en aquel momento, logró encontrar la paz.

Pero cuando Felicia regresó a la casa de la calle Palmas con sus piedras sagradas y su sopera, sus caracolas y los objetos que identificaban a su santo, ni su madre ni sus hijos estaban allí para recibirla. Felicia se sintió abatida, pero estaba segura de que los dioses la estaban probando. Tenía que probar a los *orishas* que era una verdadera creyente, que era una persona seria y honesta. Decidió continuar con sus ceremonias.

Felicia hizo todo lo que debe hacer una santera en su noviciado. Se vestía sólo de blanco, y nunca llevaba maquillaje ni se cortaba el pelo. No probaba los alimentos prohibidos —los cocos, el maíz o cualquier cosa roja— y cubría el único espejo que había en la casa con una sábana, puesto que le había sido prohibido ver su propia imagen.

Cuando fui a visitarla nos sentamos sobre los tablones alabeados que cubrían el suelo, donde Felicia tomaba sus alimentos ayudándose con un cucharón de servir. Mientras hablaba, Felicia hacía rodar el cucharón entre las palmas de sus manos y observaba la sombra pesada y retorcida que se reflejaba sobre la pared.

—¿Has hablado con ellos? —me preguntó refiriéndose a su madre y a sus hijos.

—Tu madre dice que tienen miedo, igual que durante el verano de los cocos.

—Pero esto es totalmente distinto. Ahora tengo una cierta claridad. Puedes ver cómo entran aquí los rayos del sol —Felicia señala hacia los polvorientos rayos de luz—. ¿Le has comentado que incluso El Líder ha sido iniciado? ¿Que él es hijo de Elleguá?

Asentí con la cabeza sin decir palabra alguna. Felicia se cubrió la cara con las manos. Un salpullido irrumpió en su cuello y en sus mejillas. Noté las marcas que sus dedos dejaban impresas sobre su frente, la delicada cadena de carne sin sangre.

Entonces Felicia habló de su fe, de su curación final, y cogió mis manos con las suyas.

—Herminia, tú has sido más que una hermana para mí. Me has salvado, tal como prometiste aquella vez en la playa.

Esa noche soñé con Felicia. Llevaba puesto su bañador y cargaba un cubo lleno de conchas de cauris y de *dentaliums*.

—¿Me salvarás? —me preguntaba Felicia.

—Por supuesto —le respondía yo, una y otra vez.

He visto a otras santeras en su primer año. Están radiantes. Sus ojos brillan húmedos y claros, su piel es suave, sin arrugas, y sus uñas crecen fuertes. Cuando te haces hijo de un santo, el santo te protege. Pero Felicia no reflejaba ninguna de estas bendiciones. Sus ojos estaban secos como los de una vieja y los dedos se le engarabitaban como garras, hasta tal punto que no podía ni coger la cuchara. Incluso su pelo, que una vez había sido tan negro como las plumas de los cuervos, crecía descolorido sobre su cráneo en parches desaliñados. Cada vez que hablaba, sus labios dibujaban una línea mustia sobre su cara.

En las semanas que siguieron, todos los que pertenecíamos a la «casa de santo» nos turnamos para visitar a Felicia. Envolvimos sus muñecas con brazaletes de cuentas, le pusimos enemas de aceite de castor, y preparamos comprensas calientes de cactus para ponerlas sobre su frente. Le dimos a beber tés de yerbabuena y pusimos en el altar de Obatalá batatas y pequeños copos de algodón. Pero nada de esto parecía funcionar. La visión de Felicia disminuía cada vez más hasta que sólo pudo distinguir sombras, y la parte derecha de su cabeza estaba plagada de bultos que parecían setas.

La Madrina, preocupada, intentaba protegerla. Día tras

día, ofrecía sacrificios por Felicia. Algunos subimos incluso hasta las montañas donde se cree que habita Obatalá para llevarle ofrendas, y rodeamos de banderines blancos toda la casa de la calle Palmas para atraer la paz.

Pero cada vez que La Madrina tiraba las caracolas, el presagio era el mismo: *Ikú*. Muerte.

Un grupo de *babalaos* intentó incluso un *panaldo*, un exorcismo, y creyeron que habían logrado atrapar el espíritu maligno que la consumía y encerrarlo dentro del gallo que habían enterrado envuelto en una tela nudosa. Pero Felicia empeoraba cada vez más. Los *babalaos* consultaron los oráculos valiéndose de todos sus poderes adivinatorios. El *opelé*. La mesa de *Ifá*. Incluso el *ikin*, las semillas sagradas de las palmeras. Aun así, el presagio seguía siendo el mismo.

—Es la voluntad de los dioses —concluyeron—. Los espíritus de la muerte lo resolverán.

Justo cuando los *babalaos* estaban a punto de marcharse, la madre de Felicia hizo su entrada en la casa de la calle Palmas. Traía la mirada desorbitada, como si hubiese acabado de dar a luz a un niño que no deseaba.

—¡Curanderos! ¡Asesinos! ¡Márchense todos de aquí! —gritó ella, y arrancó del altar la imagen de Obatalá.

Todos nos apartamos temerosos de la respuesta del dios.

Celia volcó la sopera repleta de piedras sagradas y trituró las caracolas de Felicia con los tacones de sus zapatos de salón. De repente, se quitó los zapatos y comenzó a saltar sobre las caracolas con los pies descalzos, al principio lentamente, y luego aumentando la velocidad más y más, como si bailara un flamenco enloquecido, con los brazos ondulando por encima de su cabeza.

De repente se calmó. Sin decir una sola palabra, comenzó a llorar. Sin decir una sola palabra, se acercó a Felicia y besó sus ojos, su frente, su cráneo rapado e inflamado. Celia, con los pies heridos y sangrantes, se acostó junto a su hija y la abrazó, y la meció y la acunó bajo la luz azul de crepúsculo gitano, y continuó meciéndola hasta que murió.

Ivanito

La noche está oscura como boca de lobo. Dirijo la antena de mi radio hacia el punto más lejano en el cielo y la enciendo. Explota y chisporrotea como el viejo coche de mi madre. Muevo el dial hacia un lado y hacia otro, esperando escuchar la voz de Mamá cantando a grito pelado, cantando la triste letra de su canción de Beny Moré.

Después del funeral de mi madre, encontré en las escaleras del porche de la casa de Abuela Celia un paquete dirigido a mí. Dentro de él estaba esta radio envuelta en tiras de papel de periódico. Pienso que me la debe haber enviado mi padre, pero no sé por qué lo ha hecho. Quizá ha comprendido lo solo que me siento. La gente que le ha conocido dicen que yo me parezco a él, delgado y larguirucho, todo brazos y piernas. He crecido 15 centímetros desde el verano pasado. La ropa ya no me vale, y en la escuela han tenido que dejarme el uniforme de un estudiante del último curso que se suicidó el año pasado colgándose de un árbol.

Voy a la playa cada vez que puedo. Mi madre nunca me ha hablado, pero caminar por la playa y sintonizar las emisoras de Key West me ayuda a no pensar en el asunto. Gracias a la radio estoy aprendiendo más inglés, aunque resulta bastante distinto del que enseñan los libros de gramática de Abuelo Jorge. Con un poco de suerte, a veces logro sintonizar el programa de Wolfman Jack los domingos por la noche. A veces quisiera ser como Wolfman y poder dirigirme a millones de personas al mismo tiempo.

LAS HIJAS DE CHANGÓ

(1979)

Ya para el otoño de 1979, Jorge del Pino comienza a espaciar las conversaciones que mantiene con su hija durante sus caminatas nocturnas de vuelta a casa, después de cerrar las pastelerías. Se queja de que sus energías han ido disminuyendo y está convencido de que el tiempo que ha robado entre la muerte y el olvido está llegando a su fin. Su voz cruje suavemente, como al pelar el cascarón de un huevo, y Lourdes tiene que quedarse completamente inmóvil para poder escuchar sus palabras. Los árboles y los edificios crean interferencias en su recepción, y por ello Lourdes busca sitios abiertos y silenciosos para hablar con su padre: las plazas de piedra caliza en la parte nueva de Brooklyn, el césped que hay frente a la oficina de Correos, el camino que bordea el río y desde el cual el niño Navarro saltó hacia la muerte.

—Estando muerto, mi conocimiento no es mayor que el que tenía cuando estaba vivo —le dice Jorge del Pino a su hija. Es el primer día de noviembre, ya casi se ha hecho de noche, y otra vez está hablando en clave, retorcidamente.

—¿Qué estás diciendo? —pregunta Lourdes.

—Que nuestra forma de ver y entender las cosas es la misma, vivos o muertos. Lo que ocurre es que cuando estamos vivos no tenemos el tiempo, o la paz mental, o el interés, para ver y entender las cosas todo lo que podríamos. Estamos demasiado ocupados cavando apresuradamente nuestras propias fosas.

—¿Cuántos días nos quedan, Papá?

—No lo sé con exactitud.

—¿Un año? ¿Un mes?

—No tanto.

Lourdes se sienta en un banco frente al río. El agua es un metal duro en movimiento, incapaz de reflejar nada. Sólo en una noche de luna excepcional puede el río reclamarle legítimamente su luz o alguna otra sutileza. Ahora lo único que le ofrece a Lourdes es una amargura tal que ella puede incluso sentirla en la boca. Su padre se está muriendo de nuevo, y la angustia de Lourdes es todavía más fuerte que la primera vez.

—Pregúntame, hija. Estoy aquí.

—¿Por qué te marchaste de Cuba, Papi?

—Porque estaba enfermo. Ya lo sabes.

—Sí, pero ¿por qué?

—Esos médicos eran unos matarifes mal entrenados.

Lourdes espera.

—Y tu madre. No podía soportar verla. Se había enamorado otra vez. En lo único que ella pensaba era en la revolución. Lo único que yo podía hacer era comerme mis propios nervios, tan agriados ya.

—¿La querías? ¿Querías a Mamá? —pregunta Lourdes, tanteando la situación. Los últimos restos de la luz del día se apelotonan en el cielo. Lourdes estudia los colores que luchan por desenredarse, que se esponjan como los machos de ciertas especies de aves. Piensa en lo singulares que son, aunque nos parezcan tan familiares.

—Sí, mi hija, yo la quería.

—¿Y te quería ella a ti?

—Creo que sí, a su manera.

* * *

—Pensé que me habías abandonado para siempre —dice Lourdes a su padre mientras camina por entre las filas de tablones de madera a lo largo del Puente de Brooklyn. Es una tarde invernal de domingo, tan clara y brillante como una dura capa de glaseado. Lourdes no ha sabido nada de su padre desde hace un mes.

Observa a dos gaviotas que dan vueltas sobre uno de los muelles y que en su vuelo dibujan una rueda de viento en continuo remolineo. Giran y giran en el azul casi ausente.

—No puedo volver más —le contesta su padre tristemente.

Lourdes mira a través del enrejado de acero del puente, cubierto de negro por los gases que despiden los tubos de escape. A través de un triángulo alargado ve un fragmento de nube claro, nítido. El negro perfila sus contornos, lo define.

—Vengo a decirte unas últimas cosas. Sobre mí. Sobre tu madre. Para que tú puedas entender.

—Ya sé bastante.

—Ni siquiera has empezado a entender, Lourdes.

Jorge del Pino permanece en silencio durante un largo rato.

—Tu madre te ha querido —le dice finalmente.

Los tablones del puente retumban al pasar los coches por debajo. Un tren cruza otro puente sobre el río, acompañado del sonido que hacen las cadenas al ser arrastradas por el suelo. Lourdes quisiera detenerlo para poder examinar minuciosamente las caras que se ven por las ventanillas y que se suceden en oleadas interminables que van desapareciendo dentro del tunel, al otro lado del río.

—Después de casarnos, la dejé con mi madre y mi hermana. Sabía lo que pasaría. Una parte de mí quería castigarla. Por lo del español. Intentaba matarla, Lourdes. Quería matarla. Después de nacer tú, me marché a un largo viaje. Quería destrozarla, ojalá Dios me perdone. Cuando volví, lo había conseguido. Sujetándote por una pierna, te entregó a mí y me dijo que nunca recordaría tu nombre.

Lourdes sigue con su vista un remolcador que se desplaza en dirección al mar. Parece como si arrastrara la ciudad entera detrás de él. Siente que respira con dificultad.

—La dejé en un asilo. Le dije a los médicos que la hicieran olvidar. Usaron electricidad. Le dieron pastillas. La iba a visitar todos los domingos. Me dijo que me volviera con mis aspiradoras y luego se me río en la cara. Me dijo que la geometría iba a estrangular la naturaleza. Allí se hizo amiga de una mujer que había matado a su marido, y yo sentí miedo. Sus manos estaban siempre tan quietas.

Jorge del Pino se detiene; su voz se suaviza.

—Los médicos me dijeron que estaba delicada de salud, que debía irse a vivir frente al mar para poder olvidar todo por completo. Le compré un piano como el de su tía. Quería verla mover las manos. Tenía miedo de que se mantuvieran inmóviles sobre su falda, amenazándome. Seguí viajando, Lourdes. No podía soportar su amabilidad, su indiferencia sutil. Te aparté de tu madre cuando aún formabas parte de ella. Quería tenerte para mí. Y tú, hija, has sido siempre mía.

Lourdes se pone de pie y rodea la desolada torre del puente. Piensa que los gestos más accidentales pueden conducir a conclusiones contundentes.

—Tu madre te ha querido —repite Jorge del Pino con desesperación.

—Me quería —repite Lourdes como si fuese un eco.

Los colores van escurriéndose del cielo hasta que el aire llega a parecer más arena que luz. Lourdes palpa su textura con la yema de los dedos. Todo, al parecer, se ha reducido a sus constituyentes más elementales.

—Hay algo más que debo decirte —dice Jorge del Pino—. Tu hermana ha muerto. Estaba triste cuando murió. Pronunció tu nombre y el mío.

—¿Felicia? ¿Pero cómo?

—Debes volver con ellos.

—No puedo regresar. Es imposible.

—Hay cosas que debes hacer, cosas que sólo sabrás cuando llegues allí.

—No entiendes —grita Lourdes, y busca con ansia en la brisa el aire que le falta. Huele en ella el pelo abrillantinado, siente la navaja chirriante, la telaraña de cicatrices que dejó en su vientre.

—Sé lo del soldado, Lourdes. Lo he sabido todos estos años —le dice su padre sin cambiar de tono—. Pero tu madre nunca lo supo, lo juro.

—¿Y tú? ¿Cómo te enteraste? —Lourdes se desploma en la acera con los pulmones hinchados de aire.

—Nadie me lo dijo. Simplemente lo supe.

Lourdes se recuesta sobre los tablones de madera. Respira profundamente, hasta que el aire circula por su pecho sin esfuerzo. Mira hacia arriba y ve unas luces tenues en el cielo: el sol, la luna, los otros planetas. Posiblemente estén más lejos de lo que cualquiera se atrevería a pensar.

—Por favor, regresa y cuéntaselo todo a tu madre, dile que estoy arrepentido. Te quiero, mi hija.

Lourdes imagina las azaleas blancas y el altar preparado para la misa mayor un domingo de abril. Ella canta con una voz pura, alta, pronunciando cuidadosamente cada palabra. Recuerda que le agrada abril. Es su mes favorito.

Pilar
(1980)

Estoy echando una ojeada a las cajas de remanentes colocadas a la puerta de una tienda de discos en la Avenida Amsterdam, cuando dos hombres me sueltan alguna ordinariez desde el otro lado de la calle, sin estusiasmo alguno, más por la costumbre que por el deseo. Examino cuidadosamente las antiguas *polkas* de 78 revoluciones con mujeres peripuestas que me sonríen desde las carátulas de los álbumes. Hay algo grotesco en sus sonrisas, aprisionadas allí durante treinta años. Quizá pueda hacer algo por ellas comprando sus discos y partiéndolos en dos. A lo mejor eso las libera de algún terrible hechizo rumano.

Encuentro un disco de Herp Albert, ese que tiene en la

carátula a una mujer cubierta de nata. Ahora me parece tan insípido. Leí en alguna parte que la mujer que posó para él tenía tres meses de embarazo en aquel momento, y que era crema de afeitar, y no nata montada, lo que ella introducía insinuantemente en su boca.

En la última caja encuentro un antiguo álbum de Beny Moré. Ambas caras están rayadas, pero decido comprarlo de todas formas por 50 centavos. Me dirijo a la caja. Las facciones del cajero están comprimidas dentro de su cara bulbosa. Al ir a pagar le doy las gracias en español y entonces nos ponemos a hablar de Celia Cruz. Comentamos que en ella nada ha cambiado en cuarenta años: ni un solo pelo, ni una sola de sus notas vocales. Ya rondaba los cincuenta, según dicen, cuando la guerra del 98 contra España.

Luego nos ponemos a hablar de Lou Reed. Es curioso el olfato que tienen sus *fans* para detectarse unos a otros. El cajero y yo estamos de acuerdo en que su época de ambigüedad sexual —cuando llevaba la cara pintada de blanco y las uñas pintadas de negro— fue la mejor. Resulta difícil creer que Lou se haya criado en los suburbios de Long Island y que haya estudiado en una universidad de la zona norte del estado de Nueva York. Podría ser ahora un abogado o un contable, o el padre de alguien. Me pregunto si su madre también le considerará peligroso.

Franco, el cajero, pone el álbum *Take No Prisoners*. Yo estuve en el Bottom Line la noche que lo grabaron. ¿Cuántos años hace ya de eso? Pienso en lo genial que fue la primera época *punk* y en los cuadros estridentes que yo solía pintar.

Joder, tan sólo tengo veintiún años. ¿Cómo es posible que ya sienta nostalgia de mi juventud?

Los parciales del semestre serán dentro de una semana, y de momento no logro concentrarme en nada. Lo único que me reconforta es mi bajo. En los dos últimos años me he puesto a aprender a tocarlo yo sola por mi cuenta, y no lo hago mal del todo. En Columbia actúa un grupo los domingos por la tarde que congrega multitudes. Toca esa modalidad *punky* disfrazada de *jazz* en la que el público puede también participar. Cuando la cosa comienza a caldearse, mi bajo y yo nos bajamos juntos el maldito piso completo, desde arriba hasta abajo.

Aun así, siento como si algo se estuviera secando dentro de mí, algo que un viento fuerte podría llevarse para siempre. Eso me atemoriza. No sé si habrá algo por lo que tenga que luchar en el futuro. Si no me marco algún tipo de límite, me situaré más allá de lo racional. Y eso es algo que no quiero hacer.

Franco y yo comentamos que últimamente St. Mark Place se ha convertido en un zoo lleno de gente con los pelos color fucsia, con esos cortes al estilo de los *mohawks* y con imperdibles que atraviesan sus mejillas. Su extravagancia adocenada nos parece simplemente patética. Todo el mundo ansía poder formar algún día parte de ese estrafalario espectáculo. Nada que sea medianamente interesante obtiene el apoyo popular ni se convierte en un movimiento relevante. Pronto estaremos todos impecables haciendo anuncios de coches.

Antes podías ver a los Ramones en el East Village por cinco dólares. Ahora para verlos tienes que pagar 12,50 y debes soportar el griterío de miles de cabezas rapadas que no te permiten escuchar su música. Que no cuenten conmigo.

Entro en una botánica que hay según se sube Park Avenue. Había pasado otras veces por delante de la tienda, pero nunca había entrado. Hoy, al parecer, no tengo otro sitio mejor a donde ir. De las paredes cuelgan pieles de serpiente y bolsas de *ounanga*. Unos santos de madera coloreada y bocas severas hacen compañía a unas lamparillas de plástico con forma de vírgenes y una bombilla de 60 vatios, que se enchufan directamente a la toma de corriente por medio de unas clavijas. Unos aceites iridiscentes aparecen expuestos junto a una serie de amuletos, de talismanes, de inciensos. Hay jabones de aroma dulce y agua de baño embotellada, perfumes para el amor y pociones que prometen dinero y fortuna. Unos tarros de farmacia etiquetados con letras de molde guardan especies picantes.

No soy religiosa, pero tengo la sensación que los rituales más simples, los que están relacionados con la tierra y sus estaciones, son los más profundos. Tienen para mí mucho más sentido que esas ceremonias abstractas.

El propietario de la tienda, un hombre mayor que lleva puesta una túnica blanca y un fez de algodón, atiende a una chica de pelo muy corto. Le está recetando una estatua de la Virgen de la Caridad del Cobre, una vela amarilla y cinco aceites especiales: *Amor*, *Sígueme*, *Yo puedo y tú no*, *Vente conmigo* y *Dominante*.

—Graba su nombre cinco veces en la vela y luego úntala con estos aceites —le dice él, dándole instrucciones—. ¿Tienes un retrato de tu pretendiente?

Ella asiente con la cabeza.

—Bueno, entonces ponlo dentro de un cuenco de postre y cúbrelo con miel. Luego, atraviesa el retrato con cinco anzuelos de pescar y prende la vela. Quédate tranquila, dentro de un par de domingos será tuyo.

Envidio la pasión de esta mujer, su determinación para poder conseguir lo que sabe que le pertenece. En una ocasión me sentí así, fue cuando huí corriendo a Miami. Pero nunca pude llegar a Cuba, a ver a Abuela Celia. Después de aquello, sentí que mi destino no me pertenecía, que gente que no tenía nada que ver conmigo poseía sin embargo el poder de romper mis sueños, de mantenerme apartada de mi abuela.

Examino los collares de cuentas que hay junto a la caja registradora. La mayoría tienen cinco vueltas y sus cuentas juegan con dos colores. Escojo uno rojo y blanco y me lo pongo por la cabeza. Tomo un bastón de madera de ébano que lleva tallada una mujer blandiendo un hacha de doble filo.

—Ah, una hija de Changó —me dice el anciano, y coloca su mano sobre mi hombro.

No digo nada, pero veo que sus ojos tienen el mismo color almendra de su piel, que tienen muchos más siglos que su cara.

—Debes terminar lo que has empezado —me dice.

Froto las cuentas con mi mano izquierda y siento una corriente cálida que sube por mi brazo, que me cruza de hombro a hombro y baja hasta el centro de mis pechos.

—¿Cuándo? —le pregunto.

—La próxima luna no, la siguiente.

Le miro moverse a través de la tienda. Su espalda es larga y recta, como si sus ancestros hubiesen sido palmeras reales. Junta unas hierbas que saca de varios tarros, luego alcanza una vela votiva de color blanco y una botella de agua bendita.

—Comenzarás con un baño de aromas amargos —me dice, alineando los ingredientes sobre el mostrador—.

Báñate con estas hierbas durante nueve noches corridas. Añade el agua bendita y una gota de amoniaco, luego enciende la vela. El último día sabrás lo que tienes que hacer.

Busco en los bolsillos de mis vaqueros el dinero para pagar, pero él levanta la palma de su mano.

—Esto es un obsequio de nuestro padre Changó.

No puedo esperar un solo instante, estoy impaciente por regresar a mi habitación y llenar la bañera, así que atajo por el Parque Morningside. Me siento protegida por las hierbas, por el hombre de la espalda recta y del fez de algodón almidonado. Un olmo parece dar sombra al mundo desde sus raíces aéreas. Comienza a llover y yo apresuro el paso. Las hierbas se mueven rítmicamente dentro de mi bolso como si fueran las semillas de una maraca.

Recuerdo a las niñeras de Cuba, con sus ramitos de hojas y sus cuentecillas resonantes. Rezaban sobre mí, espolvoreaban canela en el agua de mi baño, me daban masajes en el estómago con aceite de oliva. Me cubrían con paños de franela en pleno calor de verano.

Las niñeras le decían a mi madre que yo les había robado las sombras, que había hecho que se les cayera el pelo y que sus maridos se fueran con otras mujeres. Pero mi madre no les creyó. Las echó de la casa sin pagarles ni un día de más.

Una noche hubo una tormenta violenta. Un rayo golpeó la palmera real que se veía desde mi ventana. Desde mi cuna, escuché cómo se partía y caía al suelo. Las hojas de las palmeras zumbaban con el viento. La pajarera se hizo añicos. Los tucanes y las cacatúas, confundidas, dieron vueltas de un lado para otro antes de volar hacia el norte.

Lucila, mi nueva niñera, no sintió miedo. Me dijo que se trataba simplemente del temperamental Changó, dios del fuego y del rayo. Me contó que Changó, en una ocasión, había pedido a una joven lagartija que llevara un regalo suyo a la amante de un dios rival. La lagartija puso el presente en su boca y corrió a casa de la mujer, pero en el camino tropezó y se cayó, tragándose la preciosa alhaja.

Cuando Changó se enteró, siguió las huellas de su inepto cómplice hasta el pie de una palmera. El atemorizado reptil, incapaz de decir palabra alguna, subió corriendo por el tronco y se escondió entre las hojas, llevando todavía el regalo alojado en su garganta. Changó, creyendo que la lagartija se estaba burlando de él, lanzó un rayo contra el árbol, intentando reducir a cenizas a la penosa criatura.

Desde entonces, según Lucila, Changó de vez en cuando descarga su rabia contra las inocentes palmeras y, hasta hoy, la garganta de las lagartijas permanece muda e inflamada por culpa del regalo del dios.

De repente, tres chicos me rodean en el parque, acorralándome entre sus cuerpos. Sus ojos son como luciérnagas, calientes y vacíos de recuerdos. La gotas de lluvia caen sobre sus cabezas. No pueden tener más de once años.

El más alto de ellos pone una navaja contra mi garganta. El límite de su filo es una cicatriz, una frontera más que cruzar.

Un chico de frente amplia y cuadrada me arranca el bolso con las hierbas secas y lanza mi album de Beny Moré contra el olmo como si fuera uno de esos platos que se utilizan para jugar en la playa. No se rompe y eso me tranquiliza. Me imagino recogiendo el disco, palpando cada uno de sus surcos con la yema de mis dedos.

Los chicos me llevan a empujones hasta debajo del olmo, donde todavía, por alguna razón, el suelo está seco. Me quitan el jersey y me desabotonan la camisa con mucho cuidado. Con la navaja puesta todavía en mi garganta, hacen turnos para chuparme los pechos. Son chavales, me digo a mí misma, intentando controlar mi miedo. Aunque parezca increíble, escucho las cinco notas aporreantes del *Street Hassle* de Lou Reed, con ese violoncelo enloquecido y su voz grave, moribunda.

Observo cómo el último de los chicos pellizca un puñado de hierbas y las coloca en un rectángulo de papel sobre su mano, disponiéndolas en forma de un estrecho cilindro. Luego enrolla el papel y pasa su lengua por el borde con la misma delicadeza con la que se lava un gato.

—¿Quién tiene una cerilla? —pregunta. El chico de la frente cuadrada le ofrece fuego de un mechero rojo de plástico. El otro aspira una profunda bocanada y la mantiene dentro de sus pulmones. Luego se lo pasa a los otros.

Presiono mi espalda contra la base del olmo y cierro los ojos. Puedo sentir la vibración de su raíz primaria, el aullido del violoncelo en su tronco. Sé que el sol marchita sus ramas y las convierte en cables de alta tensión. No sé cuánto tiempo he permanecido recostada contra el olmo, pero cuando vuelvo a abrir los ojos los chicos ya no están. Me abotono la camisa, recojo mis hierbas y mi disco, y salgo corriendo hacia la universidad.

Estoy en la biblioteca. Nada tiene sentido. Los tubos fluorescentes del techo transmiten las conversaciones que se escapan de los coches que pasan por Broadway. Alguien está pidiendo una ración de alas de pollo desde la Calle 103. El director del Departamento de Lingüística está puteando a una estudiante graduada que se llama Betsy. Gandhi era carnívoro. Se crió en Samoa. Atravesó un subcontinente sobre sus zapatos de ante azul. Es posible que esto último sea cierto.

Compro manzanas y plátanos en la cafetería y me los como a escondidas en mi habitación. Prefería tener una cueva, un desierto, una soledad absoluta.

Enciendo mi vela. Con las hierbas, el agua del baño adquiere una tonalidad verde claro. Tiene el aroma intenso de un prado en primavera. Cuando la dejo caer sobre mi pelo siento un frío pegajoso, como si fuera hielo seco, y luego un calor soporífero. Camino desnuda como un destello de luz por caminos de ladrillo y plazas cubiertas de césped, fosforescente y limpia.

A medianoche me despierto y pinto un gran lienzo encendido de rojos y blancos, cada uno de los colores traicionando al contrario. Hago lo mismo durante ocho noches más.

Al noveno día, llamo a mi madre y le digo que nos vamos a Cuba.

CARTAS DE CELIA: 1956-1958

11 de febrero de 1956

Mi querido Gustavo:

Lourdes está saliendo con un joven que me agrada mucho. Se llama Rufino Puente, y a pesar de que viene de una de las familias más ricas de La Habana, es un joven modesto. Lourdes dice que va a clase en peto y con la peste a estiércol de la granja de su padre. Me satisface que no le tema al trabajo, ni a ensuciarse las manos, a diferencia de la mayoría de los hombres de su clase. Por las tardes, Rufino, impecablemente vestido, viene a cortejar a Lourdes, y nos trae jugosos filetes para asarlos a la parrilla. Además, es un chico de apariencia simpática, con el pelo rojo y ondulado.

Jorge está tan y tan celoso que se comporta como un niño testarudo. Se niega a estrechar la mano de Rufino y luego se encierra en nuestra habitación y se queda refunfuñando hasta que Rufino se marcha. Jorge se queja constantemente de él, buscando faltas donde no las hay. Es la primera vez que he visto a Lourdes enfrentarse con su padre.

El sábado pasado, les acompañé a un baile en la universidad y Rufino se pasó la noche entera hablando conmigo. Lourdes es una consumada bailarina, pero Rufino tiene dos pies izquierdos. Ni siquiera lograba llevar el ritmo de un simple merengue sin causar alguna molestia a las parejas que bailaban a su lado. Sus torpezas lo convertían en un chico encantador, aunque está claro que mi hija prefiere una pareja de baile más refinada. Lourdes llevaba un vestido de organdí ceñido a la cintura. Me quedé sorprendida al ver lo popular que es mi hija, y de que ya es toda una mujer.

Celia

11 de abril de 1956

Gustavo:

Otra vez primavera. ¿Qué pasó con nosotros, Gustavo? Nos quedábamos despiertos noches enteras, teníamos tanto que descubrir el uno del otro. Y entonces, una noche que finalmente me quedé dormida, desperté a la mañana siguiente sola, con tan sólo tu olor sobre mi piel. Cuando abrí la ventana de la habitación, vi cómo atravesabas la plaza corriendo. Había una multitud que protestaba no sé por qué, y que agitaba pancartas en el aire. Te grité pero no me escuchaste. Eso fue lo último que vi de ti.

Me he preguntado muchas veces si no habrá sido mejor esto que verte envejecer a mi lado, y volverte cada vez más indiferente hacia mí.

Recuerdo que cuando fui a solicitar trabajo en El Encanto, el director me propuso que trabajara de modelo, que caminara por los pasillos de arriba para abajo exhibiendo vestidos de noche y sombreros drapeados de gasa. Los vendedores me compraban perfumes y me invitaban a comer. Pero no podían decirme por qué familias y familias de guajiros dormían en los parques de la ciudad debajo de los anuncios luminosos de Coca-Cola. Esos hombres sólo sabían murmurar tonterías sin sentido, tratando de halagarme en vano.

Tú fuiste distinto, mi amor. Esperabas mucho más de mí. Y por eso te quise.

Tuya, como siempre,

Celia

11 de septiembre de 1956

Querido Gustavo:

Dentro de tres meses Lourdes se casará con Rufino. Jorge se reprocha el haberse pasado demasiado tiempo viajando durante la infancia de Lourdes. Felicia siente envidia y resentimiento, y muy raras veces se dirige a su hermana. Hasta Javier se ha sentido angustiado ante tantas emociones enfrentadas.

Hace dos semanas fuimos a cenar con los padres de Rufino. Don Guillermo parece un policía tonto, con sus orejas elefantinas y sus botones de bronce en los puños. Estuvo hablando la noche entera de lo importante que era mantener buenas relaciones con los americanos, e insistía en que ellos eran la clave de nuestro futuro. Cuando saqué a relucir la enmienda Platt, y la descarada intervención de los americanos en nuestros asuntos desde el mismo día en que comenzó todo, el hombre levantó su mano regordeta y llena de joyas en señal de rechazo, se volvió hacia Jorge y continuó pontificando.

Todo el mundo sabe que la Mafia es quien lleva los casinos de Don Guillermo y que él come con Batista todos los jueves en el Club Náutico de La Habana. La gente dice que Batista tuvo que pagar un millón de dólares para poder hacerse miembro, porque el color de su piel no era lo suficientemente blanco. Don Guillermo teme a los rebeldes, aunque se hace el valentón. Su pánico mal disimulado me hace sentir un tremendo placer.

Zaida, su mujer, no es mucho mejor. Durante la cena, estuve oyendo unos lloriqueos que venían de arriba, como si hubiese un gato encerrado atrapado sobre nuestras cabezas. Luego me enteré que Zaida tenía a su madre, La Muñeca, encerrada en la planta superior. Lourdes me dijo que La Muñeca es india, como la gente de Costa Rica, que se negaba a ponerse zapatos y que cargaba a sus hijos y a sus nietos atados a la espalda con un trozo de tela. Por eso Zaida tenía a su madre encerrada como si fuese una prisionera. No entiendo cómo Rufino ha logrado sobrevivir junto a esos padres tan horrorosos. Para mí es un gran misterio.

Con amor,

Celia

11 de octubre de 1956

Querido Gustavo:

Una noche me desperté sobresaltada. Acaricié a Jorge y él se sentó en la cama atemorizado. Así de grande es la distancia que media entre nosotros. Le dije que quería estar con él otra vez y él comenzó a llorar. Lo abracé un largo rato y luego hicimos el amor lentamente, como si nos estuviéramos descubriendo. Me dijo que nunca había estado más guapa, y casi le creí.

Celia

11 de noviembre de 1956

Mi querido Gustavo:

Zaida Puente ha cambiado todos mis preparativos para la boda de Lourdes y en su lugar ha contratado un espectáculo en el Club Tropicana. Ha invitado a cientos de personas de la alta sociedad, a muchos de los cuales ni siquiera conoce, e insiste en que la comida debe de ser francesa: faisanes y angulas y Dios sabe qué más. ¡Ni un triste cochinillo a la vista! Y luego ha tenido el descaro de decirme que mi sencillo vestido de tafetán resulta impropio para El Tropicana. ¡Esa mujer es una víbora, una insufrible víbora!

Con amor,

Celia

11 de diciembre de 1956

Gustavo:

Los rebeldes han vuelto a atacar, esta vez en Oriente. Están escondidos en Sierra Maestra. La gente dice que el líder de los rebeldes duerme con su uniforme y su gorra verde oliva puestos, que su pelo y su barba forman un todo, como les ocurre a los osos, y que sus ojos no expresan temor alguno. La tensión aquí resulta intolerable. Todos aguardan con ansia la caída de Batista.

Jorge teme que si triunfan los rebeldes, decidan expulsar de Cuba a los americanos, con lo cual él perdería su trabajo antes de haber obtenido la jubilación. Pero yo le digo que habrá *más* trabajo para todos cuando saquen del Palacio Nacional a ese ladrón.

Con amor,

Celia

P.D.: La boda fue un circo, tal y como era de esperar. El Tropicana era una especie de burdel, con luces rojas por todas partes que me hacían sentir mareada. La mujer del comandante de la Marina, poco habituada a las exquisiteces culinarias y al champán de importación, vomitó en el suelo de la sala de baile. Y en medio de la confusión, Silvio Arroyo Pedros, un torero español retirado (¿has oído hablar de él?), y fiel devoto de los antros de perdición más famosos de La Habana, se rompió la clavícula bailando con la viuda Doña Victoria del Paso. Dicen que la pobre Doña Victoria manifestó con demasiada intensidad todas esas pasiones que había tenido reprimidas durante tantos años. El sufrimiento duró hasta la mañana siguiente, cuando unas mujeres delgaduchas vestidas con corpiños de lentejuelas nos sirvieron huevos revueltos con beicon. Lourdes y Rufino parecían atontados pero no infelices. La foto de Zaida Puente apareció, por supuesto, en todos los periódicos del día siguiente, posando con su elegante vestido de muaré color ciruela como si fuese una aspirante a reina. Ella, sin lugar a dudas, será de las primeras en ser colgadas.

11 de junio de 1958

Querido Gustavo:

He estado paseando por la playa durante la tarde. La luna ha aparecido pronto, absorbiendo las últimas luces. Cada concha repite la melodía de una canción que me llega hasta los huesos. Tengo algo que celebrar, Gustavo. Voy a ser abuela.

Tu Celia

LOS LENGUAJES PERDIDOS
(1980)

SEIS DÍAS DE ABRIL

Pasa de la medianoche. Celia rebusca en la caja de cartón que contiene los pocos escritos que ha dejado Felicia y encuentra el bañador negro de su hija. Nada queda del armazón de alambre y gomaespuma de sus copas puntiagudas, y las asentaderas resultan obscenas de tan desgastadas como están.

Celia recuerda a Felicia con otro bañador, uno pequeñito color amarillo limón que ella llevaba puesto el día que el mar se retiró más allá del horizonte, el año que dejó al descubierto toda la arqueología de su fondo: catacumbas de corales antiguos, rocas lunares expuestas al sol. Felicia se agachó y se puso a examinar las caracolas como si fueran joyas que hubieran aparecido de repente, y luego las volvió a dejar sobre la arena. Alrededor de ella, los vecinos removían la playa con cucharones de madera, saqueando peces y cangrejos. El sol cocía las plantas de sus pies hasta dejarlas duras como fósiles. Luego arremetió el maremoto y borró por completo cualquier huella de sus orillas.

El día antes del funeral, Celia cogió el autobús de la mañana desde Santa Teresa del Mar hasta la casa de la calle Palmas. Ya nunca hacía autostop. Llevaba con ella el camisón de dormir de Felicia, el de las rosas azules, el broche azul pavo real de Tía Alicia (que Celia había regalado a Felicia cuando cumplió quince años, y que ahora estaba deslucido), el tocón que quedaba de un pintalabios naranja, unos pantalones cortos deshilachados y la ropa de santera de su hija.

Celia había encontrado unas tarjetas de racionamiento de Felicia que no habían sido usadas y por las cuales tenía derecho a tres cuartos de kilo de pollo por mes, 50 gramos de café cada quince días, dos paquetes de cigarros por semana y cuatro metros de tela para ropa por año. Su hija había utilizado muy pocas de estas provisiones durante los últimos meses de su vida.

Felicia había dejado una nota con Herminia en la que pedía ser enterrada como santera, y Celia no podía negarse a cumplir la última voluntad de su hija. En el velatorio, sus amigos de la «casa de santo» la vistieron con su túnica de iniciación, le pusieron su corona y sus collares. Cubrieron su pecho con caracolas, trozos de pescado ahumado y unos cuantos granos de maíz. Dentro de una calabaza colocaron mechones de su pelo y sus tintes, unas vainas de quimbombó, unas ramas de fresno y unos manojos de pelusa seca de maíz. Cubrieron la calabaza con unos trozos de tela que cruzaron de lado a lado, y luego mataron un gallo negro y lo pusieron sobre las ofrendas.

Más tarde, pasaron por encima del cuerpo de Felicia unos pañuelos de colores al tiempo que recitaban en voz baja unas letanías para purificarlo. Cuando terminaron, los bultos que tenía Felicia en la cabeza habían desaparecido, y su piel estaba tan suave y tan rosada como el interior de una concha. Hasta los ojos habían recobrado su color verde original.

Después de sacar el ataúd a la calle, los santeros rompieron una urna de barro detrás del antiguo *De Soto* de Felicia, el coche fúnebre, y rociaron su cuerpo con agua fría para que permaneciera fresca durante su último viaje. Una manzana antes del cementerio, el coche se estropeó y el ataúd de Felicia fue llevado en hombros el resto del camino por ocho porteadores vestidos de blanco.

A la entrada del cementerio, había un hombre alto y harapiento con la cara cubierta por unos fulares mal colocados. Estaba de pie, completamente inmóvil, y parecía respirar a través de las oscuras rendijas de sus ojos, succionando del aire los pesares como si bebiese veneno.

Celia se desviste silenciosamente en la oscuridad. Abre la puerta del armario y observa su imagen reflejada sobre el espejo cubierto de manchas. Siente como si una de esas manchas estuviese descendiendo dentro de ella, como una gota de agua sobre una pared de yeso. Se extiende, lenta y mojada, aflojando su dentadura, desencajando sus miembros, oscureciendo la cicatriz en su pecho ya marchito. El pecho superviviente se inclina sobre su codo y su pezón apunta con indiferencia hacia el suelo. Su vientre, sin embargo, permanece tan firme como el de una mujer que no ha tenido hijos. Un vello escaso cubre su pubis.

Examina luego sus manos, inflamadas y retorcidas como los maderos que arroja a la playa la corriente, por las que ya nada puede hacer. Tampoco reconoce sus piernas: las rodillas inflamadas, los músculos de las pantorrillas reducidos y mucho más angulosos que en su juventud, los pies surcados de heridas. Su cara, al menos, le resulta familiar. El lunar descolorido junto a sus labios mantiene en su sitio las tenues arrugas como si fuese un botón negro. Y sus pendientes de perlas aún siguen colgando rígidamente de sus lóbulos.

Celia se pone el bañador de Felicia. Fuera, una luna creciente encaramada allá arriba se mofa de ella. Celia se abalanza a zancadas sobre el agua, y bracea mar adentro. El cielo está empañado de estrellas opacas y Celia es incapaz de identificar sus luces lácteas, incapaz de descifrar unas conclusiones cada vez más borrosas.

Pilar

Mi madre y yo pasamos frente a las vallas anunciadoras que promocionan la revolución como si fuera una marca nueva de cigarros. Atravesamos la Plaza de la Revolución, donde, según el conductor del taxi, El Líder había pronunciado sus discursos políticos más importantes. Nos cuenta que a El Líder le habían surgido nuevos quebraderos de cabeza, que esa misma mañana un autobús lleno de gente que buscaba asilo había chocado contra los portones de la embajada del Perú. Mamá apenas le escucha. Va metida en su propio mundo. El conductor gira y pasa frente al Malecón, señalando hacia el fuerte La Punta y hacia el Castillo del Morro, al otro extremo del puerto. Lo único que Mamá comenta es que los edificios de La Habana están completamente en ruinas, que se sostienen mediante unos complicadísimos armazones de madera. A mí, lo que más me llama la atención, son los balcones.

El conductor gira hacia la calle Palmas. Las casas están pintadas de amarillo chillón, astilladas y con la pintura desconchada. Parece como si estuvieran recubiertas de confetti. Nos detenemos frente a la casa de Tía Felicia, la casa donde se crió Abuelo Jorge. Las ventanas están herméticamente cerradas y el patio delantero lleno de cacharros de barro rotos y de banderolas sucias. Mi madre comenta que solía haber gorriones en el tamarindo, cuando el árbol era fuerte y estaba lleno de vainas hermosas y saludables.

Mamá ni siquiera se molesta en bajarse del taxi ni en preguntar a los vecinos lo que le había ocurrido a su hermana. Dice que ya esperaba esto desde que Abuelo Jorge le había hablado en el Puente de Brooklyn. En cuanto a mí, no sé lo que debo esperar. De lo único que estoy segura es de lo que supe al completar mis nueve baños de hierbas, de que volveré a ver a Abuela Celia.

Desde aquel día en el Parque Morningside soy capaz de escuchar fragmentos de los pensamientos de otra gente, de entrever pequeños trozos del futuro. No se trata de algo que yo pueda controlar. Las percepciones surgen sin aviso, sin explicación alguna, caprichosas como un rayo.

—Llévenos a Santa Teresa del Mar —le pide Mamá al conductor. Ha cerrado los ojos. Creo que le resulta menos doloroso que mirar por la ventanilla.

Cogemos la carretera de la costa para llegar a casa de mi abuela. Veo el mar que una vez pensé cruzar en un bote pesquero. Los vientos alisios arrastran el agua en grandes masas. Hay un huracán sumergido, y delfines y peces loro, y careyes y tiburones de cabeza plana. En el Golfo de México hay restos de un buque naufragado repleto de lingotes y doblones de oro. Unos hombres con trajes de buzo encontrarán el galeón de aquí a tres años. Lo celebrarán con champán y asesinato.

Hay cuatro cuerpos inertes flotando sobre el Estrecho de Florida. Es una familia de Cárdenas. Le robaron el bote a un pescador. Esta mañana temprano, la corriente lo volcó y se hundió. Un barco lleno de haitianos saldrá de Gonaves el próximo jueves. Llevarán con ellos los números de teléfono de algunos amigos que tienen en Miami y los ahorros de toda la vida de sus familias. Navegarán en dirección al Trópico de Cáncer y se hundirán en medio del mar.

He traído conmigo un bloc de dibujo y una caja de herramientas con pinceles y pinturas, en su mayor parte acuarelas. Quería traerme también el bajo, pero Mamá me dijo que no habría espacio para meterlo. Se había cuidado de atiborrar cada centímetro de nuestras maletas con zapatillas baratas y ropa hortera que había comprado en los almacenes Latino de la Calle 14. Quiero hacer unos cuantos bocetos de Abuela Celia, y quizá hasta un retrato formal de ella sentada en su columpio de mimbre. Creo que le agradará la idea.

Mamá salta del taxi con sus zapatos de tacón ajustados por detrás mediante un elástico, y pasa corriendo por entre los gigantescos arbustos de aves del paraíso y frente al papayo putrefacto, y sube los tres escalones que hay a la entrada de la casa de Abuela Celia. Yo la sigo. El suelo de baldosas sigue un diseño de capullos de colores pasteles y viñedos trepadores, interrumpido a veces por vacíos irregulares por donde asoma gris el cemento del solado. No ha sido fregado en meses. Una mantilla descolorida, suave como una mariposa, cubre el sofá. Hay un piano de color tiza y un frigorífico, todo oxidado, recostado contra la pared del fondo.

Mi madre inspecciona la habitación que ella solía compartir con Tía Felicia, y que ahora, a excepción de unos vestidos de fiesta con volantes que cuelgan en el armario, está completamente vacía. Atraviesa el pasillo que conduce a la habitación de Abuela Celia. Un mantel de encaje cubre la cama. Una foto de El Líder está colocada encima de la mesilla de noche. Mamá sale asqueada de allí.

Encuentro a Abuela Celia sentada inmóvil sobre su columpio de mimbre, cubierta por un bañador desgastado, el pelo adherido a su cuero cabelludo casi como por accidente, sus pies extrañamente lacerados. Me arrodillo frente a ella y acerco mi mejilla a la suya, todavía salada por el agua de mar. Nos abrazamos fuertemente.

—¡Dios mío!, ¿qué te ha pasado? —grita Mamá cuando nos ve. Y corre a preparar un baño caliente con agua que pone a hervir en el fogón.

A Abuela le falta un pecho. Le queda una cicatriz que parece una cremallera violeta. Mamá se lleva un dedo a la boca y me lanza una mirada con la cual me advierte: «Haz como si no lo notaras.»

Lavamos el pelo de Abuela y le ponemos suavizante, y luego la golpeamos suavemente con las toallas como si esto, de alguna manera, fuese a aliviarla. Abuela no dice nada. Se somete a mi madre como una solemne novicia. Mamá desenreda el pelo de Abuela con un peine de dientes anchos.

—¡Pudiste haber muerto de pulmonía! —insiste, y enchufa un secador *Conair* que se carga la luz del salón de estar.

Me fijo en los pendientes de Abuela Celia, en su complicada montura, en los ganchillos de oro que atraviesan sus lóbulos. Hay un escondrijo de sombras azules en lo hondo de las perlas, una cierta frialdad en sus suaves superficies. Cuando yo era una cría, empujaba con la punta de mis dedos estas perlas y las hacía moverse, y escuchaba el ritmo de los pensamientos de mi abuela.

—Anoche me fui a nadar —me susurra en el oído Abuela Celia cuando nos quedamos solas. Mira a través de la ventana arqueada que está sobre el piano como si quisiera encontrar entre las olas el punto exacto. Luego aprieta mi mano—. Estoy contenta de que hayas recordado, Pilar. Siempre supe que lo harías.

Mamá sustituye las sábanas de la cama de Abuela por unas limpias y las cubre con una manta de lana de oveja que nos habíamos traído de casa. Ayudo a Abuela a ponerse un nuevo camisón de franela mientras Mamá prepara un caldo y un budín instantáneo de tapioca. Abuela prueba una cucharada de ambos, se bebe una pastilla de vitamina C y se queda profundamente dormida.

Arropo a Abuela hasta los hombros, intentando encontrar en su cara alguna huella de la mía. Su pelo ha encanecido desde la última vez que la vi. Su lunar negro ha perdido color. Sus manos están marcadas por manchas que denuncian un hígado débil.

Sé lo que sueña mi abuela. Con masacres en países lejanos, con mujeres embarazadas desmembradas en las plazas. Abuela Celia camina entre ellas callada e invisible. Los techos cubiertos de paja sueltan vapor cuando sopla el aire de la mañana.

—¿Será posible esta mierda? —oigo que dice mi madre. Agarra la foto de El Líder de la mesilla de noche de Abuela. El marco es de plata antigua, y dentro aparece metida a presión la cara de Abuelo Jorge, cuyos ojos azules se asoman por detrás de la gorra militar de El Líder. Mamá camina hasta la orilla del mar envuelta en la seda de su vestido y de sus medias, con su falda plisada inflándose como una gran vela de barco, y lanza la foto al mar. Dos gaviotas se zambullen a buscarla pero salen a la superficie con los picos vacíos. El horizonte se mueve como si fuese una línea de boyas luminosas.

Pienso en cómo serían los viajes a las antiguas colonias. Transatlánticos desplazándose lentamente en dirección a África y a la India. Las mujeres que van a bordo llevan puestos guantes negros hasta el codo. Beben en tazas de porcelana, ansiando ver tierra mojada para comer. Se recuestan ociosas sobre las barandillas, acompañadas por sus deseos.

Quizá mi madre habría podido llegar a La Habana por mar. Habría abordado un barco en Shangai y atravesado el Pacífico ola a ola. Habría bordeado el Cabo de Hornos, la costa de Brasil, y se habría detenido en Puerto España para el carnaval.

Cuba es un exilio muy peculiar, pienso yo, una isla-colonia. Podemos llegar hasta ella en un vuelo *charter* desde Miami en treinta minutos, o bien podemos elegir no ir nunca.

* * *

Más tarde, mientras Abuela Celia aún sigue dormida, mi madre y yo vamos andando hasta la esquina de la calle Madrid. Mamá detiene a un guajiro que vende tallos de caña de azúcar. Ella elige uno y él, con su machete, le quita la capa leñosa. Mamá mastica la caña hasta que saborea el guarapo, el pegajoso sirope que tiene adentro.

—Pruébala, Pilar, pero no sabe tan dulce como yo la recordaba.

Mamá me cuenta que ella solía pararse en esa esquina y decirle a los turistas que su madre había muerto. Ellos la compadecían y le compraban helados. Le daban palmadas cariñosas en la cabeza. Trato de recrear esa imagen de mi madre, una niña delgaducha de piel oscura, pero lo único que visualizo es una versión en miniatura de su aspecto actual, una mujer obesa con un vestido beis y zapatos de salón a juego, y un aire tan amedrentador que podría hacer frenar el expreso de la Avenida Lexington en seco.

De repente me entran ganas de saber cómo moriré. Creo que preferiría la autoinmolación, en un escenario quizá, con todas mis pinturas. Definitivamente quisiera morir antes de envejecer demasiado, antes de que alguien tuviese que limpiarme el culo o pasearme en una silla de ruedas. No quiero que *mis* nietas tengan que quitarme la dentadura y sumergirla en un vaso de agua con pastillas efervescentes, como hacía yo con Abuelo Jorge.

Mi madre continúa hablando, pero yo la escucho sólo a medias. Tengo una visión de Abuela Celia sumergida bajo el agua, flotando inmóvil sobre un arrecife y un pececillo cromado arremetiendo contra su cara como un destello de luz. Su pelo ondula en la marea y sus ojos están bien abiertos. Me llama pero no puedo escucharla. ¿Me estará hablando en sueños?

—Estaría bien que de vez en cuando hicieran por aquí un par de colores lisos, decentes. Para variar —se queja mi madre en voz alta, para que todos puedan oírla.

Miro a mi alrededor. Las mujeres en la calle Madrid van con los brazos al descubierto, con camisas ceñidas y sin mangas. Llevan pantalones estrechos y pañuelos, y combinan los lunares con las rayas, y los cuadros con las flores. Hay un hombre con gafas de mecánico que bombea la rueda de su afiladora, un hacha embotada que chilla al chocar contra su superficie. Un par de pantalones desgastados asoman por debajo de un *Plymouth* del 55. Unos automóviles fabulosos adornados con una doble aleta recorren la calle majestuosamente, como si fuesen las carrozas de una parada. Siento como si hubiésemos retrocedido en el tiempo, como si estuviésemos viviendo una versión de Cuba de una América antigua.

Pienso en el *Granma*, en el yate americano en que El Líder navegó desde México hasta Cuba en 1956, cuando su segundo intento por derribar a Batista. En Florida, el propietario de un barco ha reescrito incorrectamente el nombre de «Grandma», que quiere decir «abuela». Un mito ha surgido alrededor de este nombre, con él se ha rebautizado una provincia y con él ha sido lanzado el periódico del Partido Comunista. ¿Qué hubiese ocurrido si el yate se hubiese llamado *Ana Bárbara*, o *Mi amorcito querido*, o *Margarita?* ¿Hubiese cambiado esto la historia? Estamos atados al pasado por casualidad. Si no, ahí está mi caso. Mi nombre, por ejemplo, se deriva del nombre del bote pesquero de Hemingway.

Mi madre habla cada vez más alto. Mi boca se va secando, tal y como me ocurría cuando la acompañaba a los grandes almacenes a descambiar cosas. Cuatro o cinco personas se van juntando a una discreta distancia. Era justo el público que necesitaba.

—Fíjate en esos antiguos coches americanos. Se mantienen en pie con gomitas y con clips y *todavía* siguen funcionando, mucho mejor que los nuevos modelos rusos —me dice.

Mamá gira y se encara con su auditorio:

—¡Óiganme! —grita para llamar la atención de los presentes—. ¡Ustedes pueden tener *Cadillacs* con interiores de piel! ¡Con aire acondicionado! ¡Con ventanillas automáticas! ¡No tendrán que mover ni un solo dedo cuando haga calor!

Y luego se vuelve de nuevo hacia mí, con cara indignada.

—¿Ves como se ríen, Pilar? ¡Como si fuesen imbéciles! ¡No pueden entender ni una sola palabra de lo que les estoy diciendo! ¡Tienen la cabeza demasiado llena de compañero esto y compañera lo otro! ¡Les han lavado el cerebro, y no pueden pensar en nada más!

Aparto a mi madre de la multitud que iba arremolinándose. El lenguaje que ella utiliza les resulta demasiado distante. Es un idioma completamente distinto.

* * *

Estoy acostada en la cama sobre la que Tía Felicia pasó su infancia. Mi respiración se acopla a la de mi madre, y se acopla al tempo de las olas que se escuchan afuera. Cuando yo era era una niña, mi madre dormía al aire libre, delgada y nerviosa como un campo magnético, atrayendo pequeñas interferencias. Daba vueltas toda la noche como si en sueños luchara contra fantasmas. A veces se despertaba gritando y emitiendo gemidos desde un lugar interno que yo no lograba localizar. Papá le sujetaba la frente hasta que volvía a quedarse dormida.

Mi madre me comentó en una ocasión que yo dormía

como su hermana, con la boca tan abierta que podía atrapar moscas. Pienso que Mamá envidiaba mi sueño. Pero esta noche ocurre lo contrario. Soy yo la que no puede dormir.

Abuela Celia está sentada en su columpio de mimbre mirando el mar. Me pongo a su lado. Hay una tosquedad reconfortante en las manos de Abuela Celia, en sus callosidades fusiformes, en la piel agrietada de sus dedos.

—Cuando era niña, solía secar las hojas de tabaco una por una —comienza a decir con una voz sosegada—. Me manchaban las manos, la cara y los harapos que cubrían mi cuerpo. Un día, mi madre me bañó en una tina de hojalata que había detrás de la casa y me frotó la piel hasta hacerla sangrar. Me puse un vestido de volantes que ella me había hecho, un sombrero con cintas y unos zapatos de charol, los primeros que me ponía en toda mi vida. Mis pies, envueltos como dos paquetes brillantes, tenían un aire refinado. Luego me metió en un tren y se fue.

Mientras la escucho, siento su vida pásandome a través de sus manos. Es una electricidad continua, fuerte, verdadera.

—Hubo un hombre antes que tu abuelo. Un hombre al que yo quise muchísimo. Pero, antes de que tu madre naciera, yo me juré a mí misma que no la dejaría indefensa ante la vida, que la iba a entrenar bien, como para una guerra. Tu abuelo me internó en un asilo después de nacer tu madre. Le conté todo lo que sabía sobre ti. Me dijo que era imposible que yo recordara el futuro. Sufrí cuando tu madre te llevó con ella. Le rogué que te dejara conmigo.

En la ventana de la casa de al lado hay una mano llena de arrugas. La cortina se cierra, la sombra retrocede. Las gardenias inundan la noche con su aroma.

—Las mujeres que duran más que sus hijas son huérfanas —me dice Abuela—. Sólo sus nietas pueden salvarlas, sólo ellas pueden preservar su conocimiento como si fuera el fuego primigenio.

Lourdes

Por todas partes, mire donde mire, Lourdes no encuentra más que destrucción, sólo decadencia. «Socialismo o muerte.» Las palabras le duelen como si hubiesen sido tejidas sobre su piel con agujas muy anchas y gruesos hilos. Le gustaría sustituir la «o» por «es» en cada uno de los carteles con un cubo de pintura roja. «Socialismo es muerte», escribiría ella una y otra vez hasta hacer que la gente se lo crea, hasta hacer que se rebelen y que saquen de su país a ese tirano.

Anoche se quedó asombrada al ver cómo su sobrino devoraba la comida en el hotel turístico de Boca Ciega. Ivanito repitió seis veces del filete de palomilla, de las gambas a la plancha, de la yuca con mojo y de la ensalada de palmitos. Ivanito le dijo que en su internado nunca servían ese tipo de comida, que sólo tenían pollo con arroz o con patatas. No hacen demasiado por esconderlo. Lourdes sabe que en Cuba la mejor comida se reserva para los turistas y para exportarla a Rusia. Cuando la privación es palpable, según Lourdes, viene siempre acompañada de la degradación.

En la mesa de al lado, un grupo de francocanadienses tostados por el sol disfrutaban de sus langostas al horno y se emborrachaban bebiendo cubalibres. Lourdes alcanzó a escuchar a una mujer que comentaba que un chico cubano había intentado ligar con ella en la playa. ¿Y eran éstos los que decían apoyar a El Líder desde el exterior? ¡Odiosos socialistas de café! ¡*Ellos* no necesitan cartillas para comer! ¡*Ellos* no tienen que esperar tres horas por una miserable lata de carne de cangrejo! Lourdes tuvo que hacer un gran esfuerzo para mantenerse tranquila en su silla.

Su madre picó de su comida sin hablar demasiado. Pidió una doble ración de helado de coco y se la tomó lentamente con una cuchara sopera.

¿Será cierto que cuanto más se envejece menos se saborea la comida y que lo dulce es el último sabor que retiene la lengua?, se pregunta Lourdes. ¿Habrá envejecido su madre hasta ese punto? ¿Habrá podido pasar ya tanto tiempo?

«Ella es para mí una extraña —piensa Lourdes—. Papá estaba equivocado. Hay cosas que no cambian nunca.»

Sus sobrinas no se parecen en nada a Felicia ni a las fotos que Lourdes había visto del padre de ellas. Luz y Milagro son planas y rechonchas, con la nariz ancha, y parecen una mezcla de negro e indio. ¿Sería posible que Felicia se hubiese metido en la cama con alguien que no fuese Hugo? A Lourdes no la sorprendería en absoluto. Nada de lo que Felicia hizo la pilló nunca por sorpresa. Desde niñas, su hermana hacía lo que fuera por llamar la atención, hasta quitarse la camisa delante de los niños del barrio y cobrarles cinco centavos por dejar que la tocaran los pechos. Felicia solía aparecer de repente cuando Lourdes estaba conversando con su padre, y se ponía a lloriquear y a patalear hasta que ellos le hacían caso. Por supuesto, nunca hablaban de nada importante en su presencia.

Anoche, cuando Pilar se puso a bailar con Ivanito, se la veía bastante torpe. La banda estaba tocando un cha-cha-chá, y Pilar se movía a tropezones, fuera de ritmo, aturdida y con muy poco garbo. «Baila como una americana», pensó. Ivanito, en cambio, bailaba estupendamente. Sus caderas se movían cadenciosamente y sus pies seguían el ritmo de la música. Se deslizaba en los giros como si estuviese patinando sobre hielo.

Cuando Lourdes finalmente se puso a bailar con su sobrino, se sintió poseída por las congas, por un deseo incontrolable de bailar. Su cuerpo recordaba lo que su mente había olvidado. Quiso de repente mostrarle a su hija el *verdadero* arte del baile. Lourdes exageraba sus pasos, perfectos y cadenciosos, que provocaban seductoramente al ritmo. Contenía el ritmo en las caderas y en los muslos, y en el elegante arco de su espalda. Ivanito intuía sus movimientos, y se entregaba a ella con una fluidez tan renuente que la música iba aumentando ansiosa y dolorosamente. El público poco a poco se iba apartando para poder apreciar esa elegancia tan dispar. Entonces alguien aplaudió, y un instante después la sala vibró por los aplausos, mientras Lourdes daba vueltas y vueltas y más vueltas a lo largo del encerado salón de baile.

Hoy por la mañana, Ivanito le comentó que haber bailado con ella le había hecho recordar a su madre. Su sobrino lo había dicho como un cumplido, pero para Lourdes sus palabras arruinaron el encanto del baile, arruinaron cualquier oportunidad para el recuerdo. Pero Lourdes no comentó nada. Ayer había sido el cumpleaños de Ivanito. Ahora tiene trece años. «¿A qué puede optar este niño en este país?», se pregunta Lourdes.

Lourdes recorre la autovía del norte en dirección a Varadero en el *Oldsmobile* negro que le ha alquilado a un vecino. A su izquierda tiene el mar, una turquesa brillante, quieta, y las palmeras reales salpicando el paisaje. Es una imagen que le resulta muy familiar. Recuerda las vacaciones de verano que pasaba con su padre, cruzando la isla de punta a punta, desde aquí hasta Guantánamo, y deteniéndose en las plazas y en las calles principales de cada ciudad y de cada pueblo. Su padre se ajustaba la corbata y rectificaba el ángulo de su sombrero en el espejo retrovisor antes de sacar del maletero sus muestras de ventiladores y de aspiradoras eléctricas. Lourdes le esperaba pacientemente en el asiento delantero, y cada vez que volvía con un pedido ella le abrazaba y le daba un beso en la mejilla. Su padre se ruborizaba de placer.

Lourdes pasa frente a la famosa bahía de la ciudad de Matanzas. Las cuevas de Bellamar quedaban muy cerca, y por eso este lugar constituía su parada favorita del verano. Era el sitio más fresco y mágico de la isla. Sus ojos errantes sabían transformar las estalagmitas y las estalactitas en esculturas de lagartos colgantes, en garras de brujas, o en la cara de su maestro de historia más odiado.

Según va aproximándose a la estrecha península de Hicacos, Lourdes intenta localizar el contorno del Hotel Internacional en la punta más distante de la playa de Varadero. Ella y su marido habían pasado allí su luna de miel. Recuerda a los hombres con sus trajes de etiqueta blancos y a las mujeres con los hombros desnudos y con rubíes adheridos a sus orejas. Desde el salón del casino no se veía la luna ni la arena blanca de la península, sólo la luz de los candelabros que les invitaba a permanecer allí. Una noche Lourdes ganó 600 dólares en la ruleta.

Hoy la ciudad está arruinada. Sólo la mansión de los Du Pont parece sobrevivir en parte. Lourdes hubiese querido que Ivanito estuviese con ella para poderle señalar los puntos de opulencia: el campo de *golf* de nueve hoyos, el muelle del hidroplano, los suelos de mármol de Carrara. Para Lourdes, no había argumentos con los que el fracaso pudiese replicar al éxito.

Lourdes sube al salón de la última planta, con vista panorámica sobre toda la bahía. Las oscuras aguas de la orilla ocultan un arrecife de corales. Lourdes rememora sus chapoteos con Rufino en los arrecifes, la noche después de casarse. Una vez superado el primer dolor, fue como si una lluvia torrencial arremetiera entre sus piernas inundando todo su cuerpo. Si por ella hubiese sido, se habría dejado ahogar.

Lourdes está a una hora de distancia de la finca de los Puente. El barro rojo le hace recordar el peto enfangado de Rufino. Solía llegar tarde a las clases de contabilidad por razones muy particulares: la falta de apetito de una vaca, el parto dificultoso de dos potros. Su maestro, un jesuita de mirada indulgente, le asignaba una silla en la última fila cuando le veía entrar y no le decía nada.

Lourdes aprendió a apreciar la humildad de Rufino. Era todo lo opuesto a sus hermanos. Ellos se exhibían en *Cadi-*

llacs descapotables y se ligaban a las camareras y a las vendedoras de cigarros —todas con unos cuerpos estupendos— que trabajaban en los casinos de su padre. Doña Zaida, la madre de Rufino, fomentaba los flirteos de sus hijos. Mientras no tomaran en serio a ninguna chica, sus hijos seguirían perteneciéndole.

Cuando doña Zaida se dio cuenta que no iba a poder disuadir a Rufino de casarse con Lourdes, decidió entonces encargarse de la boda. Lourdes se acuerda del día en que doña Zaida apareció en la casita de cemento y ladrillo. La había llevado su chófer en la limusina.

—Mi querida Celia, yo no puedo permitir que mi hijo se case en un *picnic* en la playa —explicó doña Zaida con paciencia, como si la madre de Lourdes fuera imbécil—. Ante todo hay que pensar en la reputación que tenemos en la capital, y que hemos de mantener.

Después de casarse Lourdes y Rufino, sus hermanos, uno tras otro, fueron casándose con chicas guapas de miradas insípidas y que provenían de familias que aprobaba doña Zaida. Doña Zaida no podía arriesgarse a tener otra Lourdes en la familia.

Lourdes gira y se mete por el camino principal de la hacienda. Reconoce la poinciana de la entrada. Dentro de dos meses se cargará de flores violáceas. Da la vuelta a la quinta y llega hasta el patio que hay detrás. La piscina está llena de cemento, la fuente seca. Una mujer pelirroja empuja a otra que va sentada en una silla de ruedas. Ambas visten ropa de nailon. Recorren un rectángulo perfecto, luego intercambian posiciones, y repiten la maniobra.

Un hombre ciego está sentado sobre el borde de la fuente. Sus dedos sangrantes raspan los azulejos distraídamente. Sus ojos blancos parecen estar fijos en las dos mujeres y en su indefectible coreografía.

Los recuerdos de Lourdes se le acercan olfateando como perros hambrientos. Recuerda la noche en que el rayo partió la palma real, y cómo las aves revolotearon confundidas antes de decidirse a emigrar hacia el Norte.

Ella perdió su segundo hijo en este lugar. Un niño. Un niño al que ella llamaría Jorge, como su padre. Un niño, un niño que Lourdes recuerda envuelto en un coágulo de sangre y tirado entre sus pies.

Recuerda una historia que había leído en alguna ocasión sobre Guam, donde los americanos habían introducido unas serpientes de color pardo. Las serpientes fueron estrangulando las aves nativas una por una. Se comieron los huevos de los nidos hasta dejar la selva sin voces.

El mayor temor de Lourdes es que su violación y la muerte de su hijo hayan sido absorbidas por la tierra, calladamente, y que ahora tengan tan poca importancia como las hojas que caen durante el otoño. Tiene hambre de violencia, de una violencia telúrica, atroz y permanente, que ponga al descubierto la maldad. Sólo eso la satisfaría.

Lourdes regresa nuevamente a la fachada principal de la quinta con las piernas temblorosas. Las puertas de caoba tallada han sido sustituidas por un contrachapado sin barnizar. Lourdes sigue con su mirada a una enfermera que atraviesa el portal y que recorre el recibidor vacío. Lourdes examina el linóleo a cuadros. Como un perro, desearía poder sacar de allí los huesos que le pertenecen, reclamárselos a la tierra encapuchada de negro, a la navaja chirriante.

Una enfermera diminuta se para frente a Lourdes, su

cabeza se inclina a un lado y a otro como si fuera un periquito. En la mejilla tiene una pequeña cicatriz.

—¿La puedo ayudar en algo? —pregunta asustada al ver los ojos desorbitados de Lourdes. Pero Lourdes no puede responder.

Ivanito

Todo está revuelto, como si fragmentos míos se dirigieran a diferentes puntos cada uno por su lado y todos a la vez. Me despierto agotado, sin saber por qué, como si durante el sueño me hubiera dedicado arduamente a mover mis pensamientos, que es casi como mover rocas en la oscuridad.

Anoche soñé que visitaba a mis hermanas en su internado y que me llevaban a caballo por el bosque. Acababa de llover y los caballos brillaban en la brisa mojada. Yo iba montado agarrándome con una mano a la perilla de la silla y con la fusta en la otra, animando al potro. Llegamos a todo galope hasta un descampado donde había otros caballos pastando. Tan fuerte galopaba que provoqué una estampida. Galopé como una tormenta, atravesé el campo y desaparecí en el bosque que había al otro lado. No sabía adónde me dirigía, sólo sabía que no debía detenerme.

Avanzada la noche, me siento a hablar y a requetehablar con mi prima Pilar en la playa. Le hablo de las devociones de Mamá, del verano de los cocos, y le explico que teníamos que hablar en tonos de verde. Le cuento lo de mi maestro de ruso, el señor Mikoyan, y lo que los niños decían en la escuela, y la vez que vi a mi padre con la puta de máscara negra, con su sexo endurecido y rodeado de venas moradas. Le hablo del funeral de Mamá, cuando los colores se mezclaron como en los días de verano, y de la radio que apareció en las escaleras del portal de Abuela dirigida a mi nombre. Le cuento lo que pienso cuando escucho a Wolfman. No sabía que tuviese tantas cosas que contar.

Pilar tiene un libro, un oráculo chino que predice el futuro. Nos ha reunido a todos en el salón y nos alienta para que le hagamos alguna pregunta al oráculo. Luz y Milagro intercambian una mirada con la que se dicen: «¡Oh no, otra loca en la familia no!», y sé que no preguntarán nada. Ellas se han mantenido extrañamente tranquilas ante Tía Lourdes y Pilar, y en muy raras ocasiones se han dirigido a ellas o a mí. Me alegro de que mañana vuelvan a su internado. No me gusta la forma en que me siguen con la vista, acusándome, como si el acercarme a Pilar o a Tía fuese a contaminarme de alguna manera.

Pilar ha tratado de hablar con las gemelas, pero ellas le responden con monosílabos. Su mundo es una caja muy cerrada. A Luz y Milagro les aterra pensar que alguien pueda meterse dentro. La curiosidad de Pilar las intimida, como si fuese un cartucho de dinamita que pudiese hacer estallar sus vidas. Yo sé que mientras se tengan la una a la otra, sobrevivirán. Pero ¿y yo?

Pienso en una pregunta idónea para el *I Ching*, pero me da miedo preguntar lo que realmente me interesa saber. Tía Lourdes en un principio no quería preguntar nada y le llamaba el «fetiche chino», pero al final se animó.

—¿Podré llegar a ver cómo se hace justicia? —pregunta Tía con rabia, como si el oráculo la fuera a traicionar. Pero luego me mira con ternura, se pasa las tres monedas de mano en mano como si fuera un trozo de masa y las tira sobre la mesa.

Tía Lourdes me ha tomado un cariño especial desde que bailamos aquella primera noche en el hotel. Se queda mirándome cuando cree que no la estoy viendo y me abraza fuerte sin motivo alguno. A Tía parece preocuparle que yo pase tanto tiempo con Pilar, y busca excusas para mantenerme alejado. «¡Enséñame los nuevos pasos de baile, Ivanito!» —me dice intentando retenerme. O también—: «¡Ven aquí, Ivanito, tengo una sorpresa para ti!» Me compra regalos en la tienda de los turistas: barras de chocolate con avellanas, bañadores alemanes y una cantidad tan inmensa de calzoncillos que excede todas mis posibilidades. Le digo que es demasiado, que no debería gastar su dinero así, pero ella insiste y me empuja los regalos contra los brazos: «Tú eres mi niño querido, Ivanito. Tú te mereces esto y mucho más», me dice, y me besa una y otra vez.

Tía me cuenta historias sobre América, cosas que ella piensa que a mí me gustaría escuchar. Como la del pequeño granjero que cuando creció se hizo billonario o la del repartidor de periódicos que ahora tiene una docena de satélites en el espacio. «Cualquier cosa es posible si te esfuerzas lo suficiente, mi hijito», me explica. Tía dice que tiene planeado abrir cientos de pastelerías de costa a costa. Quiere hacerse rica, como Du Pont, su ídolo, pero necesita ayuda. Le digo que quiero ser traductor de líderes mundiales, que hablo bien el ruso, pero creo que no me escucha. En lugar de hacerlo, Tía me traspasa con la mirada y se pone a describirme un espectáculo de Navidad en el Rockefeller Center que incluía un desfile de camellos en el interior del lugar. No quiero herir sus sentimientos, así que no digo nada más.

Pilar recorre con su dedo el plano chino, interpreta sus símbolos, y luego mueve su cabeza cautelosamente y comienza a leer. Le dice a Tía Lourdes que «los tiempos exigen una alineación con el flujo del cosmos», y que hay que hacer ciertos ajustes antes de llevar a cabo cualquier acción.

—Examina tus motivos —continúa Pilar, leyendo de su libro y traduciendo lo que dice al español—. Son la causa de tus problemas.

Tía Lourdes se enfada y afirma que es como un horóscopo, que no significa nada a menos que tú así lo quieras, que es una absoluta pérdida de tiempo.

—¡Es como los periódicos aquí en Cuba! ¡Que no sirven ni para limpiarse el culo! —dice Tía.

—¿Y tú, Abuela? —dice Pilar, sin prestar atención a su madre—. Puedes preguntarle lo que quieras. Puedes preguntar sobre tu futuro.

Abuela Celia lo considera por un momento, luego alza la vista y sonríe. No la había visto tan feliz desde antes de que Mamá muriera. Ella y Pilar se sientan durante horas en el columpio de mimbre a pasar las tardes. Pilar está pintando el retrato de nuestra abuela. Dice que ya se le está acabando el azul, y que tiene que mezclarlo con otros colores para que le dure hasta el final. Me preocupa lo que pasará cuando ella se vaya. Abuela se pasa el día diciendo: «Todo irá mejor ahora que Pilar está aquí», aun sabiendo que Pilar y Tía se quedarían en Cuba sólo una semana. Antes de que mi prima llegara, yo pensaba que mi abuela iba a morir pronto. Pero Pilar la ha devuelto a la vida.

—¿Debo entregarme a la pasión? —pregunta Abuela dejándonos sorprendidos a todos.

Pero el mensaje es dudoso. Pilar dice que el diseño creado por las monedas revelaba algo que se conocía como *Ta Kuo*, una masa crítica. Dice que es como un tablón de madera suspendido entre dos sillas que tuviera apilados en el centro un montón de objetos pesados. A la larga, la presión terminará partiendo la tabla.

—Deberás actuar sola y con mucha firmeza durante los violentos ataques de estos tiempos cargados —lee Pilar titubeando.

A Abuela no parece importarle demasiado. Se va a hacer la siesta.

Al rato, Pilar me lleva aparte y me pide que la lleve a la casa de Herminia Delgado. Dice que quiere conocer la verdad sobre mi madre, conocer la verdad sobre ella misma.

—Necesito saber más que lo puedes decirme tú, Ivanito —me explica.

La verdad es que yo nunca había estado en casa de Herminia, pero todos en el pueblo saben dónde vive. Es una casa blanca con contraventanas rojas, y en el patio que hay delante crece una acacia gigante. Herminia nos recibe como si nos hubiese estado esperando y nos sirve zumo de guayaba en dos vasos altos. Dentro de su casa se siente mucha paz. Encima del sofá hay unos cojines de terciopelo adornados con borlas y en el techo gira un ventilador que nos refresca.

Herminia se pone cerca de nosotros y le coge la mano a Pilar. Lleva puesto un turbante que se levanta dando varias vueltas sobre su cabeza, y se sienta con la espalda muy recta. Un puñado de collares de cuentecillas rojas y blancas chasquean en su falda, al chocar uno contra otro cuando habla.

Escuchamos historias de cuando mi madre era niña, de cuando se casó con mi padre y con los otros hombres, de las ceremonias secretas de su religión y, por insistencia de Pilar que quería conocer todos los detalles, nos cuenta el último rito de mi madre y sus últimos meses en la calle Palmas.

Cuando termina, Herminia cierra los ojos por un instante y luego lleva a Pilar a una habitación que hay en la parte de atrás de su casa, llena de velas encendidas. En una esquina hay una estatua de una santa tallada en madera de ébano, y en un altar se ve un cuenco lleno de manzanas y plátanos y unos platos con ofrendas que no logro identificar.

—Bienvenida, hija —dice Herminia, y abraza a Pilar. Luego me arrastra hasta donde están ellas, y respiro la dulce y enfermiza fragancia de mi madre.

Pilar

—Cuéntame entonces cómo quieres que se te recuerde —le digo a Abuela Celia tanteándola. Es por la mañana, muy temprano, y la luz es azul transparente—. Puedo pintarte de la forma que tú elijas.

—No tienes que hacer eso, hija. Sólo quiero sentarme aquí contigo.

Abuela se sienta en su columpio de mimbre y acaricia el cojín con sus muslos. Lleva puesta su bata verde jade descolorida y unas zapatillas nuevas con calcetines gruesos de algodón. De repente se inclina hacia mí:

—¿Has dicho de la forma que yo elija?

—Sí, Abuela. Pide lo que quieras.

—¿Más joven, por ejemplo? ¿Mucho más joven?

—O más vieja, si lo prefieres.

Me río. Ella también se ríe, y los pendientes de perlas bailan en sus lóbulos.

—Bueno, siempre me he imaginado a mí misma vestida con una falda roja acampanada, como las que usan las bailaoras de flamenco. Quizá con un par de claveles.

—¿Rojos?

—Sí, rojos. Muchos claveles rojos.

—¿Algo más? —le digo.

Me pongo a payasear a su alrededor y a fingir que bailo flamenco. Pero Abuela no se ríe. En su expresión hay una cierta tristeza suavizada por una esperanza.

—¿Vas a quedarte conmigo, Pilar? ¿Vas a quedarte conmigo esta vez?

Pinto con acuarelas una serie de bocetos de mi abuela, aunque noto que he perdido mano. Lo mío es la pintura abstracta. Me siento más cómoda con ella, más conectada con mis emociones. Algunos bocetos representan a Abuela Celia tal y como ella quiere: bailando flamenco con faldas de volantes rojos y castañuelas y un corpiño de satén ajustado. A Abuela le gustan más estas pinturas, e incluso llega a hacerme una serie de sugerencias:

—¿Podrías ponerme el pelo un poco más oscuro, Pilar? ¿La cintura más estrecha? ¡Por Dios, parezco una vieja!

No obstante, la mayoría de las veces la pinto en azul. Nunca había pensado en la cantidad de azules que existen hasta que regresé a Cuba. Los azules aguamarina de la orilla, los azules celestes de las aguas más profundas, los azules tenues debajo de los ojos de mi abuela, los frágiles índigos que siguen las huellas de sus manos. Hay azules también en las curvas de las palmeras y en los bordes de las palabras que pronunciamos, un matiz de azul en la arena y en las caracolas y en las gaviotas regordetas de la playa. El lunar que tiene Abuela al lado de su boca también es azul, un azul que se desvanece.

—Éstas son muy bonitas, Pilar. Pero, ¿realmente parezco tan triste?

Abuela me habla mientras pinto. Me cuenta que antes de la revolución Cuba era un lugar patético, la parodia de un país. Había un solo producto, el azúcar, y todas las ganancias iban a parar a manos de unos pocos cubanos y, por supuesto, en las de los americanos. Mucha gente trabajaba sólo durante el invierno, cortando la caña. El verano era tiempo muerto, y los campesinos rara vez podían escapar del hambre. Abuela me cuenta que ella se salvó porque sus padres la mandaron a vivir con su tía abuela a La Habana, que la crió con ideas progresistas. La libertad, me dice Abuela, no es otra cosa sino el derecho a vivir decentemente.

Mamá escucha indiscretamente lo que decimos, y luego nos pone de vuelta y media con alguna de sus sesenta y pico diatribas cuando no le gusta lo que escucha. Su favorita es la de la apremiante situación de los «plantados», los presos políticos que han estado encarcelados aquí durante casi veinte años: «¿Qué crímenes han cometido?», nos grita acercando su cara a las nuestras. O la cuestión de la expropiaciones: «¿Quién nos devolverá el dinero de nuestras casas, de los terrenos que nos han robado los comunistas?» Y la religión: «¡Los católicos son perseguidos, tratados como perros!» Pero Abuela no discute con Mamá. La deja que hable y hable. Cuando Mamá empieza a calentarse demasiado, Abuela se baja de su columpio y se marcha.

Llevamos cuatro días en Cuba y Mamá no ha hecho otra cosa que quejarse, y sentarse a fumar cigarro tras cigarro cuando se cierra la noche. Discute con los vecinos de Abuela, busca bronca con los camareros, riñe con el hombre que vende los barquillos de helado en la playa. Le pregunta a todo el mundo cuánto ganan y, no importa lo que le contesten, siempre les dice: «¡Podrías ganar diez veces más en Miami!» Para ella, el dinero es el fondo de todas las cosas. Además intenta pillar a los obreros robando para poder decir: «¡Mira! *¡Esa* es su lealtad con la revolución!»

El Comité Pro Defensa de la Revolución ha comenzado a montarle broncas a Abuela por culpa de Mamá, pero Abuela les dice que tengan paciencia, que ella se quedará sólo una semana. Yo quiero quedarme más tiempo, pero Mamá se niega porque no quiere dejar en Cuba más divisas, como si nuestras contribuciones fueran a enriquecer o a arruinar la economía. (Por cierto, a Mamá le dio un ataque de apoplejía cuando se enteró que tenía que pagar una habitación de hotel con sus tres comidas diarias correspondientes durante el tiempo que durase nuestra estancia, aunque nos estuviéramos quedando en casa de familiares.) «¡Sus pesos no valen nada! —grita—. ¡Nos permiten que entremos al país porque necesitan de nosotros, y no lo contrario!» En cualquier caso no entiendo cómo le han dejado entrar a ella. ¿Estarán haciendo estos cubanos sus deberes como Dios manda?

Sigo pensando que a mi madre le va a dar un ataque cardiaco en cualquier momento. Abuela me dice que no es normal el calor que está haciendo para ser abril. Mamá se ducha varias veces al día, y luego enjuaga su ropa en el fregadero y se la pone mojada para refrescarse. En casa de Abuela no hay agua caliente. El océano está más caliente que el agua que sale por sus grifos, pero ya me estoy acostumbrando a las duchas frías. La comida es otra historia, y, para colmo, grasienta como el demonio. Si me quedara aquí más tiempo, terminaría comprándome un par de esos pantalones elásticos color neón que llevan puestos todas las mujeres cubanas. Debo admitir que la vida aquí es bastante más dura de lo que yo me pensaba, pero al menos todos parecen tener cubiertas sus primeras necesidades.

Pienso en lo distinta que habría sido mi vida si me hubiese quedado con mi abuela. Creo que soy probablemente la única ex *punky* de toda la isla, que nadie más lleva las orejas agujereadas en tres lugares distintos. Se me hace difícil pensar en mi existencia sin Lou Reed. Le pregunto a Abuela si en Cuba yo podría pintar lo que me diera la gana y me dice que sí, siempre y cuando no atente contra el Estado. Cuba está aún en vías de desarrollo, me dice, y no puede permitirse el lujo de la disidencia. Y entonces cita algo que El Líder había dicho en los primeros años, antes de que comenzaran a arrestar a poetas: «A favor de la revolución, todo; en contra de la revolución, nada.» Me pregunto lo que pensaría El Líder sobre mis pinturas. El arte, le diría yo, es la máxima revolución.

Abuela me da una caja con las cartas que ella le había escrito a su antiguo amante español, y que nunca envió. Me enseñó también su foto. Está muy bien conservada. Era guapo incluso para los cánones actuales, fuerte, con una espesa barba, y mirada bondadosa, casi con un aire de erudito. Llevaba puesto un traje de lino tostado y un sombrero de paja algo inclinado hacia la izquierda. Abuela me dijo que ella misma había hecho la foto un domingo en el Malecón.

También me entrega un libro de poemas que tenía guardado desde 1930, cuando escuchó a García Lorca leer en el Teatro Principal de la Comedia. Abuela sabía de memoria cada uno de los poemas, y los recitaba con mucho dramatismo.

He comenzado a soñar en español, cosa que no me había pasado nunca. Me despierto sintiéndome distinta, como si algo dentro de mí estuviese cambiando, algo químico e irreversible. Hay algo mágico aquí que va abriéndose camino por mis venas. Hay algo también en la vegetación a lo que yo respondo instintivamente: la hermosa buganvilla, los flamboyanes y las jacarandás, las orquídeas que crecen sobre los troncos de las misteriosas ceibas. Y quiero a La Habana, su bullicio y su decadencia y su aquello de fulana. Podría sentarme feliz durante días y días en uno de aquellos balcones de hierro forjado, o quedarme en compañía de mi abuela en su porche, con su vista al mar de primera fila. Me da miedo perder todo esto, perder nuevamente a Abuela Celia. Pero tarde o temprano tendré que regresar a Nueva York. Ahora sé que es allí adonde pertenezco (y no *en vez* de a Cuba, sino *más* que a Cuba). ¿Cómo puedo decirle esto a mi abuela?

Lourdes

Cuando Lourdes se entera que docenas de personas habían pedido asilo en la embajada peruana, sale pitando para La Habana a investigar lo que ha ocurrido. En la capital hace un calor sofocante, y Lourdes limpia su frente repetidas veces con un trapo húmedo que tiene en el asiento de al lado. Una multitud ha ido arremolinándose frente a los portones de la embajada, pero nadie se atreve a entrar. Un *jeep* bordea la esquina seguido por un grupo de jóvenes que vocean un nombre familiar. Otros comienzan a dispersarse, apartando sus caras o tapándolas con las mangas de sus camisas.

El *jeep* entra a la embajada y un hombre con el pecho en forma de barril baja de él. Lleva puesta una gorra verde oliva y un uniforme de fajina, y su barba crespa y canosa flota por debajo de su barbilla, alargando su rostro cansado. Se le ve más viejo que en la foto que tiene su madre, la que sustituyó la cara de su padre, la que Lourdes arrojó al mar. Parece más bajo también, más vulnerable, una caricatura de sí mismo.

Hace ya bastante tiempo que Lourdes le tenía preparadas unas maldiciones selectas, pero hoy su lengua está seca e insípida, un vasto desierto. Su vista sigue a El Líder dentro del recinto. Los desertores, en el patio, muestran desasosiego ante su presencia. Pasan sus dedos por debajo de los cuellos de sus camisas y recorren las paredes con la vista, intentando detectar las cámaras y los rifles.

Lourdes se da cuenta de que está lo suficientemente cerca de él para poder asesinarlo. Se ve a sí misma apoderándose de la pistola de El Líder, presionándola contra su sien, apretando el gatillo hasta escuchar el *clic* decisivo. Quiere que la mire a la cara antes de morir, para que se acuerde bien de sus ojos y del odio que hay en ellos. Pero, por encima de todo, lo que Lourdes desea es ver el terror en la mirada de él.

De repente le viene a la mente Francisco Mestre, un exiliado cubano y un luchador por la libertad que en 1966 había organizado un ataque de comando contra Cuba. Luchó hasta quedarse sin una sola munición y, habiéndose jurado que nunca le atraparían vivo, hizo estallar una granada que le dejó ciego e inválido. Sobrevivió, y regresó a Miami convertido en un héroe. Lourdes quiere seguirle los pasos.

Respira profundamente y se concentra en extraer una frase del carrete que da vueltas en su cabeza.

—¡Asesino! —grita abruptamente, dejando sorprendidos a todos los que estaban en el patio.

Algunos soldados se dirigen hacia ella, pero El Líder les hace una señal para que se detengan. Entonces, ignorándola como si no existiera, se vuelve hacia los desertores y con la voz que tiene reservada para sus discursos más largos declara:

—¡Ustedes son libres de emigrar a cualquier país que los acoja! ¡Nosotros no vamos a obligarlos a que se queden aquí en contra de su voluntad!

Y antes de que Lourdes, o que los soldados, o que los desertores desaliñados, sin rasurar, pudieran reaccionar, El Líder sube a su *jeep* y se marcha.

* * *

La marea está baja y el mar suena apesadumbrado como un fagot. Su madre camina por la orilla, algo más allá, con

Pilar e Ivanito. Lourdes se quita los zapatos y camina descalza hasta el borde del agua. El mar retrocede un instante y deja al descubierto una familia de cangrejos plateados. Ivanito coge al más pequeño y observa cómo clava sus pinzas en el aire. Sus parientes huyen precipitadamente y se esconden entre las olas que rompen.

Lourdes regresa a la casita de cemento y ladrillo sin decir nada. Se quita sus brazaletes de oro, sus medias transparentes, su vestido rosa de rayón con botones imitando perlas y se tumba sobre la cama donde había dormido cuando era niña. Las antiguas frases rondan por debajo del colchón, en los muelles oxidados debajo de su espalda. Piensa en su padre y en sus innumerables viajes, en su maleta llena de muñecas de trapo y de naranjas, en su voz susurrante como las hojas. Lourdes enciende un cigarro, y desliza el humo seco y desabrido por encima de su lengua. Sabe que no puede cumplir con la promesa que le hizo a su padre. Se siente incapaz de transmitirle a su madre aquel mensaje último de arrepentimiento, su arrepentimiento por haberla sacado de casa, por haber huido de sus manos calladas y quietas. Las palabras se niegan a formarse en la boca de Lourdes. En cambio, siente, como si fuese un brutal castigo, la mano de su madre apretando su pierna de bebé, escucha las palabras de su madre antes de marcharse al asilo: «Nunca recordaré su nombre.»

Esa noche Lourdes sueña con miles de desertores que huyen de Cuba. Los vecinos les atacan con bates de béisbol y machetes. Muchos llevan grandes letreros que ponen: «SOY UN GUSANO». Se embarcan en transbordadores y en yates de recreo, en balsas y en botes de pescadores. Las casas que dejan atrás están garabateadas con obscenidades. Rogelio Ugarte, el antiguo director de correos de Santa Teresa del Mar, es asesinado a cadenazos en la esquina de la calle Madrid. En su bolsillo, un visado. Ilda Limón se ha quedado ronca de tanto gritar. Ha encontrado a un hombre en su patio, tirado boca abajo sobre un charco de lluvia nocturna. Ella jura que es Javier del Pino, aunque de lejos no ve muy bien. Sus vecinos le dicen que está loca, que ese no es Javier, que es un pobre desgraciado que ha tropezado con las raíces de su gardenia y se ha ahogado.

Lourdes despierta a Ivanito antes del amanecer, y le hace señas para que guarde silencio. «Ven, te he preparado un bolso.» Lourdes ha sacado la ropa nueva que había traído a Ivanito de Nueva York: unos vaqueros con los bolsillos atravesados de costuras, un jersey a rayas y unas zapatillas blancas de tela. Le da un vaso de limonada aguada. «El tiempo no nos alcanza para nada más. No quiero despertar a tu abuela.»

Lourdes recorre apresuradamente la autopista que conduce a La Habana. La tierra está teñida de negro por las lluvias de la madrugada. Cuando llegan a la embajada, hay cientos de personas intentando atravesar los portones. Van cargados de cajas y de maletas de cartón atadas con cuerdas y cinturones. Lourdes rememora su propio éxodo, el paisaje en acuarela que ella había envuelto en papel de estraza, el velo de novia y las fustas, la bolsa de alpiste. El hormigueante aeropuerto de Miami, el cancán que inflaba el vestidito de Pilar alejándose de ella, escapando, siempre escapando.

Ivanito, sin decir una sola palabra, recibe el sobre que le da Lourdes con 200 dólares y un mensaje escrito en inglés con letras grandes y claras: «MI NOMBRE ES IVÁN VI-

LLAVERDE. SOY UN REFUGIADO POLÍTICO DE CUBA. MI TÍA, LOURDES PUENTE, DE LA AVENIDA LINDEN, 2212, BROOKLYN, NUEVA YORK, RESPONDE POR MÍ. HAGA EL FAVOR DE LLAMARLA AL (212) 834-407 O AL (212) 63-CAKES.»

—Trata de meterte en el primer avión que salga, Ivanito. No abandones la embajada pase lo que pase. Cuando llegues a Perú o a donde sea que te envíen, llámame. Iré a buscarte, mi hijito. Te vendrás conmigo a Brooklyn. Nos iremos a Disney World este verano.

—¿Y Abuela? —pregunta Ivanito.

—¡Vete, mi cielo, vete!

Pilar

En Santa Teresa del Mar la gente no ha parado de hablar del asunto de la embajada peruana. Ilda Limón, la señora que vive en la casa de al lado, vino aquí anoche y comentó que se decía que El Líder había anunciado que cualquiera que quisiera abandonar el país era libre de hacerlo. Insistió en que El Líder, desde la muerte de su amante, en enero, había dejado de ser el que era. «Está deprimido y se le está nublando el juicio», dijo. Mamá estuvo sospechosamente contenida durante toda la discusión y yo me di cuenta en ese momento de que algo se traía entre manos. Se pasó el día entero al volante de ese *Oldsmobile* que se ha alquilado ella, yendo a Dios sabe dónde. Sabía que alguna de sus disparatadas proezas estaba a punto de salir a flote. Era sólo cuestión de tiempo.

Esta mañana, cuando Abuela vino a mi habitación y me

dijo que Mamá e Ivanito habían desaparecido, pensé en lo peor. Abuela me dijo que Ilda los había visto salir a los dos antes del amanecer y que decía que Ivanito iba vestido con ropa nueva y que llevaba un bolso de viaje que ponía AIR FLORIDA en letras grandes. «¡Mierda! —pensé—. ¡Mierda! ¡No me lo puedo creer!» Salí corriendo a casa de Herminia y le pedí prestado su nuevo *Lada* ruso.

Abuela mira fijamente hacia el frente mientras voy conduciendo. Sus manos se agitan como si estuviese haciendo ejercicios de piano, pero luego se desploman sobre su falda como abanicos estropeados. Puedo ver cada una de las venas retorcidas de sus manos como si una luz fluyera a través de ellas, ríos de luz.

—No somos leales a nuestros orígenes —me dice Abuela con voz cansada—. Las familias suelen permanecer en el mismo pueblo viviendo una y otra vez las mismas desilusiones. Entierran a sus muertos uno al lado del otro.

Cojo sus manos y las junto con una de las mías, siento los años en la rigidez de sus dedos, en la porosidad de sus articulaciones. Se vuelve hacia el mar, un horizonte azul.

—Para mí, el mar ha sido un gran consuelo, Pilar. Pero a mis hijos les ha robado la tranquilidad. Ahora existe para que podamos llamarnos y navegar entre orillas opuestas—. Luego suspira, esperando a que las nuevas palabras vayan tomando forma—. ¡Ay, mi cielo!, ¿cómo entender todos estos años y esta separación sino como una intensa traición?

Siento mis pensamientos como si fueran cristales rotos dentro de mi cabeza. No puedo entender lo que mi abuela me dice. Lo único que puedo escuchar es su voz, que el dolor hace cada vez más densa.

El tráfico bloquea todas las calles de La Habana. Dejamos el coche en un callejón y recorremos a pie el trecho que nos queda hasta la embajada peruana. La policía ha acordonado el recinto para evitar que los últimos que han llegado puedan entrar. Los desertores están encaramados a los árboles del patio, como pavos demasiado desarrollados. Se mofan de la policía y lanzan maldiciones rabiosas contra los agentes, y animan a gritos a los que intentan entrar. Abuela y yo examinamos las ramas, el techo, las altas paredes de cemento, intentando localizar a Ivanito. Pero no lo vemos por ninguna parte.

Se desata una pelea frente al portón. Un policía levanta su porra y le destroza a alguien el cráneo. La sangre y los huesos salpican a la muchedumbre. Una piedra me golpea en la frente. Al principio no siento nada, sólo la sangre caliente y pegajosa cayéndome sobre los ojos. Pero luego mi cabeza arde de dolor. Cuando la multitud arremete hacia adelante, veo que Abuela es empujada y arrastrada hacia un lado, pero yo quedo atrapada entre el ganado que intenta llegar hasta el portón. Un segundo más tarde, se acaba todo. El portón se cierra detrás de nosotros. La muchedumbre se mantiene junta unos segundos más, reacia a perder su poder.

—Van a fletar otro avión para Lima —escucho que dice una gorda metida en una camiseta de Mickey Mouse—. Los que vinieron esta mañana ya se han marchado todos.

Pienso en trepar a un árbol, pero no puedo acercarme a ninguno lo suficiente como para poder subirme. La cabeza me duele por la pedrada y la siento como si hubiese aumentado el doble de su tamaño. Mi frente sobresale de mi cara como una repisa. Tengo que mantener cuidadosamente el equilibrio para poder caminar. La gente me mira y se vuelve de espaldas. Tienen ya demasiado con sus propios problemas.

—¡Nos van a rodear y van a dispararnos como si fuesemos cerdos! ¡Van a enviarnos a los campos de trabajo con los maricones! —grita un hombre con cara de mula. En su antebrazo destaca un tatuaje de la Virgen María de un color amarillo verdoso.

Cerca de él, un hombre fuerte y delgado vestido con un traje andrajoso hace malabarismos con dos naranjas y una toronja. Se mantiene en equilibrio sobre una pierna y golpea rítmicamente el pie contrario contra su rodilla.

Nada puede dar testimonio de esto, pienso. Ni las palabras, ni la pintura, ni las fotografías.

Me meto como puedo por entre la multitud, buscando a Ivanito. Por un momento olvido su cara. Ivanito es sólo un nombre, un impulso que me lleva hacia adelante, pero luego recupero su imagen, sus ojos color avellana, su cuerpo larguirucho, sus manos y sus pies enormes. Finalmente lo veo justo frente a mí. Él se vuelve y me ve a mí también.

—¡Looooooccaaaa! —grita Ivanito hacia el cielo, dirigiéndose a un millón de personas al mismo tiempo.

Tiro de él hacia mí, y lo cojo por la cintura. Puedo sentir el corazón de mi primo en su espalda. Siento que algo se desenrosca velozmente entre ambos.

* * *

—No he podido encontrarlo —miento a Abuela. También ella está magullada, sus espinillas están cubiertas de arañazos sangrantes. Me ha estado esperando durante una hora—. Alguien me ha dicho que esta mañana salió un avión para Lima. Ivanito seguramente iba dentro.

Abuela observa una palmera real, su tronco de anillos pulidos. Sé en lo que está pensando: en los hombres honrados de sombreros flexibles, en los paraguas de seda negra y en las lluvias corruptas de las latitudes del Norte. ¿Dios, qué es lo que he hecho? Se vuelve hacia mí una vez más.

—¿Has buscado en todas partes, hija? ¿Estás segura? —me pregunta con tristeza—. ¿Estás completamente segura?

—Sí, Abuela.

Apoyo mi cabeza sobre su cuello. Pero en sus arrugas ya no hay olor a sal, ni a agua de violetas.

Celia

Celia del Pino baja los tres escalones del porche de su casa como si descendiera desde una gran altura. Pasa junto al papayo, pasa por entre la hilera de larguiruchas aves del paraíso, pasa delante de la casa de su vecina, Ilda Limón, y baja por el camino de arena que bordea la playa. Hay un olor a jazmines en la brisa, y el aroma de un lejano limonero. El mar la atrae con sus olas de luz azul.

Recuerdo mi primer día en La Habana. Llegué exactamente al mediodía y en el aire sonaban cientos de campanas de iglesia. Mi tía Alicia me esperaba con su falda ancha y sus enaguas, y el broche azul pavo real lucía sobre su cuello. Fue un consuelo para mí después del largo viaje en tren desde el campo. Me enseñó a tocar el piano, a hacer que cada nota sonara distinta de las otras aunque todas formaran parte de un todo.

Celia se quita sus zapatos de salón y camina hacia el mar. La humedad fresca de la arena la sorprende. Entierra sus pies en la arena hasta quedar plantada, arraigada como las palmeras, arraigada como la nudosa gardenia. Su bata manchada ondula con el viento, y luego se queda inmóvil.

El duende, su cabeza inclinada hacia atrás en gutural seducción, me llama a través del poeta. Sus sonidos negros me hechizan, y entrelaza sus cintas negras mientras la lluvia martillea en señal de aprobación.

El campo de olivos
se abre y se cierra
como un abanico.
Sobre el olivar
hay un cielo hundido
y una lluvia oscura
de luceros fríos.

A Celia se le ocurre que nunca ha estado a más de cien metros de la costa de Cuba. Piensa en su sueño de ir en barco hasta España, hasta Granada, de recorrer la noche llevando tan sólo una pandereta y un puñado de claveles.

«Canta conmigo —grita el duende—, canta para el mar negro que espera por tu voz.»

Celia se adentra en el mar y piensa que es un soldado cumpliendo una misión, para la luna, o para las palmeras, o para El Líder. El agua la cubre rápidamente. Sumerge su garganta y su nariz, sus ojos abiertos que no sienten la sal. Su pelo flota separado de su cráneo y ondula frente a ella en la corriente. Respira a través de su piel, respira a través de sus heridas.

«Canta, Celia, canta...»

Celia lleva su mano a su oreja izquierda y deja caer en el mar un pendiente. Siente entre el dedo índice y el pulgar el vacío que deja la perla. Luego suelta el pequeño cierre de su oreja derecha y renuncia a su otro pendiente. Celia cierra los ojos e imagina esa última perla como una luciérnaga a la deriva por los mares oscurecidos, imagina su lenta entrega a la oscuridad.

CARTA DE CELIA: 1959

11 de enero de 1959

Mi muy querido Gustavo:

La revolución ha cumplido once días. Mi nieta, Pilar Puente del Pino, ha nacido hoy. También es mi cumpleaños. Tengo cincuenta años. Ya no te volveré a escribir, mi amor. Ella lo recordará todo.

Te ama siempre,
Celia

Sobre la escritora

CRISTINA GARCÍA nació en La Habana, Cuba, en 1958 y creció en Nueva York. Asistió a Barnard College y a La Escuela de Estudios Internacionales Avanzados de La Universidad de Johns Hopkins. Cristina García ha trabajado como correspondiente para la revista *Time* en San Francisco, Miami y Los Angeles, dónde vive actualmente con su esposo, Scott Brown, y su bulldog inglés. *Soñar en Cubano* es su primera novela.

Sobre la traductor

Marisol Palés, natural de San Juan, Puerto Rico, traduce revistas académicas, así como literatura dentro y fuera de la novelistica. También ha trabajado en la preparación de documentales y como lexicógrafa, y es en la actualidad Redactora de Diccionarios en la Espasa Calpe.